五南文庫 092

中國戲曲概論

吳　梅◎著

五南圖書出版股份有限公司

五南文庫 092

中國戲曲概論

作　　者　吳　梅
發 行 人　楊榮川
總 編 輯　王翠華
主　　編　蘇美嬌
實習編輯　龍品涵
封面設計　陳翰陞

出　　版　五南圖書出版股份有限公司
地　　址　106台北市和平東路二段339號4F
電　　話　（02）2705-5066
傳　　真　（02）2709-4875
劃撥帳號　01068953
戶　　名　五南圖書出版股份有限公司
網　　址　http://www.wunan.com.tw
電子郵件　wunan@wunan.com.tw
法律顧問　林勝安律師事務所　林勝安律師
出版日期　2016年10月初版一刷
定　　價　新台幣280元

國家圖書館出版品預行編目資料

中國戲曲概論／吳梅著. -- 初版. -- 臺北市：五南, 2016.10
面；公分. --（五南文庫；92）

ISBN 978-957-11-8837-9（平裝）

1.戲曲評論　2.戲曲理論　3.文集

824.07　　105017132

寫於五南文庫發刊之際——

不信春風喚不回……

在各項資訊隨手可得的今日，回首過往書香繚繞情景，已不復見！網路資訊普及、媒體傳播入微，不意味人們的智慧能倍速增長，曾幾何時「知識」這堂課，也如速食一般，無法細細品味，只得囫圇嚥下！慣性的瀏覽讓知識無法恆久，資訊的光速致使大眾正在減少甚或停止閱讀。由古至今，聚精會神之於「閱」、頷首朗頌之於「讀」，此刻，正面臨新舊世代的考驗。

身為一個投入文化暨學術多年的出版老兵，對此與其說憂心，毋寧說更感慚愧。自身的成長，得益於前輩們戮力出版的各類知識典籍；而今，卻無法讓社會大眾再次感受到知識的力量、閱讀的喜悅、解惑的滿足，這是以傳播知識、涵養文化為天職的吾人不能不反躬自省之責。職此之故，特別籌畫發行「五南文庫」，以盡己身之綿薄。

文庫，傳自西方，多少帶著點啟迪社會大眾的味道，這是歷史發展使然。德國雷克拉姆出版社的「世界文庫」、英國企鵝出版社的「企鵝文庫」、法國伽利瑪出版社的「七星文庫」、日本岩波書店的「岩波文庫」及講談社的「講談社文庫」，為箇中翹楚，全球聞名。華人世界裡商務印書館的「人人文庫」、志文出版社的「新潮文庫」，也都風行一時，滋養了好幾世代的讀書人和知識分子。此刻，「五南文庫」的出版，不再僅止於啟蒙，而是要在眾聲喧嘩、浮躁不定的當下，闢出一方閱讀的淨（靜）土，讓社會大眾能體驗到可藉由閱讀沉澱思緒、安定心靈，進而掌握方向、海闊天空。

五南出版公司一直致力於推廣專業學術知識，「五南文庫」則從立足學術，進而面向大眾。除了古今中外歷久彌新的名著經典，更網羅當代名家學者的心血力作，於傳統中展現新意，連結過去與現在。人生是一種從無到有、從學習到傳承的不間斷過程。出版也同樣隨著人的成長而發生、思索、變化與持續，建構著一個從過去到未來的想像藍圖，從閱讀到理解、從學習到體會、從經驗到傳承、從實踐到想像。吾人以出版為職責、為承諾，正是希望能建構這樣的知識寶庫，希冀讓閱讀成為大眾的一種習慣，喚回醇美而雋永的閱讀春風。

發行人 楊榮川

二〇〇八年六月

目次

卷下

顧曲麈談

第一章 原曲

余十八九歲時，始喜讀曲，苦無良師以爲教導，心輒怏怏。繼思欲明曲理，須先唱曲，《隋書》所謂「彈曲多則能造曲」是也。乃從里老之善此技者，詳細問業，往往瞠目不能答一語，或僅就曲中工尺旁譜，教以輕重疾徐之法，及進求其所以然，則曰非余之所知也，且唱曲者可不必問此。余憤甚，遂取古今雜劇傳奇，博覽而詳核之，積四五年，出與里老相問答，咸駭而卻走，雖笛師鼓員，亦謂余狂不可近。余乃獨行其是，置流俗毀譽於不顧，以迄今日，雖有一知半解，亦扣槃捫燭之談也。用貢諸世，以餉同嗜者。

曲也者，爲宋金詞調之別體。當南宋詞家慢近盛行之時，即爲北調榛莽胚胎之日。王元美《藝苑卮言》云：「金源入主中原，舊詞之格，往往於嘈雜緩急之間，不能盡按，乃別創一調以媚之。」觀此即爲北調之濫觴。沿至末年，世人嫌其粗魯，江左詞人，遂以纏綿頓宕之聲以易之，而南詞以起（如《拜月》、《琵琶》之類是也）。此南北曲之原始也。北主剛勁，南主柔媚；北字多而調促，促處見筋，南字少而調緩，緩處見眼；北宜和歌，南宜獨奏。魏良輔所論《曲律》（見后第五章詳論其理），極有見解，宜恪守之。

嘗疑古今曲家，自金源以迄今日，其間享大名者，不下數百人，所作諸曲，其膾炙人口者，亦不下數十種。而獨於塡詞之道，則缺焉不論，遂使千古才人，欲求一成法而不可得。於是宗《西廂》者，以妍媚自喜，宗《琵琶》者，以樸素自高，而於分宮配調、位置角目、安頓捧場諸法，悉委諸伶工，而其道益以不彰，雖有《中原音韻》及

《九宮曲譜》二書，亦只供案頭之用，不足爲場上之資。暗室無燈，何怪乎此道之日衰也。余深思其故，乃知有一大病也。其病爲何？曰務求自秘而已矣。從來文章之事，就其高深言之，各自見到之處，父不能傳諸子，師不能傳諸弟，此固難言，不足深責。唯規矩準繩，必須耳提面命，才能有所步趨。今一切不講，使人暗中捫索，保無有歧誤之事。在秘而不宣者，以爲塡詞之法，非盡人所能，且此法無人授我，我豈肯獨傳於人，寧箝吾舌，使人莫名其妙，而吾略爲指點之，則人將以關、馬、鄭、白尊我矣，此所以迄無成書也。凡存此心者，不外乎鄙吝二字。夫文章天下之公器，非我之所能獨私，何必斬而不與至如是哉！余少時即經過此難，遍問曲家，卒無有詳示本末者。故至今日，再不敢緘默以誤世人，遂將平生所得，傾筐倒篋而出之，使人知有規矩準繩，而不爲誦讀所誤，雖元人復起，亦且韙吾言也。

塡詞一道，世人皆以爲難，顧亦有極樂之處。今請先言其難。詩古文辭，專在氣韻風骨，世之治此者，求其工穩，與漢、魏、唐、宋作家爭衡，固非易事。若論入手之始，僅在平仄妥協而已，況高論漢魏者，有時平仄亦可不拘，是其難在胎息，不在格律之間也。曲則不然，平仄四聲而外，須注意於清濁高下，字之宜陰者，不可塡作陽聲，字之宜陽者，又不可塡作陰聲。況曲牌之名，多至數百（見後第一節「論宮調」內），各隸屬於各宮調之下，而宮調之性，又有悲歡喜怒之不同，則曲牌之聲，亦分苦樂哀悅之致，作者須就劇中之離合憂樂，而定諸一宮，然後再取一宮中曲牌，聯爲一套，是入手之始。分宮配角，已煞費苦心矣。乃套數既定，則須論字格。所謂字格者，一曲中必有一定字數，必有一定陰陽清濁，某句須用上聲韻，某句須用去聲韻，某字須陰，某字須陽，一毫不可通借。如仙呂調之〔長拍〕，其第六句共四字，而此四字，又必須全用上聲，故吳石渠用「我有斗酒」，萬紅友用「只我與爾」，洪昉思用「兩載寡侶」，蔣心餘用「睍睆好鳥」，蓋不如是則不合也。又如商調之〔集賢賓〕，其第一句必須用平平去上平去平，故陳大聲用「西風桂子香正幽」，李玄玉用「三春夜短花睡濃」，袁于令用「愁魔病鬼朝露捐」，吳駿公用「晴窗憑几傾細茶」。諸如此類，謂之字格。至於用韻，尤宜謹嚴。蓋曲中之韻，既非詩韻，又非詞韻，其間去取分合，大抵以入聲分派三聲，而各將一韻分清陰陽，以便初學之檢取。如世傳之《中原音韻》與《中州音韻》皆是也（詳見後第二節「論音韻」）。唯作者必須恪守韻律，不可彼此通借。《琵琶記》之《廊會》，合歌羅、家麻爲一，《玉簪記》之《琴挑》，合眞文、庚青、侵尋爲一，在古人猶有此失，可不愼諸？是故作曲者爲音律所拘縛，左支右絀，求一套之中，無支離拙澀之語，已是十分難事，而欲文字之工，足以與古作者相頡頏，不且難之又難哉！今之曲家，往往以典雅凝煉之語，施諸曲中，雖覺易動人目，究非此道之正宗。曲之勝場，在於本色，試遍看元人雜劇，有一種舉行塗金錯彩，令人不可句讀否？唯明之屠赤水，所作《曇花》、《彩毫》諸記，喜搬用類書，至今藉爲口實，黃韻珊至此爲房科墨卷，確是至言。然則配調塡字協韻而外，尤須出以本色，何其難也。調得平仄成文，又恐陰陽錯亂，配得宮調合律，更虞字格難諧，及諸般妥帖，而出語苟有晦澀，又非出色當行之作。黃九煙云：「三仄應須分上去，兩平還要辨陰陽」，豈知所論猶未盡乎？故論其難，幾令人無從下筆。論其樂事，則亦有不可勝言者。自來帝王卿相，神仙鬼怪，皆不可隨意而爲之，古今富貴壽考，如郭令公者，能有幾人？唯塡詞家能以一身兼之。我欲爲帝王、則垂衣端冕，儼然綸綍之音，我欲爲神仙，則霞佩雲裙，如帶朝眞之駕，推之萬事萬物，莫不稱心所願，屠門大嚼，聊且快意。士大夫伏處蘧廬，送窮無術，唯此一種文字，足泄其抑塞磊落不平之氣，借彼筆底之煙霞，吐我胸中之雲夢，不亦荒唐可樂乎？且詞曲之間，亦有較他種文字略寬者。例如作一賦，通篇不能重韻，而曲則不妨。如〔仙呂點絳唇〕、〔混江龍〕一套，其間所用之曲，不過十八支。而前曲所押之韻，後曲不妨重押。又詩古文辭，一篇中總須一意到底，而曲則視全出之關目，以爲變化，白中如何說法，則曲亦如何做法，往往前曲與後曲，未必可以連屬者，此亦無害，是曲律雖嚴，亦有可以通融之處也。第就愚見論之，凡作曲切不可畏其難，且愈難愈容易好。余嘗爲陳佩忍去病題《徐寄塵女史西泠悲秋圖》，圖爲悲秋瑾而作者，余用〔越調小桃紅〕一套，其中〔下山虎〕，固舉世所謂難作者也。《幽閨記》〔下山虎〕原文云：「大家體面，委實多般，有眼何曾見。懶能向前，他那裏弄盞傳杯，恁般靦腆，這裏新人忒煞虔。待推怎地展？主婚人，不見憐，配合夫妻事，事非偶然。好惡因緣總在天。」曲中「大」字，及「懶能向前」句，「待推怎地展」句，「事非偶然」句，四聲一字不可移易，可謂難矣。余詞云：「半林夕照，照上峰腰，小塚冬青少。有柳絲數條，記麥飯香醪，清明拜掃，怎三尺孤墳也守不牢！這冤怎樣了？土中人，血淚拋，滿地紅心草。斷魂可招，你敢也俠氣世風在這遭。」以較原文，似乎青出於藍，可見天下無難事也。

第一節　論宮調

宮調之理，詞家往往僅守舊譜中分類之體，固未嘗不是。但宮調究竟是何物，舉世且莫名其妙，豈非一絕大難解之事。余以一言定之曰：宮調者，所以限定樂器管色之高低也。何也？即以笛論，笛共六孔，計有七音，今人按第一孔作工，第二孔作尺，第三孔作上，第四孔作乙，第五孔作四，第六孔作合，而別將第二第三兩孔按住作凡，此世所通行者，曲家謂之小工調。笛色之調有七：曰小工調（即上文所言者）、曰凡字調、曰六字調、曰正工調、曰乙字調、曰尺字調、曰上字調。此七調之分別，以小工調作準。所謂凡字調者，以小工調之凡字作工字也，凡作工字，工作尺字，尺作上字，上作乙字，乙作四字，四作合字，合作凡字是也。所謂六字調者，以小工調之六字作工字也，六作工，凡作尺，工作上，尺作乙，上作四，乙作合，四作凡是也。所謂正工調者，以小工調之五字作工字也，五作工，六作尺，凡作上，工作乙，尺作四，上作合，乙作凡是也。所謂乙字調者，以小工調之乙字作工字也，乙作工，五作尺，六作上，凡作乙，工作四，尺作合，上作凡是也。所謂尺字調者，以小工調之尺字作工字也，尺作工，上作尺，乙作上，四作一，合作四，凡作合，工作凡是也。所謂上字調者，以小工調之上字作工字也，上作工，一作尺，四作上，合作乙，凡作四，工作合，尺作凡是也。笛共六孔，而所用有七調，是每字皆可作工，此即古人還相爲宮之遺意。今曲中所言宮調，即限定某曲當用某管色，凡爲一曲，必屬於某宮或某調，每一套中，又必須同是一宮或一調。若一套中前後曲不是同宮，即謂出宮，亦謂犯調，曲律所不許也（顧亦有所變化，詳後）。今且將六宮十一調之名備列之。

㈠六宮

仙呂宮、南呂宮、黃鐘宮、中呂宮、正宮、道宮是也。

㈡十一調

大石、小石、般涉、商角、高平、歇指、宮調、商調、角調、越調、雙調是也。

今再將笛中管色分配之，則覽者可知其運用矣。

㈢小工調

仙呂宮、中呂宮、正宮、道宮、大石調、小石調、高平調、般涉調屬之（中有彼此互見者，即兩調可通用也）。

㈣凡調

南呂宮、黃鐘宮、商角調、仙呂宮屬之。

㈤六調

南呂宮、黃鐘宮、商角調、商調、越調（亦可小工）屬之。

㈥正工調

雙調屬之。

㈦乙字調

雙調屬之。

(八)尺調

仙呂宮、中呂宮、正宮、道宮、大石調、高平調、般涉調屬之。

(九)上調

南呂宮、商調、越調屬之。

就上所述論之，則各宮各調之管色，可一覽知之矣。或曰：古言律呂，皆指陽律（太簇、姑洗、蕤賓、夷則、無射、黃鐘）、陰呂（大呂、應鐘、南呂、林鐘、中呂、夾鐘）而言，如子之說，僅有黃鐘、南呂、中呂，其他一概不及者何也？且僅以笛色分配各宮，而不言隔八相生之理，又何也？曰：子所言者，律學也。余所論者曲中應用之理，就其所存者言之，不敢以艱深文淺陋也。古今論律者，不知凡幾，求一明白曉暢者，十不獲一。余於律呂之道，從未問津，苟以一知半解，而謬謂洞明古今之絕學，自欺欺人，吾不能，非不為也，故只就曲中之理言明之。蓋曲與律，是二事，曲中之律，與吾子所言之律，又是二事，混而為一，此古今論者，文字愈多，而其理愈晦也。

南北曲名，多至千餘，舊譜分隸各宮，亦有出入。詞家不明分宮合套之道，出宮犯調，不一而作，曲文雖佳，不能被入管弦者，職是故也。南詞自沈寧庵《九宮譜》出，度曲家始有準繩，北曲則直至《大成譜》出，尚無確切之規矩。余為近日詞家立一準的，爰取各曲所屬之宮調，詳列於下（合套諸法，見後第三、第四兩節）：

(一)仙呂宮所屬諸曲

北曲則為〔端正好〕、〔正宮內不同〕、〔賞花時〕、〔點絳唇〕、〔混江龍〕、

〔油葫蘆〕、〔天下樂〕、〔村里迓鼓〕（亦入商調）、〔元和令〕（亦入商調）、〔上馬嬌〕、〔遊四門〕、〔勝葫蘆〕、〔後庭花〕（亦入中呂調）、〔河西後庭花〕、〔柳葉兒〕（與黃鐘不同）、〔寄生草〕、〔青哥兒〕、〔哪吒令〕、〔鵲踏枝〕、〔六幺序〕、〔醉扶歸〕、〔金盞兒〕（與〔雙調金盞子〕不同）、〔醉中天〕、〔雁兒〕、〔一半兒〕、〔憶王孫〕、〔玉花秋〕、〔四季花〕（亦入商調）、〔穿窗月〕、〔八聲甘州〕、〔大安樂〕、〔雙燕子〕（即〔商調雙雁兒〕）、〔翠裙腰〕、〔六幺遍〕（亦入中呂）、〔上京馬〕、〔綠窗怨〕、〔瑞鶴仙〕、〔憶帝京〕、〔襖神兒〕（與雙調不同）、〔六幺令〕、〔錦橙梅〕、〔三番玉樓人〕、〔柳外樓〕、〔太常引〕、〔尾聲〕、〔隨煞〕、〔賺煞〕、〔賺尾〕、〔上馬嬌煞〕、〔後庭花煞〕。

南詞則引子爲〔卜算子〕、〔番卜算〕、〔劍器令〕、〔小蓬萊〕、〔探春令〕、〔醉落魄〕、〔天下樂〕、〔鵲橋仙〕、〔金雞叫〕、〔奉時春〕、〔紫蘇凡〕、〔唐多令〕、〔黃梅雨〕、〔似娘兒〕、〔望遠行〕、〔鷓鴣天〕（引子者，出場時所用之引子，或用笛和，或不用笛和，與曲子大異）。過曲爲〔光光乍〕、〔鐵騎兒〕、〔碧牡丹〕、〔大齋郎〕、〔勝葫蘆〕、〔青歌兒〕、〔胡女怨〕、〔五方鬼〕、〔望梅花〕、〔上馬踢〕、〔月兒高〕、〔二犯月兒高〕、〔月雲高〕、〔月照山〕、〔月上五更〕、〔蠻江令〕、〔涼草蟲〕、〔蠟梅花〕、〔感亭秋〕、〔望吾鄉〕、〔喜還京〕、〔美中美〕、〔油核桃〕、〔木丫牙〕、〔長拍〕、〔短拍〕、

〔醉扶歸〕、〔皂羅袍〕、〔皂袍罩黃鶯〕、〔醉羅袍〕、〔醉羅歌〕、〔醉花陰〕、〔醉歸花月渡〕、〔羅袍歌〕、〔排歌〕、〔三疊排歌〕、〔傍妝臺〕、〔二犯傍妝臺〕、〔八聲甘州〕、〔甘州解酲〕、〔甘州歌〕、〔十五郎〕、〔一盆花〕、〔桂枝香〕、〔二犯桂枝香〕、〔天香滿羅袖〕、〔河傳序〕、〔拗芝麻〕、〔一封書〕、〔一封歌〕、〔一封羅〕、〔安樂神犯〕、〔香歸羅袖〕、〔解三酲〕、〔解酲帶甘州〕、〔解酲歌〕、〔解袍歌〕、〔解酲望鄉〕、〔掉角兒序〕、〔掉角望鄉〕、〔番鼓兒〕、〔惜黃花〕、〔西河柳〕、〔春從天上來〕、〔古皂羅袍〕、〔甘州八犯〕、〔尾聲〕。

㈡南呂宮所屬諸曲

北曲則爲〔一枝花〕、〔梁州第七〕、〔隔尾〕、〔牧羊關〕、〔罵玉郎〕（亦名〔瑤華令〕，入中呂）、〔感皇恩〕、〔采茶歌〕、〔玄鶴鳴〕（即〔哭皇天〕）、〔烏夜啼〕、〔賀新郎〕、〔草池春〕、〔紅芍藥〕（與中呂不同）、〔菩薩梁州〕、〔四塊玉〕、〔梧桐樹〕、〔玉嬌枝〕、〔鵪鶉兒〕、〔干荷葉〕、〔金字經〕、〔尾聲〕、〔收尾〕、〔煞尾〕、〔隨尾〕、〔隨煞〕、〔黃鐘尾〕、〔隔尾隨煞〕、〔隔尾黃鐘煞〕、〔神仗兒煞〕、外附〔九轉貨郎兒〕。

南詞則引子爲〔大勝樂〕、〔金蓮子〕、〔戀芳春〕、〔女冠子〕、〔臨江仙〕、〔一剪梅〕、〔一枝花〕、〔薄媚〕、〔虞美人〕、〔意難忘〕、〔稱人心〕、〔三登樂〕、〔轉山子〕、〔薄倖〕、〔生查子〕、〔哭相思〕、〔於飛樂〕、〔步蟾宮〕、〔滿江紅〕、〔上林春〕、〔滿園春〕、〔掛眞兒〕。過曲爲〔梁州序〕、〔梁州新郎〕、〔賀新郎〕、〔纏枝花〕、〔節節高〕、〔大聖樂〕、〔奈子花〕、〔奈子落瑣窗〕、〔奈子宜春〕、〔青衲襖〕、〔紅衲襖〕、〔一江風〕、〔單調風雲會〕、〔梅花塘〕、〔香柳娘〕、〔孤雁飛〕、〔石竹花〕、〔解連環〕、〔風檢才〕、〔呼喚子〕、〔大砑鼓〕、〔引駕行〕、〔薄媚袞〕、〔竹馬兒〕、〔番竹馬〕、〔繡帶兒〕、〔繡太平〕、〔繡帶宜春〕、〔宜春樂〕、〔太師引〕、〔醉太師〕、〔太師垂繡帶〕、〔瑣窗寒〕、〔瑣窗郎〕、〔阮郎歸〕、〔繡衣郎〕、〔宜春令〕、〔三學士〕、〔學士解酲〕、〔刮鼓令〕、〔羅鼓令〕、〔癡冤家〕、〔金蓮子〕、〔金蓮帶東甌〕、〔香羅帶〕、〔羅帶兒〕、〔三犯香羅帶〕、〔羅江怨〕、〔五樣錦〕、〔三換頭〕、〔香遍滿〕、〔懶畫眉〕、〔浣溪沙〕、〔秋夜月〕、〔東甌令〕、〔劉潑帽〕、〔金錢花〕、〔五更轉〕、〔劉袞〕、〔紅衫兒〕、〔本宮賺〕、〔梁州賺〕、〔紅芍藥〕、〔針線箱〕、〔滿園春〕、〔八寶妝〕、〔九嶷山〕、〔木蘭花〕、〔烏夜啼〕、〔春色滿皇州〕、〔恨蕭郎〕。

㈢黃鐘宮所屬諸曲

北曲則爲〔醉花陰〕、〔喜遷鶯〕、〔出隊子〕、〔刮地風〕、〔四門子〕、〔古水仙子〕、〔塞雁兒〕、〔神仗兒〕、〔節節高〕、〔者刺古〕、〔柳葉兒〕、〔古寨兒令〕、〔六幺令〕（與仙呂不同）、〔九條龍〕、〔興隆引〕、〔侍香金童〕、〔降黃龍袞〕、〔文如錦〕、〔女冠子〕（與大石不同）、〔願成雙〕、〔傾杯序〕、〔彩樓春〕、〔晝夜樂〕、〔人月圓〕、〔紅衲襖〕、〔賀聖朝〕、〔尾聲〕、〔隨尾〕、〔隨煞〕、〔黃鐘尾〕、〔神仗兒煞〕。

南曲則引子爲〔絳都春〕、〔疏影〕、〔瑞雲濃〕、〔女冠子〕（與南呂異）、〔點絳唇〕（與北曲大異）、〔傳言玉女〕、〔翫仙燈〕、〔西地錦〕、〔玉漏遲〕。過曲爲〔絳都春序〕、〔出隊子〕、〔鬧樊樓〕、〔下小樓〕、〔畫眉序〕、〔滴滴金〕、〔滴溜子〕、〔神仗兒〕、〔鮑老催〕、〔雙聲子〕、〔啄木兒〕、〔三段子〕、〔歸朝歡〕、〔水仙子〕、〔刮地風〕（與北曲不同）、〔春雲怨〕、〔三春柳〕、〔降黃龍〕、〔袞遍〕、〔獅子序〕、〔太平歌〕、〔賞宮序〕、〔玉漏遲序〕、〔恨蕭郎〕（與南呂不同）、〔燈月交輝〕、〔恨更長〕、〔侍香金童〕（亦入仙呂）、〔傳言玉女〕、〔月裏嫦娥〕、〔天仙子〕（自此宮起，凡南曲中集曲，不錄）。

㈣中呂宮所屬諸曲

北曲則爲〔粉蝶兒〕、〔醉春風〕、〔迎仙客〕、〔石榴花〕、〔鬥鵪鶉〕（與越調不同）、〔上小樓〕、〔快活三〕、〔朝天子〕、〔四邊靜〕、〔滿庭芳〕、〔賀聖朝〕、〔叫聲〕、〔紅繡鞋〕、〔鮑老兒〕、〔紅芍藥〕（與南呂不同）、〔剔銀燈〕、〔蔓青菜〕、〔普天樂〕、〔柳青娘〕、〔道和〕、〔醉高歌〕、〔十二月〕、〔堯民歌〕、〔喜春來〕、〔鬼三臺〕（與越調不同）、〔播梅令〕、〔古竹馬〕（與越調不同）、〔賣花聲〕（亦入雙調）、〔酥棗兒〕、〔齊天樂〕、〔紅衫兒〕（亦入正宮〕、〔山坡羊〕、〔四換頭〕、〔喬捉蛇〕、〔骨打兔〕、〔尾聲〕、〔煞尾〕、〔賣花聲煞〕、〔啄木兒煞〕。

南曲則引子爲〔粉蝶兒〕（與北曲異）、〔四園春〕、〔醉中歸〕、〔滿庭芳〕、〔行香子〕、〔菊花新〕、〔青玉案〕、〔尾犯〕、〔繞紅樓〕、〔剔銀燈引〕、〔金菊對芙蓉〕。過曲爲〔泣顏回〕、〔石榴花〕、〔駐馬聽〕（與北曲異）、〔馬蹄花〕、〔番馬舞秋風〕、〔駐雲飛〕、〔古輪臺〕、〔撲燈蛾〕、〔念佛子〕、〔大和佛〕、〔鶻打兔〕、〔大影戲〕、〔兩休休〕、〔好孩兒〕、〔粉孩兒〕、〔紅芍藥〕（與南呂不同）、〔耍孩兒〕、〔會河陽〕、〔縷縷金〕、〔越恁好〕、〔漁家傲〕、〔剔銀燈〕、〔攤破地錦花〕、〔麻婆子〕、〔尾犯序〕、〔丹鳳吟〕、〔十破四〕、〔冰車歌〕、〔永團圓〕、〔瓦盆兒〕、〔喜漁燈〕、〔舞霓裳〕、〔山花子〕、〔千秋歲〕、〔紅繡鞋〕、〔馱環著〕、〔合生〕、〔風蟬兒〕、〔醉春風〕、〔賀聖朝〕、〔沁園春〕、〔柳梢青〕、〔迎仙客〕、〔杵歌〕、〔阿好悶〕、〔呼喚子〕（與北曲不同）、〔太平令〕、〔德勝序〕、〔宮娥泣〕。

㈤正宮所屬諸曲

北曲則爲〔端正好〕、〔滾繡球〕、〔叨叨令〕、〔倘秀才〕、〔白鶴子〕、〔塞鴻秋〕、〔脫布衫〕、〔小梁州〕、〔醉太平〕、〔呆骨朵〕、〔貨郎兒〕、〔九轉貨郎兒〕、〔伴讀書〕、〔笑和尚〕、〔芙蓉花〕、〔鴛鴦雙〕、〔蠻姑兒〕、〔窮河西〕、〔梅梅雨〕、〔菩薩蠻〕、〔月照庭〕、〔六幺遍〕、〔黑漆弩〕、〔甘草子〕、〔漢東山〕、〔金殿喜重重〕、〔怕春歸〕、〔普天樂〕、〔錦庭芳〕、〔尾聲〕、〔收尾〕、〔啄木兒煞〕。

南曲則引子爲〔燕歸梁〕、〔七娘子〕、〔梁州令〕、〔破陣子〕、〔瑞鶴仙〕、〔喜遷鶯〕、〔緱山月〕、〔新荷葉〕。過曲爲〔玉芙蓉〕、〔刷子序〕、〔錦纏道〕、〔朱奴兒〕、〔普天樂〕、〔錦庭樂〕、〔雁過聲〕、〔風淘沙〕、〔四邊靜〕、〔福馬郎〕、〔小桃紅〕（與越調不同）、〔綠襴衫〕、〔三字令〕、〔一撮棹〕、〔泣秦娥〕、〔傾杯序〕、〔長生道引〕、〔彩旗兒〕、〔白練序〕、〔醉太平〕（亦入南呂）、〔雙鸂鶒〕、〔洞仙歌〕、〔雁來紅〕、〔花藥欄〕、〔本宮賺〕、〔怕春歸〕、〔薔薇花〕、〔醜奴兒近〕、〔安公子〕、〔劃鍬令〕、〔湘浦雲〕。

㈥道宮所屬諸曲

北曲則爲〔憑欄人〕（與越調不同）、〔美中美〕、〔大聖樂〕、〔解紅賺〕、〔尾聲〕。

南曲無。

道調宮向無專曲，故舊譜皆付闕如。茲從董解元《西廂記》，有〔憑欄人〕全套，故錄補之，唯此套《大成譜》，載入黃鐘宮內，是亦有異同也。南曲則仍缺之。

㈦大石調所屬諸曲

北曲則爲〔念奴嬌〕、〔百字令〕（與詞同，唯僅有散板）、〔六國朝〕、〔卜金錢〕、〔歸塞北〕、〔雁過南樓〕、〔喜秋風〕、〔怨別離〕、〔淨瓶兒〕、〔好觀音〕、〔催花樂〕、〔常相會〕、〔青杏子〕（亦入小石調）、〔憨郭郎〕、〔還京樂〕、〔催拍子〕、〔荼蘼香〕、〔鷰山溪〕、〔女冠子〕、〔玉翼蟬〕、〔鷓鴣天〕、〔燈月交輝〕、〔喜梧桐〕、〔初生月兒〕、〔隨煞〕、〔帶賺煞〕、〔雁過南樓煞〕、〔淨瓶兒煞〕、〔好觀音煞〕、〔玉翼蟬煞〕。

南曲則引子爲〔東風第一枝〕、〔碧玉令〕、〔少年遊〕、〔念奴嬌〕、〔燭影搖紅〕。過曲爲〔沙塞子〕、〔本宮賺〕、〔念奴嬌序〕、〔催拍〕、〔賽觀音〕、〔人月圓〕、〔長壽仙〕、〔鷰山溪〕、〔烏夜啼〕、〔插花三臺〕、〔醜奴兒令〕。

(八)小石調所屬諸曲

北曲則爲〔惱殺人〕、〔伊州遍〕、〔青杏兒〕、〔亦入大石〕、〔天上謠〕、〔尾聲〕。

南曲則爲〔驟雨打新荷〕（與北曲同，即元遺山作）。

(九)般涉調所屬諸曲

北曲則爲〔哨遍〕（與詞不同）、〔臉兒紅〕、〔牆頭花〕、〔耍孩兒煞〕、〔促拍令〕、〔瑤臺月〕、〔三煞〕、〔尾聲〕。

南曲則爲〔哨遍〕（與詞同）。

(十)商角調所屬諸曲

北曲則爲〔黃鶯兒〕（與南曲不同）、〔踏莎行〕、〔蓋天旗〕、〔應天長〕、

〔垂絲釣〕、〔尾聲〕。

南曲則爲〔永遇樂〕、〔熙州三臺〕、〔解連環〕、〔秋夜雨〕、〔漁父〕。

(十一)高平調所屬諸曲

北曲則爲〔木蘭花〕、〔唐多令〕、〔于飛樂〕、〔青玉案〕、〔尾〕〔皆與詞不同〕。

南曲無。

(十二)歇指調所屬諸曲

南北皆無。

(十三)宮調所屬諸曲

南北皆無。

(十四)商調所屬諸曲

北曲則爲〔集賢賓〕、〔逍遙樂〕、〔金菊香〕、〔醋葫蘆〕、〔梧葉兒〕、〔浪里來〕、〔賢聖吉〕、〔望遠行〕、〔賀聖朝〕、〔鳳凰吟〕、〔涼亭樂〕、〔上京馬〕、〔酒旗兒〕、〔八寶妝〕、〔二郎神〕、〔水紅花〕、〔定風波〕、〔玉胞肚〕、〔秦樓月〕、〔桃花浪〕、〔滿堂紅〕、〔芭蕉延壽〕、〔水仙子〕、〔尾聲〕、〔浪裏來煞〕、〔隨調煞〕、〔商平煞〕、〔商平隨調煞〕。

南曲則引子爲〔鳳凰閣〕、〔風馬兒〕、〔高陽臺〕、〔憶秦娥〕、〔逍遙樂〕、〔繞池遊〕、〔三臺令〕、〔二郎神慢〕、〔十二時〕。過曲爲〔字字錦〕、

〔滿園春〕、〔高陽臺〕、〔山坡羊〕、〔水紅花〕、〔梧葉兒〕、〔梧桐花〕、〔金梧桐〕、〔梧桐樹〕、〔二郎神〕、〔集賢賓〕、〔鶯啼序〕、〔黃鶯兒〕、〔簇御林〕、〔攤破簇御林〕、〔琥珀貓兒墜〕、〔五團花〕、〔吳小四〕。

(十五)角調所屬諸曲

南北皆無。

(十六)越調所屬諸曲

北曲則爲〔鬥鵪鶉〕、〔紫花兒序〕、〔金蕉葉〕、〔調笑令〕、〔小桃紅〕、〔禿廝兒〕、〔聖藥王〕、〔麻郎兒〕、〔絡絲娘〕、〔小絡絲娘〕、〔東原樂〕、〔棉搭絮〕、〔拙魯速〕、〔天淨沙〕、〔鬼三臺〕、〔耍三臺〕、〔雪裏梅〕、〔眉兒彎〕、〔送遠行〕、〔柳營曲〕、〔黃薔薇〕、〔慶元貞〕、〔古竹馬〕、〔踏陣馬〕、〔青山口〕、〔鄆州春〕、〔看花回〕、〔南鄉子〕、〔梅花引〕、〔尾聲〕、〔隨煞〕、〔天淨沙煞〕、〔眉兒彎煞〕。

南曲則引子爲〔浪淘沙〕、〔霜天曉角〕、〔金蕉葉〕、〔杏花天〕、〔祝英臺近〕、〔桃柳爭春〕。過曲爲〔小桃紅〕、〔下山虎〕、〔蠻牌令〕、〔二犯排歌〕、〔五般宜〕、〔本宮賺〕、〔鬥蝦蟆〕、〔五韻美〕、〔羅帳裏坐〕、〔江頭送別〕、〔章臺柳〕、〔醉娘子〕、〔雁過南樓〕、〔山麻秸〕、〔花兒〕、〔鏵鍬兒〕、〔繫人心〕、〔包子令〕、〔梅花酒〕、〔亭前柳〕、〔一匹布〕、〔梨花兒〕、〔水底魚兒〕、〔吒精令〕、〔引軍旗〕、〔丞相賢〕、〔趙皮鞋〕、〔禿廝兒〕、〔喬八分〕、〔繡停針〕、〔祝英臺〕、〔望歌兒〕、〔鬥寶蟾〕、〔憶多嬌〕、〔江神子〕、〔園林杵歌〕、〔養花天〕、〔入賺〕、〔綿搭絮〕、〔入破〕、〔出破〕（北曲越調，多用六字調。南曲越調，多用小工調）。

㈦雙調所屬諸曲

北曲則爲〔新水令〕、〔駐馬聽〕、〔沉醉東風〕、〔雁兒落〕、〔得勝令〕、〔喬牌兒〕、〔甜水令〕、〔折桂令〕、〔蟾宮曲〕、〔錦上花〕、〔河西錦上花〕、〔碧玉簫〕、〔攪箏琶〕、〔清江引〕、〔步步嬌〕、〔落梅風〕、〔喬木查〕、〔慶宣和〕、〔湘妃怨〕、〔慶東原〕、〔沽美酒〕、〔太平令〕、〔夜行船〕、〔掛玉鉤〕、〔荊山玉〕、〔竹枝歌〕、〔春閨怨〕、〔牡丹春〕、〔對玉環〕、〔五供養〕、〔月上海棠〕、〔殿前歡〕、〔鳳引雛〕、〔月兒彎〕、〔行香子〕、〔天仙子〕、〔蝶戀花〕、〔天娥神曲〕、〔醉春風〕、〔四塊玉〕、〔快活年〕、〔朝元樂〕、〔沙子兒〕、〔海天晴〕、〔一機錦〕、〔好精神〕、〔農樂歌〕、〔動相思〕、〔三犯白苧歌〕、〔新時令〕、〔十棒鼓〕、〔秋江送〕、〔袄神急〕、〔楚天遙〕、〔枳郎兒〕、〔川撥棹〕、〔七弟兒〕、〔梅花酒〕、〔收江南〕、〔小將軍〕、〔撥不斷〕、〔太清歌〕、〔楚江秋〕、〔鎮江迴〕、〔阿納忽〕、〔風入松〕、〔一錠銀〕、〔胡十八〕、〔亂柳葉〕、〔豆葉黃〕、〔胡搗練〕、〔萬花方三疊〕、〔小陽關〕、〔棗鄉詞〕、〔石竹子〕、〔山石榴〕、〔醉娘子〕、〔醉也摩沙〕、〔相公愛〕、〔小拜門〕、〔金盞子〕、〔大拜門〕、〔也不羅〕、〔喜人心〕、〔風流體〕、〔忽都白〕、〔倘兀歹〕、〔青天歌〕、〔大德歌〕、〔華嚴贊〕、〔山丹花〕、〔魚游春水〕、〔慶農年〕、〔秋蓮曲〕、〔尾聲〕、〔本調煞〕、〔鴛鴦煞〕、〔離亭宴煞〕、〔歇指煞〕、〔離亭燕帶歇指煞〕。

南曲則引子爲〔眞珠簾〕、〔花心動〕、〔謁金門〕、〔惜奴嬌〕、〔寶鼎現〕、〔金瓏璁〕、〔搗練子〕、〔海棠春〕、〔夜行船〕、〔四國朝〕、〔玉井蓮〕、〔新水令〕、〔賀聖朝〕、〔秋蕊香〕、〔梅花引〕。過曲爲〔晝錦堂〕、〔紅林檎〕、〔錦堂月〕、〔醉公子〕、〔僥僥令〕、〔孝順歌〕、〔鎖南枝〕、〔柳搖金〕、〔四塊金〕、〔淘金令〕、〔金風曲〕、〔攤破金字令〕、〔夜雨打梧桐〕、〔金水令〕、〔朝天歌〕、〔嬌鶯兒〕、〔朝元令〕、〔柳梢青〕、〔錦金帳〕、〔錦法經〕、〔灞陵橋〕、〔疊字錦〕、〔山東劉袞〕、〔雌雄畫眉〕、〔夜行船序〕、〔曉行序〕（北曲雙調有多用小工者，南曲雙調，則正工、乙字多）。

又南曲中有所謂仙呂入雙調者，所屬諸曲頗多，此北曲中所無也。余按名爲仙呂入雙調，實則亦仙呂宮耳。且犯調集曲至伙，是亦不可缺也。固附於後：〔惜奴嬌〕、〔黑麻序〕、〔錦衣香〕、〔漿水令〕、〔嘉慶子〕、〔尹令〕、〔品令〕、〔豆葉黃〕、〔六幺令〕、〔福青歌〕、〔窣地錦襠〕、〔哭歧婆〕、〔雙勸酒〕、〔字字雙〕、〔三棒歌〕、〔破金歌〕、〔柳絮飛〕、〔普賢歌〕、〔雁兒舞〕、〔打球場〕、〔倒拖船〕、〔風入松〕、〔好姐姐〕、〔金娥神曲〕、〔桃紅菊〕、〔一機錦〕、〔錦上花〕、〔步步嬌〕、〔忒忒令〕、〔沉醉東風〕、〔園林好〕、〔江兒水〕、〔五供養〕、〔玉交枝〕、〔玉胞肚〕、〔川撥棹〕、〔玉雁子〕、〔絮婆婆〕、〔十二嬌〕、〔玉札子〕、〔流拍〕、〔松下樂〕、〔武陵花〕。

如上所列，則六宮十一調所屬諸曲，粲若列眉，只須就本宮調聯絡成套，就古人所固有者排列之，則自無出宮犯調之病。唯文人好作狡獪，老於音律者，往往別出心裁，爭奇好勝，於是北曲有借宮之法，南曲有集曲之法。所謂借宮者，就本調聯絡數牌後，不用古人舊套，別就他宮翦取數曲（但必須管色相同者），接續成套是也。如王實甫《西廂記》，用〔正宮端正好〕、〔滾繡球〕、〔叨叨令〕、〔倘秀才〕、〔滾繡球〕後，忽借用〔般涉調耍孩兒〕，以聯成套數，此唯神於曲律者能之。元人中似此者正多，但可用其成法，切不可自行聯套，致貽畫虎之譏也。所謂集曲者，其法亦相似，取一宮中數牌，各截數句而別立一新名是也。南曲中如張伯起之〔九回腸〕，梁伯龍之〔巫山十二峰〕，皆集曲也。〔九回腸〕合〔解三酲〕、〔三學士〕、〔急三槍〕而成，三三成九，故曰〔九回腸〕。〔十二峰〕，合〔三仙橋〕、〔白練序〕、〔醉太平〕、〔普天樂〕、〔犯胡兵〕、〔香遍滿〕、〔瑣窗寒〕、〔劉潑帽〕、〔三換頭〕、〔賀新郎〕、〔節節高〕、〔東甌令〕而成，故曰〔十二峰〕。諸如此類，不可勝數。余謂但求詞工，不在牌名之新舊，唯既有此格，則亦不可不一言之。總之，借宮集曲，統名犯調，若用別宮別調，總須用管色相同者。例如仙呂宮與中呂宮，同用小工調，則或於仙呂曲中犯中呂，或於中呂曲中犯仙呂，皆無妨也。據此類推，庶無歧誤矣（古曲間亦有誤者，亦不可從也）。餘集曲不備載者，以無甚深意故也。

第二節　論音韻

曲中之要，在於音韻。何謂音？即喉舌唇齒間之清濁是也。何謂韻？即十九部之陰陽是也。音有清濁，韻有陰陽，塡詞者必須辨別清楚，斯無拗折嗓子之誚，否則縱有佳詞，終不入歌者之口也。天下之字，不出五音，五音爲宮、商、角、徵、羽，分屬人口，爲喉、顎、舌、齒、唇。凡喉音皆屬宮，顎音皆屬商，舌音皆屬角，齒音皆屬徵，唇音皆屬羽，此其大較也。宮音最濁，羽音最清，苟一分析，異同立見。唯韻之陰陽，在平聲入聲，至易辨別，所難者上去二聲耳。上聲之陽，類乎去聲，而去聲之陰，又類乎上聲，此周挺齋《中原音韻》，但分平聲陰陽，不及上去者，蓋亦畏其難也。迨後明范善溱，撰《中州全韻》，清初王鵕，撰《音韻輯要》，始將上去二聲，分別陰陽，而度曲家乃有所準繩矣。大凡曲韻與詞韻相異者，詞中支思與齊微，合併爲一，寒山、桓歡、先天三韻，家麻、車遮二韻，監咸、廉纖二韻，亦合而爲一。又詞中所用入韻，有協入三聲者，有獨用入聲者，故萬不可守入派三聲之例。則入聲一調斷不能缺，此塡曲家所以萬萬不可用詞韻也。愚意曲韻之與詩韻，雖截然不同，顧其源即出於詩韻，特以詩韻分合之耳（所謂詩韻者，指《唐韻》、《廣韻》、《集韻》而言，非近時通行之詩韻也。通行詩韻不足守）。詩韻自南齊永明時，謝朓、王融、劉繪、范雲之徒，盛爲文章，始分平上去入爲四聲。汝南周子，乃作《四聲切韻》，梁沈約繼之爲《四聲譜》，此四聲之始，而其書久已失傳。隋仁壽初，陸法言與劉臻、顏之推、魏淵等八人，論定南北是非，古今通塞，撰《切韻》五卷。唐儀鳳時，郭知元等，又附益之。天寶中，孫愐諸人，復加增補，更名曰《唐韻》。宋祥符初。陳彭年、邱雍重修，更名曰《廣韻》。景德四年，戚綸等承詔，詳定考試聲韻，別名曰《韻略》。景祐初，宋祁、鄭戩建言，以《廣韻》爲繁簡失當，乞別刊定，即命祁、戩與賈昌朝同修，而丁度、李淑典領之，寶元二年書成，詔名曰《集韻》。是自《切韻》爲始，而《唐韻》，而《廣韻》，而《韻略》，而《集韻》，名雖屢易，而其書之體例，未嘗更易，總分爲二百六部，獨用通用，所注了然，非特可用之於詩，即就其所通用各韻押之，亦無所不可，況曲韻中之分配，本以此爲據乎？（如曲韻中第一部之東同韻，即合《集韻》平聲之一東、二冬、三鍾，上聲之一董、二腫，去聲之一送、二宋、三用而成者，餘皆如此。）是故填曲者，苟曲韻一時不能置辨，不妨就《集韻》中獨用通用之例而謹守之，較愈於杜撰者多多也。若用詞韻，則未有不偭規越矩者矣。

曲韻分合，諸家亦各不同，而要以昭文周少霞昂，分「知、如」別作一韻爲最謬。「知」音爲展輔，「如」音爲撮唇，二音絕不相類，如何可作一韻？且自來曲韻，從未有如此分配者，此正萬萬不可從也。今取各家之說，匯集考訂，以王鵕《音韻輯要》爲主，分別部居，匯成一種曲韻，庶填曲家得有遵守。唯謭陋舛誤，終不能免，知音君子，尚祈賜益焉。

第一部　東同韻　合《集韻》平聲一東、二冬、三鐘，上聲一董、二腫，去聲一送、二宋、三用而成。（字略，下同）。

第二部　江陽韻　合《集韻》平聲四江、十陽、十一唐，上聲三講、三十六養、三十七蕩，去聲四絳、四十一漾、四十二宕而成者。

第三部　支時韻　合《集韻》平聲五支、六脂、七之，上聲四紙、五旨、六止，去聲五寘、六至、七志而成者。

第四部　齊微韻　合《集韻》平聲八微、十二齊，上聲七尾、十一薺，去聲八味、十二霽、十三祭、二十廢而成者。

第五部　歸回韻　合《集韻》平聲八微之半、十五灰之半，上聲七尾之半、十四賄之半，去聲十四太半、十八隊半而成者。

第六部　居魚韻　合《集韻》平聲九魚、十虞，上聲八語、九噳，去聲九御、十遇而成之者。

第七部　蘇模韻　合《集韻》平聲十一模，上聲十姥，去聲十一暮而成之。與前歸回韻皆新分者。

第八部　皆來韻　合《集韻》平聲十三佳半、十四皆、十六咍，上聲十二蟹、十三駭、十五海，去聲十四太半、十五卦半、十六怪、十七夬、十九代而成之者。

第九部　眞文韻　合《集韻》平聲之十七眞、十八醇、十九臻、二十文、二十一欣、二十三魂、二十四痕，上聲之十六軫、十七準、十八吻、十九隱、二十一混、二十二很，去聲之二十一震、二十二稕、二十三問、二十四慽、二十六圂、二十七恨而成之者。

第十部　干寒韻　合《集韻》平聲之二十五寒、二十七刪、二十八山，上聲之二十三旱、二十五潸、二十六產，去聲之二十八翰、三十諫、三十一澗而成之者。

第十一部　歡桓韻　合《集韻》平聲之二十六桓，上聲之二十四緩，去聲之二十九換而成之者。

第十二部　天田韻　合《集韻》平聲之一先、二仙、二十二元，上聲之二十七銑、二十八獮、二十阮，去聲之三十二霰、三十三線，二十五願而成之者。

第十三部　蕭豪韻　合《集韻》平聲三蕭、四宵、五爻、六豪，上聲二十九筱、三十小、三十一巧、三十二皓，去聲三十四嘯、三十五笑、三十六效、三十七號而成。

第十四部　歌羅韻　合《集韻》平聲七歌、八戈，上聲三十三哿、三十四果，去聲三十八箇、三十九過而成。

第十五部　家麻　合《集韻》平聲十三佳半、九麻，上聲三十五馬，去聲十五卦半、四十禡而成。

第十六部　車蛇　分家麻中車、蛇、斜、些諸音而成，此爲曲中最細處。

第十七部　庚　亭　合《集韻》平聲十二庚、十三耕、十四清、十五青、十六蒸、十七登，上聲三十八梗、三十九耿、四十靜、四十一迥、四十二拯、四十三等，去聲四十三映、四十四諍、四十五勁、四十六徑、四十七證、四十八隥而成者。

第十八部　鳩　由　合《集韻》平聲十八尤、十九侯、二十幽，上聲四十四有、四十五厚、四十六黝，去聲四十九宥、五十候、五十一幼而成者。

第十九部　侵　尋　合《集韻》平聲二十一侵，上聲四十七寑，去聲五十二沁而成者。

第二十部　監　咸　合《集韻》平聲二十二覃、二十三談、二十七咸、二十八銜、二十九凡，上聲四十八感、四十九敢、五十四檻、五十五范、去聲五十三勘、五十四闞、五十九臣覽、六十梵而成者。

第廿一部　纖　廉　合《集韻》平聲二十四鹽、二十五沾、二十六嚴，上聲五十琰、五十一忝、五十二儼、五十三豏，去聲五十五豔、五十六㮇、五十七驗、五十八陷而成者。

右爲部共廿一，爲韻合平上去共百有二十，其分合悉據《集韻》，與周德清氏《中原音韻》，略有分合處，爲南北曲家必不可少之作。其中分陰分陽，又悉依周高安、范昆白之舊，而補入者亦多。塡詞者就此韻用之，依譜以塡句，守部以選韻，庶不致偭規越矩者矣。元音歇絕，抱璞自憐，置諸篋衍久矣，公諸世間，以餉同嗜。

統以上諸韻而論之，較詩詞韻有寬處，有嚴處。所爲寬者，詩則東與冬不能混，蕭與豪又不能相合。詞雖略寬，顧如魂元之類有時亦稍當區別，此則江陽一致，庚亭不分，且合平上去三聲而共用之，固詩與詞所萬萬不能者也。至其嚴緊之處，亦有較詩詞縝密者。詩姑勿論，今專論詞。詞韻如支時、機微、歸回三韻，素所不分，而此則各判畛域，不可假借。居魚、蘇模二韻，詞家通用，而曲則又不可混（居魚、蘇模二韻，曲中向亦不分，分之自李笠翁始）。他若寒山、歡桓之與天田，監咸之與纖廉，詞中有時亦併而爲一，而曲則更不能稍爲通融。凡此之類，皆曲中最細之處。以開口與閉口，出音各殊，鼻音與顎音，吐字宜細（曲中眞文爲抵顎音，庚亭爲鼻音，侵尋爲閉口音，此三音分立至嚴）。蓋不分析則發音不純，起調畢，曲無所歸宿矣。唯塡曲較他種文字爲易者，謂一曲中平仄韻間用，無一曲純是平韻，亦無一曲純是仄韻，此中選擇韻腳，稍覺寬耳。顧古今曲家，往往用韻有不協者，如高深甫濂所作之《玉簪記》，舉世所稱道者也。其中《琴挑》一折，尤爲膾炙人口，而〔朝元歌〕四支，所用諸韻，竟是荒謬絕倫。其詞云：「長清短清，哪管人離恨。雲心水心，有甚閑愁悶。一度春來，一番花褪，怎生上我眉痕。雲掩柴門，鐘兒磬兒在枕上聽。柏子座中焚，梅花帳絕塵。你是個慈悲方寸。長長短短，有誰評論。」詞中「清」字韻是庚亭，「恨」字韻是眞文，「心」字韻是侵尋，「悶」字、「褪」字、「痕」字、「門」字純是眞文，「聽」字韻又是庚亭，「焚」字、「塵」字、「寸」字、「論」字又是眞文。一首詞中，犯韻若此，令人究不知所押何韻。忽而閉口，忽而抵顎，忽而鼻音，歌者輒宛轉叶之，而此曲遂無一人能唱得到家矣（此曲唱者雖多，顧無一人佳者）。又如高則誠之《琵琶記》，亦有錯誤，支時與魚模不分，歌羅與家麻並用，自謂不屑尋宮數調，其實貽誤後學者至巨。在古人猶可推諉也。其時詞家，大抵神於音律，且既無曲韻之可遵，又乏曲律之可守，空拳赤手，儼然成此七寶之樓臺，即有舛誤，亦當平心寬恕。至於今日，則情形不同，《大成宮譜》出，而律度有所準繩矣。《欽定詞韻》出，而韻律亦有依據矣。所難者，中秘典簽，寒士未必能有，顧如沈寧庵之《南詞譜》，范昆白之《中州韻》，尚可訪求而得之，乃誤以傳訛，曾不一爲考訂，致使雲門大樂，既如廣陵之琴，韶濩鈞天，不入秦王之夢。余故謂當今之世，正黃鐘毀棄，瓦釜雷鳴之日也。因訂此韻，爲文人暗室之燈，覽者當知余之苦心，則幸甚矣。

第三節 論南曲作法（宜與前第一節論宮調參觀之）

南曲自梁、魏創立水磨調後（俗名昆腔），其作法大有變革。良輔僅點《琵琶記》板，而不點《幽閨記》板（《幽閨》爲施君美作。君美名惠，即作《水滸傳》之耐庵君士也），故詞家宜恪守《琵琶》。唯東嘉用韻夾雜，不盡可依，取捨從違之際，頗費裁酌，非老於詞學者，不無窒礙處。舊譜中最知名者，曰《南音三籟》，曰《骷髏格》，曰《九宮譜》，俱不盛傳於世。唯沈寧庵之《南九宮譜》，鈕少雅之《南曲范》，藏書家間有儲棄者，顧亦不多見矣。余謂諸譜論詞句之格式雖詳，而於塡詞時按譜尋聲之道，尚未深論，是猶有可議也。康熙時《南詞定律》一書，考訂最精，且係殿板，購求尚易，塡曲者當以此爲樣本（今人塡曲，率取舊本傳奇，如《西廂記》、《牡丹亭》、《桃花扇》數部作樣本，或取《長生殿》與《倚殅七種》者亦有之。余謂《牡丹亭》襯字太多，《桃花扇》平仄欠合，皆未便效法。必不得已，但學《長生殿》，尚無紕繆耳），則有所依據，不誤歧途也。唯詞家尚有數事，爲不可不明者，余爲備論之。

㈠詞牌之體式宜別也

詞牌諸名，備載第一節宮調論內。茲所謂體式者，蓋自來沿誤之處，自應辨別而已。每一牌必有一定之聲，移動不得些微，往往有標名某宮某牌，而所作句法，全非本調者，令人無從制譜，此不得以不知音三字諉罪也（此誤《牡丹亭》最多，多一句，少一句，觸目皆是，故葉懷庭改作集曲也）。又傳奇情節，某處宜悲戚，某處宜歡樂，某處宜用急曲，某處宜用慢曲，皆各視戲情而酌用之。今一切不論，任取一曲塡之，以致丑角成唱〔懶畫眉〕，生旦反用〔普賢歌〕，張冠李戴，實爲笑柄，故體式不可不知也。余略舉數例，以爲詞家之隅反可乎？如〔點絳唇〕，引子也，南曲中屬於黃鐘宮者也。《琵琶記．陳情》（俗名《辭朝》）折內云：「月淡星稀，建章宮裏，千門曉。御爐煙裊，隱隱鳴梢杳。」此眞黃鐘引子之正格，故「建章宮裏」之「裏」字，並不押韻，顯與北曲之〔仙呂點絳唇〕大異也。顧今之歌者，皆用六凡工度之，則南詞之〔黃鐘點絳唇〕，盡變爲北曲之〔仙呂點絳唇〕矣。南詞引子，乃少其一，有此理乎？又如

〔正宮傾杯序〕，其第一句爲四字叶韻者，元人所作，無不如是也。至明景泰時，邱瓊山所作之《綱常記》，所用〔傾杯序〕第一句，爲「步躡雲（句），際聖朝（讀），叨沐恩波浩（句）。」此正元調體式。不知何人，妄以此二句改作「步躡雲霄際聖朝（句），叨沐恩波浩（句）。」既不顧其文理，又不顧其句法，直至今日，牢不可破，即淹雅如楊升庵亦承其訛。升庵《陶情樂府》內，〔傾懷序〕：「隔牆新月上梅花（句），繡閣吹燈罷。」可知此誤由來舊矣。又如〔針線箱〕與〔解三酲〕，其實一牌也。〔針線箱〕八句二十八板，〔解三酲〕亦八句二十八板，其所以名〔針線箱〕者，實始於古曲之《東牆記》，記中云：「爲薄情使人縈繫，終日把圍屏悶倚。懨懨頓覺貪春睡，一日瘦如一日。有時重整殘針指，拈起東來忘卻西。香閨裏，無言空對，針線箱兒。」（旁有點畫處爲板。、爲頭板，⌞爲腰板，一爲截板，當細檢）因末句有「針線箱兒」四字，遂以爲名，其實與〔解三酲〕有何區別？昧者於是以〔解三酲〕屬仙呂，以〔針線箱〕屬南呂，殊不知笛色同用六調（見宮調論），如何能入仙呂？此大憒憒也。又如《西廂》之《佳期》折，所用〔十二紅〕（即「小姐小姐多丰采」一支），係仙呂集曲，非商調集曲，其第一牌名〔醉扶歸〕，是仙呂宮也（凡集曲總以第一牌爲標準，第一牌爲某宮，則以下諸曲，宜均在此宮，若犯別調之曲，亦須取笛色相同者）。既是仙呂，則笛色當用小工，今律以所犯牌名，雜出不倫，紕繆甚多，且笛色又用凡字調，則一若南呂宮矣。葉懷庭云：「《佳期》曲刺謬不少，今驟然訂正，恐有郢客寡和之憾，姑仍舊貫，識者無譏。」則此曲之誤，懷庭固知之焉。李笠翁譏此曲爲鄙俗，猶從文字著想，實則豈僅鄙俗二字足蔽之哉（《南詞定律》以此曲屬仙呂犯調，確當不易，並分注各牌，以〔醉扶歸〕、〔惜黃花〕、〔皂羅袍〕、〔傍妝臺〕、〔耍鮑老〕、〔羅帳裏坐〕、〔江兒水〕、〔玉嬌枝〕、〔山坡羊〕、〔東甌令〕、〔排歌〕、〔太平歌〕諸名，逐句配合，尤爲允愜）。諸如此類，不勝枚舉，取其最著者言之，已如此繁伙矣。是故塡詞者謹守宮譜而外，第一當明體式。

㈡曲音之畢亢宜調也

南曲之聲，最易辨析，而亦最不易辨析，何也？以宮調論，則每宮有每宮之聲，至易分辨。以每支論，則同屬一宮之曲，其聲有不能分辨者，要在句法長短之間，尋其異同之處而已。如〔忒忒令〕之與〔園林好〕，〔鶯啼序〕之與〔集賢賓〕，〔好事近〕之與〔泣顏回〕，乍聽其聲，幾難分別，直至察其板式（詳論見後），乃能清晰。故塡詞家凡遇聲音易於混淆之曲，其四聲陰陽，寧守定舊譜，或可免舛錯耳。大抵字音與曲調，截然相反，四聲中字音，以上聲爲最高，而在曲調中，則上聲諸字，反處極低之度。又去聲之音，讀之似覺最低，不知在曲調中，則去聲最易發調，最易動聽。故逢去上兩字連用之處（謂一句中相連處），用去上者必佳，用上去者次之，所謂畢亢之間最難聯貫也。凡事自上而下較易，自下而上較難。自去聲至上聲，由上而下也。自上聲至去聲，由下而上也。所以去上之聲，必優美於上去。總之就曲調之高低，以律字音之畢亢，調之低者，宜用上聲字，謂之高者，宜用去聲字。而總要一語，必須文字優美，能上聲字少用，則所塡諸詞，無不可被弦管矣。雖然，此特爲不知音者塡詞而發也，若詞林宗匠，盡有出奇操勝之妙，局促於短轅之下，有才者反多一束縛，要之此理卻是不可不知而已。余今略舉一曲爲例。如〔皀羅袍〕，仙呂宮曲也，共九句二十五板。古詞云：「暗想朱門俊女，豈無俊傑，肯配寒儒。漫自無言意躊躇，無情卻被多情誤。藍橋何處？夢兒又無。陽臺何處？路兒怎疏。朝雲暮雨難憑據。」詞中所用「暗想」、「俊女」、「暮雨」諸字，皆是極妙之處，凡遇此等處，宜恪守之。又「漫自無言意躊躇」句，必須用仄仄平平仄平平，一字不可更動也。余姑塡一曲，以爲程式。「漫剪銀釭細語，此時夜短，好卸珠襦。夢影微茫艷情紆，春纖記取檀霞注。釵頭花氣，嫩香乍舒，衣鞲芳澤，羅巾尚餘。柔魂待繞梨雲去。」此曲於原詞妙處，一絲不走，塡詞家須如此遵譜，亦能合律。非敢謂舉世皆非，而我獨是也。

更有一事當注意者，前曲與後曲聯綴之處，不獨與別宮曲聯絡，有卑亢不相入之理，即同宮同調，亦有高低不同者。同一商調也，〔金梧桐〕之高亢，與〔二郎神〕之低抑，相去不可以道理計也，故自來曲家，卒未有以此二曲聯爲一套者。《牡丹亭·冥誓》折，所用諸曲，有仙呂者，有黃鐘宮者，強聯一處，雜出無序，《納書楹》節去數曲，始合管弦，以若士之才，而疏於曲律如是，甚矣塡詞之難也。往在汴京時，見一時賢，示我新曲，其第一折第一支，即用〔桂枝香〕，第二支用〔宜春令〕，第三支用〔麻婆子〕，亂次以濟，音調怪異，且使笛工每吹一曲，須換一調，唱者吹者，皆屬苦事。彼時以初交，未便指點，且反稱譽之，遂大喜而去。豈知〔桂枝香〕用小工調，〔宜春令〕用六字調，一高一低，格不相入，況〔麻婆子〕爲中呂急曲，有板無腔（俗名干板，又名流水板），如何與〔桂枝香〕、〔宜春令〕等慢曲，聯得下去？此理不明，並填詞亦可免勞矣。故填詞家謹守宮譜而外，第二須明曲調之高卑，庶免扣槃捫燭之誚。

㈢曲中之板式宜檢也

板拍所以爲曲中之節奏，北曲無定式，視文中襯字之多少以爲衡，所謂死腔活板是也。南曲則每宮每支，除引子及〔本宮賺〕、〔不是路〕外，無一不立有定式。如仙呂宮之〔河傳序〕，共三十二板，〔桂枝香〕二十三板，其下板處各有一定不可移動之處，謂之板式（每曲第幾字下板，毫無假借）。文人善歌者少，往往不明板式之理，或任意多加襯字（襯字謂曲中不應有之字，如《八陽》第一曲第一句，應用七字韻句，今云：「收拾起大地山河一擔裝」，此「收拾起」三字，即襯字也。照譜填詞，或於句首句中多加二三字者是也），以至上一板與下一板，相隔太遠，遂令唱者趕板不及，甚則落腔出調者，皆填詞時不檢板式之病也。欲免此病，只有在未填詞之先，先將欲填之曲檢出，細察此曲之板式，其疏密若何。若板式至簡，或上句之末一板，與下句之第一板，中間間隔多字者，則下句之首，萬不可再加襯字矣。今姑舉一例以明之，如〔仙呂桂枝香〕，共十一句二十三板，《琵琶記》原詞云：「書生愚見，忒不通變。不肯坦腹東床，漫自去哀求金殿。想他們就裏，他們就裏，將人輕賤。非爹胡纏，怕被人傳。相府公侯女，不能嫁狀元。」第一句「書生愚見」與第二句「忒不通變」，下板處同在第一字第四字上，而「見」字一板，與「忒」字一板，恰好相聯，故〔桂枝香〕第二句上，不妨加幾個襯字，歌時兩板相去甚近，盡趕得上板也。「將人輕賤」，「非爹胡纏」二句，亦然。而「被人傳」之「被」字一板，與上句「纏」字一板，又是相聯，故亦可加入襯字。「相府公侯女，不能嫁狀元」二句，其「女」字一板，與「不」字一板，又是相聯，亦可加入襯字。再以《紅梨記》〔桂枝香〕證之，自然豁然貫通矣。《紅梨．亭會》折云：「月圓如鏡，好笑我貪杯酩酊。忽聽窗外喁喁，似喚我玉人名姓。我魂飛魄驚，魂飛魄驚。便欲私窺動靜，爭奈我酒魂難省。到今日睡懵騰，只落得細數三更漏，沒奈何長吁千百聲。」詞中所用「好笑我」、「便欲」、「爭奈我」、「到今日」、「只落得」、「沒奈何」皆襯字也，而皆就板式緊密處加入之，歌者全不費力，且反有疏密清逸之致，此眞詞林老手也（《紅梨》爲明徐復祚筆，頗多俊語）。總之，板式緊密處，皆可加襯字，板式疏宕處，則萬萬不可。湯臨川作《牡丹亭》，不知此理，任意添加襯字，令歌者無從句讀。當時凌初成、馮猶龍、臧晉叔諸子，爲之改竄，雖入歌場，而文字遂遜原本十倍，此由於不知板也。故塡詞家謹守宮譜而外，第三當知板式之疏密。

㈣曲牌之套數宜酌也

南曲套數，至無一定，然自梁伯龍《江東白苧》詞後，其聯絡貫串處，又似有一定不可更改之處。大抵小齣可以不拘（所謂小齣者，爲丑淨過脈戲，俗謂之饒戲，或用〔駐雲飛〕數支，每支換韻者，如《長生殿．看襪》之類，或用〔水底魚〕數支，有換韻有不換韻，如《長生殿．陷關》之類是也），大齣則全套曲牌，各有定次，前後聯串，不能倒置（若用集曲，則亦可不拘。如《獨占》之〔十二紅〕，散曲之〔巫山十二峰〕，《思鄉》之〔雁魚錦〕是也），作者順其次序按譜塡之，不可自作聰明，致有冠履倒易之誚，唯用同牌曲四支，與〔換頭〕並用者，則〔尾聲〕可以不用矣。《琵琶》中如《規奴》之〔祝英臺〕四支，《梳妝》之〔風雲會四朝元〕四支，《登程》之〔甘州歌〕四支，及《紫釵》中《插釵》之〔綿搭絮〕四支皆是也。顧間亦有用〔尾聲〕者，文人筆墨歌舞之際，一時收束不來，明知破例爲之而已。蓋南曲套數之收束，全在〔尾聲〕之得宜，沈寧庵作《南曲譜》，其於〔尾聲〕，再三注意。詞人塡詞時，直至〔尾聲〕處，已是強弩之末，其能興會淋漓，如前所云，收束不來者，十中難見一二也。故塡詞家若欲套數得宜，牌名勻稱者，宜取元明以來傳奇、散曲效法之。所謂效法者，當擇傳奇、散曲中之佳者，如《琵琶》、《幽閨》、《浣紗》諸記，皆可效法。先將所塡曲中情節，悲歡喜怒之異，辨析清楚，然後擇定用某宮某套（如仙呂宮之〔忒忒令〕一套，宜清新綿邈，越調之〔小桃紅〕一套，宜淘寫冷笑，皆詳《南曲譜》中），再將《南詞定律》檢出所用各曲，依譜塡之，則自無位置舛錯之病矣。雖然，此特爲守定舊譜成套而言也。若欲自立新套，則〔尾聲〕不可不注重矣。即如仙呂一宮，其舊套所存者尚多，如〔步步嬌〕、〔醉扶歸〕、〔皀羅袍〕、〔好姐姐〕、〔尾聲〕一套，或〔忒忒令〕一套，或〔疊字錦〕一套，普通所用者，不下六七套，按成例而譜之，只須畫依樣之葫蘆，不必別出心裁，但求四聲陰陽之穩愜，文字能造優美之地，則譽之者眾矣。至於自聯套數，則前後位置，頗宜斟酌，而〔尾聲〕平仄，尤須因時制宜，不可拘定舊式焉。余略爲聯貫數套，以宮調次之，爲學者之一助，則事逸而功倍，於詞家稍省腦力耳（學者即就舊本套數用之，已是有餘。苟於宮調犯換之理，不甚明瞭，正不必標新立異也）。如仙呂宮，若用〔八聲甘州〕〔聯第二換頭〕、〔賺〕二支、〔解三酲〕二支，則〔尾聲〕應用「仄平平，平平仄，平平仄仄仄平平，仄仄平平平仄平。」[1]（凡〔尾聲〕總用十二板，無論句法若何，統計總不出此數，故又謂〔十二時〕又謂〔意不盡〕）若用〔八聲甘州〕二曲、〔解三酲〕二曲，或單用〔八聲甘州〕四曲，俱不用〔尾聲〕。若用〔河傳序〕二曲、〔賺〕一曲、〔解三酲〕二曲，則〔尾聲〕應用「仄平平，平平仄，平平仄仄平平，仄仄平平仄仄平。」[2]若用〔木丫牙〕一曲、〔美中美〕一曲、〔油核桃〕一曲，不用〔尾聲〕。若用〔上馬踢〕、〔攤破月兒高〕、〔蠻江令〕、〔涼草蟲〕、〔蠟梅花〕各一曲，不用〔尾聲〕。如正宮若用〔傾杯序〕二曲、〔賺〕一曲、〔朱奴兒〕二曲，則〔尾聲〕應用「平平仄仄平平仄，仄仄仄平平平仄，仄平仄平平去上。」若用〔白練字〕二曲、〔紅芍藥〕二曲，〔尾聲〕同前。若用〔金殿喜重重〕二曲、〔賺〕二曲、〔醜奴兒〕二曲，則〔尾聲〕應用「平平仄仄平平仄，平仄平平平仄平，仄仄平平仄仄平。」如〔大石調〕，若用〔摧

1 此處〔尾聲〕少一板。
2 此處〔尾聲〕少一板。

拍〕，以〔一撮棹〕收之，或用〔三字令〕，亦以〔一撮棹〕收之，俱不用〔尾聲〕。若用〔催拍〕二曲、〔亭前柳〕二曲、〔犯越調下山虎〕二曲，亦不用〔尾聲〕。若用〔賽觀音〕二曲、〔人月圓〕二曲，亦不用〔尾聲〕。如中呂調，若用〔尾犯序〕四曲、〔鮑老催〕二曲，則〔尾聲〕應用「平平仄，平仄平，仄仄平平仄仄，仄仄平平平仄平。」若用〔尾犯序〕四曲、〔賺〕一曲、〔玉芙蓉〕二曲，〔刷子序〕二曲，〔尾聲〕同前。若用〔山花子〕二曲、〔大和佛〕一曲、〔舞霓裳〕一曲、〔紅繡鞋〕一曲，〔尾聲〕同前。若用〔馱環著〕一曲、〔合生〕一曲、〔瓦盆兒〕一曲、〔越恁好〕一曲，〔尾聲〕亦同前。若用〔合生〕二曲、〔包子令〕二曲、〔梅花酒〕二曲，不用〔尾聲〕。如南呂調，若用〔瑣窗寒〕二曲、〔太師引〕二曲，不用〔尾聲〕。若用〔石竹花〕二曲、〔紅衫兒〕四曲，亦不用〔尾聲〕。如黃鐘宮，若用〔漁父第一〕、〔刮地風〕各一曲，不用〔尾聲〕。若〔刮地風〕後，再用〔滴溜子〕者，則〔尾聲〕應用「平平仄仄平平仄，仄平仄，仄仄平平，仄仄平平仄平。」若用〔燈月交輝〕二曲、〔賺〕一曲、〔鮑老催〕二曲，則〔尾聲〕應用「平平仄仄平平仄，仄平平仄平平仄，仄仄仄平平仄。」略舉數宮爲例，蓋以見〔尾聲〕之不可忽也。故塡詞家謹守宮譜而外，第四當知套數之不宜隨意。

以上四條，爲南曲家必須留意處，非謂以此範天下之才人也。套式之最不可遵守者，莫如李日華之《南西廂》及湯若士之玉茗「四夢」。何也？《西廂》之所以改爲南曲者，以王實甫北詞，只便於弦索，而不利於笙笛，只便於弋陽俗腔，而不利於昆調雅奏。日華即以北詞之句讀，改作南詞之音律，可謂煞費苦心。顧以字句之勉強，本宮套中，不能聯絡者，往往借別宮調中，與北詞原文句法相類之曲（如〔寄生草〕改爲〔江兒水〕之類），任塡一曲，乃至套式前後，高亢不倫。李笠翁謂日華爲功首罪魁，至爲允當。若如玉茗「四夢」，其文字之佳，直是趙璧隋珠，一語一字，皆耐人尋味。唯其宮調舛錯，音韻乖方，動輒皆是。一折之中，出宮犯調，至少終有一二處（詳論見後第四章）。學者苟照此塡詞，未有不聲律怪異者。在若士家藏元曲至多，但取腕下之文章，不顧場中之點拍。若士自言曰：「吾不顧捩盡天下人嗓子。」噫！是何言也。故讀「四夢」者，但當學其文，不可效其法，此爲金玉之語。余恐《西廂》，「四夢」之貽誤人也（尤西堂目「四夢」爲南曲之野狐禪，洵然），用特表而出之。

第四節　論北曲作法

南詞重板眼、北詞重弦索，此世所通知者也。唯北詞調促而辭繁，下詞至難穩愜，且襯字無定法，板式無定律，初學塡詞幾於無從入手。又不尙詞藻，專重白描，胡元方言，尤須熟悉（湯若士於胡元方言極熟，故北詞直入元人堂奧，諸家皆不能及）。句法字法，別有一種蹊徑，與南曲之溫柔典雅，大相懸絕（《西廂》「繫春心情短柳絲長，隔花陰人遠天涯近」，語妙今古。顧在當時，不甚以此等艷語爲然，謂之行家生活，即明人謂案頭之曲，非場中之曲也。實甫曲如「顚不剌的見了萬千，似這般可喜娘罕曾見」及「鶻伶淥老不尋常」等語，卻是當行出色。關漢卿《續西廂》，人瑞大肆譏彈，實皆元人本色處，聖嘆不之知耳）。故作南曲，詞章佳者，尚易動筆，若作北曲，則語語不可夾入詞賦話頭，以俚俗為文雅，雖詞章才子，對此無所措手矣。試遍檢明清傳奇，南曲佳者至多，北詞佳者絕少，皆坐此病（《長生殿》中北曲，間有佳者，顧亦不多。若如《桃花扇》之《寄扇》〔哀江南〕，直是秦柳小詞，非北詞正格也），非寢饋於元曲者深，則不能純任自然也（元曲有二種，一為雜劇，一為散套。散套尚文雅，雜劇尚本色）。昔洪昉思與吳舒鳧論填詞之法。舒鳧云：「須令人無從濃圈密點。」時昉思之女之則在座曰：「如此，則天下能有幾人可造此詣？」由此觀之，本色之難可知矣。夫不能化俗為雅，而僅以塗澤為工，此《曇花》、《彩毫》諸記之所以盛行於世也。余姑將北詞中應知之理，條論如下。

㈠要識曲譜

北曲之譜，較南曲為難識，何也？南曲襯字不多，且有一定格式，一檢《南詞定律》，正襯分明，即與他譜小有出入，而以板式較之，自無同異之可疑，雖辨體略難，固猶未甚至也。若北曲則諸家所定之譜，頗有出入，偶一較對，何去何從？清初如《大成宮譜》、《欽定曲譜》之類，雖多所發明，而按諸各家之說，其間尚費斟酌，且《嘯金譜》、《吳騷合編》等書，其於北詞，往往不點板式，而以襯作正，以正誤襯，不一而足，令人無從遵守，故《嘯餘譜》之北曲譜，則斷斷不可從也。李玄玉之《北詞廣正譜》，徵引頗多（今坊間尚易購取），且《大成宮譜》，採擇此譜者，幾如全襲其書，學者苟元《大成譜》，則此書可作範本焉。唯識譜之法，顧亦甚難，於無可遵守之中，而思一法，則取近來時伶所熟悉諸套用之，切忌生套（謂不常見之套數也）。此其間有數便也：腔恪既熟，滯齒棘喉之音，自然可免，一便也。若者爲襯，若者爲正，譜中所聚訟之處，可就腳本中工尺旁譜中決之，二便也（凡襯字，歌者必速速帶去，俗謂之搶，此南北曲皆然，唯北曲中，間有一二板者）。板之疏密處，既可檢得，而於塡詞用襯字時，何處可增，何處可減，亦可以自行去取，三便也。工尺旁譜，既有成例，將來脫稿塡譜，即可將此作對本子，而依字配聲，其出入變動處，得所依傍（凡塡譜必依曲文之四聲清濁陰陽，而後定工尺，詳見後第三章）。四便也。雖然，此特畫依樣之葫蘆耳。至於自辨譜體，則須多看多較，才有把握。

(二)要明務頭

務頭之說，解者紛紛。周德清《中原音韻》簡末，附論務頭一卷，洋洋數千言，而其理愈晦，究不知於意云何。周氏之言曰：「要知某調某句某字是務頭，可施俊語於其上。」據此則每一調之務頭，皆有一定之字格矣。顧周氏書中，所列之定格四十首，則又不盡然，往往注明務頭在第幾句上，似乎可以隨意爲之。且既云某調某句是務頭，可施俊語，然則凡不是務頭處，皆可放筆塡詞，潦草塞責乎？此必不然者也。李笠翁別解務頭曰：「凡一曲中最易動聽之處，是爲務頭。」此論尤難辨別，試問以笛管度曲，高低抑揚，焉有不動人聽者乎？況北詞閃賺抗墜，更較南詞易於入耳，則所謂最易動聽四字，亦殊無據。蓋爲此務頭二字，正不知絞盡多少才人心血，而迄無有渙然冰釋之一日，可謂奇矣。余尋繹再三，竭十餘年之功，始有豁然之境，乃爲之說曰：務頭者，曲中平上去三音聯串之處也。如七字句，則第三、第四、第五之三字，不可用同一之音。大抵陽去與陰上相連，陰上與陽平相連，或陰去與陽上相連，陽上與陰平相連亦可。每一曲中，必須有三音相連之一二語，或二音（或去上，或去平，或上平，看牌名以定之）相連之一二語，此即爲務頭處。今即以《嘯餘譜》中所列定格四十首證之。白仁甫〔寄生草〕云：「長醉後方何礙，不醒時有甚思。糟醃兩個功名字，醅渰千古朝廷事，曲埋萬丈虹霓志。不達時皆笑屈原非，但知音盡說陶潛是。」詞中用「醒」、「時」二字爲陰上與陽平相連，「古朝」與「屈（作上）原」四字亦然。「有甚」二字爲陰上與陽去，「盡說陶」三字，爲陽去陰上陽平相連，皆是務頭也。又白仁甫〔醉中天〕云：「疑是楊妃在，怎脫馬嵬災。曾與明皇捧硯來，美臉風流殺。叵奈揮毫李白，覷著嬌態，酒松煙點破桃腮。」此詞詠佳人黑痣，文極佳妙。「馬嵬」、「與明」四字，爲陰上與陽平相連。「捧硯」爲陰上與陽去相連，「點破桃」三字，爲陰上陽去陽平相連，皆是務頭也。又宮大用〔醉扶歸〕云：「十指如枯筍，和袖捧金尊。搊殺銀箏字不眞，揉癢天生鈍。縱有相思淚痕，素把拳頭搵。」詞中「指如」、「殺銀」、「把拳」六字，皆爲陽上與陰平相連，「字不眞」爲陽去陰上陰平相連，皆是務頭也。《嘯餘譜》共有定格四十首，而取其第一、第二、第三三首論之，已明晰如彼矣。以下三十七首，學者可用我說求之，則無所不合也。余故復爲之細說曰：《嘯餘譜》謂要知某調某句某字是務頭者，蓋塡詞家宜知某調某句某字是務頭也。換言之，謂當先自定以某句某字爲務頭，而爲之定去上、析陰陽也。又譜中謂可施俊語於其上者，蓋務頭上須用俊語實之，不可拘牽四聲陰陽之故，遂至文理不順也。非謂務頭上可用俊語，以外可不必用俊語也。自此理不明，學者遂各執一詞，以逞其臆說，紛紛議論，幾如聚訟，而其理愈不能明晰，存至今日，暗室久已無燈矣。嗚呼！瞽人語日，難以指形，夏蟲語冰，焉能徵實，此所以卒無啓明之人歟？

㈢要聯套數

北曲之套數，前後聯串之處，最爲謹嚴，較南曲之律爲密。南曲長套，其增減之處，苟在同宮，間可自行去取，北詞則須有依據。所謂依據，不外元人之詞，大抵排場之繁簡冷熱，悉依曲牌之多寡以爲差。元劇中每一種劇，大半以一角色任之，蓋北詞一套，須以一人獨唱，非如南詞之不拘何人，皆可分唱也。且元劇率以四折爲斷，而此四折之曲，不可使他角色分勞。如《漢宮秋》四折，生唱到底，《玉簫女》四折，旦唱到底，其餘各種，無不如是者。故牌名之聯貫，總宜布置停勻，不致太多太少，否則少則謂之閃撒，多則謂之絮叨（閃撒、絮叨，元人方言），一則唱不夠，座客不及細聽，而已畢曲矣；一則唱不動，所謂鐵喉鋼舌，才能蔵事是也，二者交譏，則套數要宜留意矣。元人散曲，往往有長至二十支者，此因歌者可以稍事休息，雖長不致費力。若劇中則至多不過十二三支而已。余今爲之立一定式，每宮各列二套，第一爲最多最長者，第二爲至少至短者。學者即就此二套中擇用之，而依其句法，順其四聲，自無畸重畸輕之病矣（務頭及四聲不可移易之處，皆在字旁標以重點（·），俾閱者了然也）。

⑴黃鐘宮　最長者，以明陳大聲《秦淮遊賞》詞。詞云：「〔醉花陰〕深淺荷花

二三里，仿佛似王維畫裏。涼雨過，晚風微。小舫輕移，來往垂楊底。好風景，喜追陪，萬斛塵襟皆蕩洗。〔喜遷鶯〕人生佳會，與詞林三五相知。忘機，盡都是儒冠布衣。睥睨乾坤更許誰，湖海氣。一會家藏鬮賭令，一會家射覆分題。〔出隊子〕五陵佳氣，笑談間出眾奇。一個個子瞻文藻許相齊。司馬才華可並推，杜牧疏狂堪共比。〔幺篇〕東吳佳麗，水雲鄉事事宜。幾行沙鳥傍人飛。數點征帆帶雨歸，一片漁歌花外起。〔刮地風〕多少興亡殘照裏，鎖蒼煙禾黍高低。慨凄涼自古繁華地，物換星移。一處處古臺幽砌，一叢叢野花荒薺。梁家爭，晉家霸，你興我廢。從前不索題，笑呵呵且自銜杯。〔四門子〕列金釵十二雲鬟立。綺羅交，珠翠圍，秦淮十里南風醉。問仙姝來不來。金縷歌，象板催，樂陶陶盡拚沈醉歸。錦瑟又彈，鳳管又吹，一弄兒歌聲潤美。〔水仙子〕將將將日墜西。見見見雪浪驚濤拍岸回，紛紛紛宿鳥飛還，閃閃閃殘霞飄墜，呀呀呀兩三家半掩扉。喜喜喜送黃昏遠寺鐘聲碎，看看看燈火見依稀。〔尾〕載酒重來是何日，重來時切莫相違。常言道閑處光陰能享幾。」最短者，以元王伯成《天寶遺事》，劇中一套，只有五支。其詞云：「〔傾杯序〕蜀道中間，馬嵬側近，討根討苗絕地。帥首獨專，眾心皆悅，軍政特聽，將令頻催。弟兄死別，郎舅絕親，夫妻生離。偏愁荒是，不知死的太眞妃。〔幺篇換頭〕何濟。寶髻鬅鬆，玉容寂寞，惜芳姿不勝憔悴。似太皞春終，艷陽時過，白帝風搖，青女霜欺。急淹淚眼，忙啓櫻唇，緊皺蛾眉。似鶯吟鳳語，悄悄奏帝王知。〔幺篇第三換頭〕陛下，著哀告敢為敢做的陳元禮，更不弱如當世當權的郭子儀。又不曾背叛朝廷，篡圖天下，又不曾違犯國法，誤失軍期。平白地處死，無罪遭誅，性命好容易。君王聽道罷，屈即便依隨。〔么篇第四換頭〕將軍，大爲天子欣然退，要轉吾當不敢違。施些存恤之心，減些雷霆之怒，生此惻隱之心，罷些虎狼之威。唇亡齒寒，龍斗魚傷，兔死狐悲。將軍聽道罷，出語忒忠直。〔隨尾〕娘娘若依條斷遣怕連三妹，陛下若按法施行戾八姨。有句話明白索奏知，免致遷延涯時刻。楊國忠如今若斬訖，更有個親人不伶俐。萬馬千軍踏踐畢，恁時舒心領戈戟，慢慢驅兵滅反賊。說破微臣昧死罪。妃子娘娘問道是誰？遠在兒孫近在你。」

⑵正宮　正宮曲中套數之長者至多。如元鮑吉甫《秦少游》劇，甩牌至二十支（亦〔端正好〕、〔滾繡球〕一套）。白仁甫《梧桐雨》劇，用牌至十九支，唯其中多用借宮（說見後），並非全屬本調，則亦不足依據也。今以元吳昌齡《憶妓詞》爲長套之正格，其詞云：「〔端正好〕墨點柳眉顰，酒暈桃腮嫩，破春嬌半顆朱唇。海棠顏色江梅韻，宮額芙蓉印。〔滾繡球〕耦絲裳翡翠裙，芭蕉扇竹葉尊。襯凌波玉鉤三寸，露春蔥十指如銀。秋波兩點勻，春山八字分。顫巍巍霧鬢雲鬟，搓圓頸玉軟香溫，輕拈翠靨花生暈，斜插犀梳月破雲。誤落風塵。〔倘秀才〕是麗春園蘇卿後身，敢西廂下鶯鶯影神。便有丹青也畫不眞。妝梳諸樣巧，笑語暗生春。他有那千般兒的可人。〔脫布衫〕常記得五言詩暗寄回文，千金夜占斷青春。廝陪奉嬌香膩粉，喜相逢柳營花陣。〔凌波曲〕這些時春寒繡裀，月暗重門。梨花暮雨已黃昏，把香衾自溫。金杯不洗心頭悶，青鸞不寄雲邊信。玉容不見意中人，空教人害損。〔隨煞尾〕記一宵歡愛成秦晉，早千里關山勞夢魂。漏水更深燭影昏，柳映花遮曙色分，酒釃花濃錦帳新，倚玉偎香翠被溫。有一日

重會菱花鏡裏人，將我受過的凄涼正了本。」此曲絕佳，亦本色，亦妍麗，直是元人眞相。吳昌齡以《夜月走昭君》一劇得名。《太和正音譜》評其詞「如庭草交翠」，信然。最短者，以白無咎《遺興詞》，僅有一支，然非小令。其詞云：「〔黑漆弩〕儂家鸚鵡洲邊住，是個不識字漁父。浪花中一葉扁舟，睡煞江南煙雨。」此詞亦不減「西塞山前」風致也。

(3)仙呂宮　最長者，以元于伯淵《憶美人》詞，詞云：「〔點絳唇〕漏盡銅龍，香銷金鳳，花梢弄，斜月簾櫳，喚起無聊夢。〔混江龍〕繡幃春重，趁東風培養出牡丹叢。流蘇斗帳，龜甲屏風。七寶妝奩明彩鈿，一簾香霧裊薰籠。翠雲半鬢，朱鳳斜松。眉兒掃楊柳雙彎淺碧，口兒點櫻桃一顆嬌紅。眼如珠光搖秋水，臉似蓮花笑春風。鸞釵插花枝蹀躞，鳳翹懸珠翠玲瓏。胭脂蠟紅膩錦犀盒，薔薇露滴注玻璃甕。端詳了艷質，出落著春工。〔油葫蘆〕鸞鏡出函百煉銅。端詳玉容，似嫦娥光落廣寒宮。襯桃腮巧注鉛華瑩，啓朱唇呵暖蘭膏凍。傅粉呵則太白，施朱呵則太紅。鬢蟬低嬌怯香雲重，端的是占斷了綺羅叢，〔天下樂〕半點兒花鈿笑靨中。嬌紅酒暈濃。天生下沒包彈可意種。翰林才詠不成，丹青手畫不同。可知道漢宮中最愛寵。〔哪吒令〕露春纖玉蔥，掃眉尖翠峰。含清香玉容，整花枝翠叢。插金釵玉蟲，褪羅衣翠絨。鏤金妝七寶鐶，玉簪挑雙珠鳳，比西施宜淡宜濃。〔鵲踏枝〕翠玲瓏，玉玎冬。一步一金蓮，一笑一春風。梳洗罷風流有萬種。殢人嬌玉軟香融。〔寄生草〕傾城貌，絕代容。弄春情漏泄的秋波送，秋波送搬斗的春山縱，春山縱勾撥的芳心動。鬢花肥粉可人憐，翠衾鴛枕和誰共。〔幺〕情尤重，意轉濃。恰相逢似晉劉晨誤入桃源洞，乍相交似楚巫娥登赴陽臺夢，害相思似瘦闌成愁賦香奩詠。你這般玉精神花模樣賽過玉天仙，我則待綿纏頭珠絡索蓋一座花胡同。〔金盞兒〕臉霞紅，眼波橫，見人羞推整釵頭鳳。柳情花意媚東風，鈿窩兒裏黏曉翠，腮斗兒上暈春紅。包藏著風月約，出落的雨雲蹤。〔後庭花〕繡床鋪綠剪絨，花房深紅守宮。豆蔻蕊梢頭嫩，絳紗香臂上封。恨匆匆尋此閑空。美甘甘兩意濃，喜孜孜一笑中。〔六幺令〕幾時得鴛幃裏錦帳中，折桂乘龍。魚水相逢，琴瑟和同。五百年姻眷交通。順毛兒撲撒上丹山鳳，點春羅一抹香濃。鶯雛燕乳供歡寵。鶯花爛縵，雲雨溟濛。〔幺〕雲鬢鬅鬆，星眼朦朧。錦被重重，羅襪弓弓。粉汗溶溶。風流受用，孟光合配梁鴻。怎教他齊眉舉案勞尊重，俏書生別有家風。金荷燒盡良宵永，憐香惜玉，倚翠偎紅。〔賺煞〕花月巧梳妝，脂粉閑調弄，沒亂煞看花眼腫。偏是他心有靈犀一點通，惱春光蜂蝶嬌慵，莫不是蕊珠宮，天上飛瓊，會向瑤臺月下逢。投至得隔牆窺宋，停燈款夢，只怕他俊龐兒嬌怯海棠風。」此曲摹寫閨襜，至為華贍。李中麓評云：「妝點飽滿，的是元人風度」，自是知言。大凡〔仙呂點絳唇〕一套，用〔六幺序〕或〔葫蘆草混〕諸牌者，必須長套方可。至若短套，則關漢卿之「雨過山橫秀」，亦是佳作，顧猶未若元楊西庵之《春情》詞之佳也。其詞云：「〔仙呂賞花時〕花點苔錢繡不勻，鶯喚楊枝語未真。簾外絮紛紛。日長人困，風暖獸煙溫。〔幺〕一自檀郎共錦茵，再不曾暗擲金錢卜遠人，香臉笑生春。舊時衣褃，寬放出二三分。〔賺煞〕調養就舊精神，妝點出嬌風韻，將息好護春纖的一雙玉筍。拂綽了香冷妝奩寶鏡塵，舒展開繫東風兩葉眉顰，曉妝新。高綰起烏雲，再不管暖日珠簾鵲噪頻。從今後鴉鳴不嗔，燈花休問，一任他子規聲啼破海棠魂。」

(4)南呂宮　南呂一宮，論其套數之長短，頗難合一，大都以隔尾聯絡之。如元無名氏之《貨郎擔》雜劇，〔一枝花〕、〔梁州第七〕以後，即接〔九轉貨郎兒〕九支。而九支又每支換韻，與〔一枝花〕、〔梁州〕無一同韻者，直至〔尾聲〕，方與〔一枝花〕、〔梁州〕諧韻，是此九支〔貨郎兒〕，乃是夾套格局，非南呂宮本格也。南呂本格，止有〔一枝花〕、〔梁州第七〕、〔尾聲〕之一套而已。他若用〔牧羊關〕、〔罵玉郎〕、〔感皇恩〕、〔采茶歌〕、〔玄鶴鳴〕、〔烏夜啼〕諸曲者，無一套不用隔尾，是又聯套格局，亦非南呂本格也。余故僅列一套，至其長短及牌名多少，令學者自便云。元張小山《春愁》曲云：「〔一枝花〕鶯穿殘楊柳枝，蟲蠹損薔薇刺。蝶扇干芍藥粉，蜂蹙斷海棠絲。怕近花時。白日傷心事，清霄有夢思。間阻了洛浦神仙，沒亂煞蘇州刺史。〔梁州第七〕俏因緣別來久矣，巧魂靈夢寢求之。一春多少傷心事。著情疼熱，痛口嗟咨。往來迢遞，終始參差。一簡書寫就了情詞，三般兒寄與嬌姿。麝臍熏五花瓣翠羽香鈿，貓眼嵌雙轉軸烏金戒指，獺髓調百和香紫蠟胭脂。念茲在茲，愁和淚頻傳示，更囑付兩三次。訴不盡心間無限思，倒羞了燕子鶯兒。〔尾聲〕無心學寫鍾王字，遣興閑觀李杜詩。風月關情隨人志。酒不到半卮，飯不到半匙，瘦損了青春少年子。」此曲用韻最嚴，《中原音韻》，以支時音另立一部，至爲窄少。李中麓評此詞「韻窄而字不重，句高而情更款，通首全對，極盡才人能事。」余謂此詞，不讓東籬《秋思》也。

(5)中呂宮　本宮長套至多，余取張小山《春暮》詞云：「〔粉蝶兒〕花落春歸，怨啼紅杜鵑聲脆，遍園林景物狼藉。草茸茸，花朵朵，柳搖深翠，開遍荼蘪。近清明困人天氣。〔醉春風〕粉暖倩蜂須。泥香銜燕嘴。遲遲月影上簾鉤，猶自未起起。爲想別離，倦餘梳洗，暗生憔悴。〔迎仙客〕香篆息，鏡塵迷。繡床幾番和悶倚。金釧松，翠鬟委。屈指歸期，粉臉流紅淚。〔紅繡鞋〕花開盡空閑鴛砌，日初長靜掩朱扉。繫垂楊何處玉驄嘶。落誰家風月館，知哪裏燕鶯期。話叮嚀不記得。〔十二月〕正交頸鴛鴦析離，恰雙棲鸞鳳分飛。效比翼鶼鶼獨宿，樂於飛燕燕孤棲。傳芳信歸鴻杳杳，盼音書雙鯉遲遲。〔堯民歌〕呀，因此上美甘甘風月久相違，冷清清雲雨杳無期。靜巉巉燈火掩深閨，清耿耿離魂繞孤幃。傷悲，離鞍去不歸，都則爲辜負韶華日。〔耍孩兒〕自別來無一紙眞消息，日近長安哪裏。倚危樓險化作望夫石。暮雲煙樹凄迷。春心幾度憑歸雁，望眼終朝怨落暉，愁無寐。昏秋水揉紅淚眼，淡春山蹙損蛾眉。〔幺〕想當初教吹簫月下歡，笑藏鬮花底杯。如今花月成淹滯，月團圓緊把浮雲閉。花燦爛頻遭驟雨催，成何濟。花開須謝，月滿須虧。〔尾聲〕嘆春歸人未歸，盼佳期未有期。要相逢料得別無計，則除是一枕餘香夢兒裏。」短者爲陳大聲《冬閨怨別》詞，即王元美《藝苑卮言》中，所稱字句流麗者也。詞云：「〔粉蝶兒〕三弄梅花，戍樓中角聲吹罷。月輪兒斜照窗紗。托香腮，湮淚眼，一篝燈下。展轉嗟呀，耳旁廂都做了一場閑話。〔石榴花〕我只爲綠窗前斷送好年華，許多時脂粉不曾搽。九回腸番倒越窄狹。幾乎害殺，鬼病增加。一會價告蒼穹問個龜兒卦，不明白甲乙交叉。猛然間提起香羅帕，肯分的繡朵並頭花。〔尾聲〕俏文君再把香車駕，又恐是琴心調弄爭差罷。一任他向垂柳繫馬，我則是庭院春殘數落花。」此套向有兩稿，一爲南北合套，即《吳騷合編》所選者是也。此見大聲集中。

⑹道宮　此宮向缺，唯北詞譜有此名類，所隸之曲只有五支，故無長短套之可分。僅取董解元《弦索西廂》中一套而已：「〔憑欄人〕憶多才，自別來約過一載，何日裏卻得同諧。縈損愁懷，怕黃昏愁倚朱門，到良宵獨立空階，趁落英遍蒼苔。東風播蕩，一簾飛絮，滿地香埃。〔換頭〕欲問俺心頭悶答孩，太平車兒難載。都是俺今年浮災，煩惱殺人也猜。悶懨懨心緒如麻，瘦巖巖病體如柴。鬢雲亂，慵整金釵。勞勞攘攘，身心一片，沒處安排。〔本宮賺〕據俺當初，把你冤家命看待。誰知道，到今贏得相思債。相思債，是前生負償他還著後煞，你試尋思，怪那不怪。都是命乖，爭奈心頭哪不快，好難消解。〔換頭〕近來，病的形骸，鏡中覷了自瀊耐。傷心處，故人與俺彼此天涯客。天涯客，我於伊志誠沒倦怠，你於我堅心莫更改。且與他捱，下稍知他看怎奈，悶愁越大。〔美中美〕困把闌干倚，羞折花枝戴。這段閑煩惱，是自家買。勞勞攘攘，不是自家心窄。春色褪花梢，春恨侵用黛。遙望著秦川道，雲山隔。〔換頭〕白日渾閑夜難熬，獨自兀誰倸。悶對西廂月，添香拜。去年此夜，猶自月圓人在。不似去年人，猛把闌干拍。有個長安信，教誰帶。〔大聖樂〕花憔玉悴，蘭消月瘦，不似舊時標格。閑愁似海，況是暮春天色。落紅萬點，風兒細細，雨兒微篩。這些光景，與人妝點愁懷。〔換頭〕悶抵著牙兒，空守定妝臺。眼也倦開，淚漫漫地盈腮。似恁淒涼，何時是了，心頭暗暗疑猜。縱芳年未老，應也頭白。〔尾聲〕紅娘怪我緣何害。非關病酒，不是傷春，只爲冤家不到來。」

(7)大石調　此調隸曲亦不多。元人用此調，其最著者，以鄭德輝《傷梅香》雜劇爲長，而李文蔚《燕青博魚》劇次之，皆不便鈔錄，以襯字而按譜難也。今長套取元朱廷玉《送別詞》：「〔青杏子〕游宦又驅馳，意徘徊執手臨歧。欲留難戀應無計。昨宵好夢，今朝幽怨，何日歸期。〔歸塞北〕腸斷處，取次作分離。五里短亭人上馬，一聲長嘆淚沾衣。回首各東西。〔初問口〕萬疊雲山，千重煙水，音書縱有憑誰寄。恨縈牽，愁堆積。天天不管人憔悴。〔怨別離〕感情風物正凄凄。晉山青，汾水碧。誰返扁舟蘆花外。歸棹急，驚散鴛鴦相背飛。〔擂鼓體〕一鞭行色苦相催。皆因些子，浮名薄利，自嘆飄流無定跡。好在陽關圖畫裏。〔催拍帶賺煞〕未飲離杯心如醉，須信道送君千里。怨怨哀哀，凄凄苦苦啼啼。唱道分破鸞釵，叮嚀囑咐好將息。不枉了男兒墮志氣，消得英雄眼中淚。」短者取廷玉《詠梅》詞：「〔青杏子〕客裏過黃鐘，阿誰道冰落窮冬。玉壺怪得冰澌凍。雲低四野，霜催萬木，雪老千峰。〔望江南〕尋梅友，聯轡控青驄。乘興不辭溪路遠，賞心相約灞橋東。臨水見幽叢。〔幺篇〕清兼雅，裝就道家風。蕾破嫩黃金的皪，枝橫柔碧玉玲瓏。不與杏桃同。〔尾〕果爲斯花堪珍重，時復暗香浮動。蕭然鼻觀通，依約羅浮舊時夢。」

(8)小石調　此調隸曲至少，據《正音譜》只有四支，而小令且在內矣。元明作者，寥寥不可多見，唯白仁甫《蘭谷集》中，有〔惱殺人〕一套，今取以爲式。餘則未見也。「〔惱殺人〕又是紅輪西墮，殘霞萬頃銀波。江上晚景寒煙，霧濛濛，雨細細，阻隔離人蕭索。〔幺篇〕宋玉悲秋愁悶，江淹夢筆寂寞。人間豈無成與破。想別離情緒，世界裏只有俺一個。〔伊州遍〕爲憶小卿，牽腸割肚，淒惶悄然無底末。受盡平生苦，天涯海角，身心無著歸個。恨馮魁趨恩奪愛，狗行狼心，全然不怕天折挫。到如今劃地吃耽閣。禁不過，更哪堪晚來，暮雲深鎖。〔幺篇〕故人杳杳，長江風送，胡笳嚦嚦聲韻聒。一輪浩月朗，幾處鳴榔，時復唱和漁歌。轉無那，沙汀蓼岸，漁燈相照如梭。古渡停畫舸，無語淚珠墮。呼僕隸，指潑水手，在意扶舵。〔尾〕蘭舟定把蘆花過，櫓聲省可裹高聲和。恐驚散宿鴛鴦，兩分飛也似我。」

(9)**般涉調**　此調向無獨立成套者，大抵皆爲別宮所借用居多。今取朱廷玉《傷春》一套，其他則寥寥矣。「〔哨遍〕喚起瑣窗離恨。鬧花深處鳴啼鴂，獨立望郊原，但凝眸堪畫宜詩。是則是，年年景物，歲歲風光，無比正三二。偏得東君造化，綠裁翡翠，紅染胭脂。斷雲微雨養花天，暖日和風困人時。妝點人愁，將近清明，才過上巳。〔急曲子〕好光陰都空過了，美因緣越恁推辭。倒教俺傳情寄恨，審問了三回五次。是他司馬不傷春，白甚自家如此。〔尾聲〕試嗜腹，重三思。文君縱有當壚志，也被相如定害死。」

(10)**商角調**　此調所隸之曲，只有五支，庾吉甫「懷古」詞最爲著名。他作又少，唯元睢景臣有「秋色」一套，其詞至佳，特錄以爲式云：「〔黃鶯兒〕秋色，秋色。野火烘霞，孤鴻出塞。俺則見寂寞園林，荷枯柳敗。〔踏莎行〕水館煙中，暮山雲外。泊孤舟，古渡側。息風霾，淨塵埃。寶刹清涼境界。僧相待借眠何礙。〔垂絲釣〕風清月白，有感心酸不耐。更觸目淒涼景物，供將愁悶來。月被雲埋，風鳴天籟。〔應天長〕

僧舍窄，蚊帳矮。獨擁單衾，一宵如半載。舊恨新愁深似海。情緣在，人無奈，幾般兒可怪。〔隨煞〕促織絮，惱情懷，砧杵韻，無聊賴。檐馬奢，殿鐸鳴，疏雨滴，西風殺。能斷送楚臺雲，會禁持異鄉客。」

⑾高平調　此調隸曲，只有〔木蘭花〕、〔唐多令〕、〔于飛樂〕、〔青玉案〕四支而已。元明人未有聯成套數者，故缺。

⑿歇指調　缺。

⒀宮調　缺。

⒁商調　此調長套最多，名作亦最多，唯短套甚少。喬夢符之《玉簫女》，金文質之《嬌紅記》，皆絕妙好詞也。今取元湯菊莊長短兩套，以為此調之式。其長套云：

「〔集賢賓〕鶯花寨近來誰戰討，這兒郎懸寶劍佩金貂。燕子樓屯凱甲，雞兒巷擁槍刀。麗春園萬馬蕭蕭，鳴珂巷眾口嗷嗷。將一座翫江樓等閑白占了，他道是特欽丹詔。穿花擒鳳鳥，跨海斬鯨鰲。〔逍遙樂〕六韜三略。也則待制勝量敵，卻做了幽期密約。陣馬咆哮，比販茶船煞是粗豪。將俺這軟弱蘇卿禁害倒。統領著鴉青神道，沖散了蜂媒蝶使，烘散了燕子鶯兒，折散了鳳友鸞交。〔梧葉兒〕雖不是糟糠婦，休猜做花月妖。又不曾諳海島慣風濤，把舵春纖嫩，扶篙筋力小，您待去征遼。沒話說軍期誤了。〔金菊香〕他將這絳綃衣籠罩著錦征袍，銀鎖甲纓聯著珠絡索，鐵兜鍪壓損了金鳳翹。改盡了豐標，全不似海棠嬌。〔醋葫蘆〕槍來呵玉臂擎，箭來呵羅襪挑。丁香舌吐似劍吹毛，連環炮被幾里聒破腦。知音的都道，我不信建頭功先奏個女妖嬈。〔么篇〕絞青絲纏做弩弦，裁香羅衲做戰袍。補旗旙絞斷翠裙腰，金瘡藥細將脂粉調，都道是風流功效。他只待五花誥飛下紫宸朝。〔么篇〕叫喳喳錦纜移，鬧垓垓畫槳搖。哪裏取明眸皓齒姆軍梢，更做道孫武子教來武藝高。只不過提鈴喝號，抵多少碧桃花下坐吹簫。〔么篇〕他戀著蓬窗下風致佳，舵樓中景物饒。棹歌聲裏樂陶陶，辱沒煞鋪紅苫翡翠巢。怕不道相偎相抱，哪裏也芙蓉帳暖度春宵。〔么篇〕晚風涼觱篥鳴，曉星沉鼙鼓敲。熱樂似銀箏象板紫檀槽，子學得君起早時臣起早。白鷗冷笑，倒惹得漫漫殺氣蜃樓高。〔隨調煞尾〕您奶奶得了些賣陣錢，你哥哥落了些勞軍鈔。他向那海神廟多買下些好香燒，但只愿一年一度征海島。休忘了將軍旗號，他是個玉關外舊日的莽班超。」其短套云：「〔集賢賓〕倚龍泉一聲長太息，游子在天涯。添一歲長一分白髮，治一經飽一世黃虀。風凜凜歲晚江空，雪漫漫天闊雲低。梅花笑人猶未歸，不盡的嚴凝景致。玉壺春瀲灩，銀海夜凄凄。〔逍遙樂〕客窗深閉，只不過香爇龍涎，茶烹鳳髓，紙帳低垂。早難道翠倚紅偎，冷暖年來只自知。捱不徹凄涼滋味。鴛鴦無夢，鴻雁無音，烏鵲無依。〔金菊香〕看別人吹簫跨鳳上瑤池，更有誰乘興揚舲訪剡溪。眞乃是平地白雲三萬里，堪畫堪題，水晶宮翻做素琉璃。〔本調隨煞〕調琴演楚騷，研硃點周易，風流似黨家，終日醉如泥。磨龍墨，拂鸞牋，呵凍筆，揮寫出乾坤清氣。教人道老袁安猶自說兵機。」

(15)角調　缺。

(16)越調　長套取元宋方壺《送別》詞：「〔鬥鵪鶉〕落日遙岑，淡煙遠浦。蕭寺疏鐘，戍樓暮鼓。一葉扁舟，數聲去櫓。那慘慽，那凄楚。恰待歡娛，頓成間阻。〔紫花兒序〕瘦巖巖香銷玉減，冷清清夜永更長，孤另另枕剩衾餘。羞花閉月，落雁沉魚。躊蹰，誰寄蕭娘一紙書。無情無緒，水淹藍橋，夢斷華胥。〔調笑令〕肺腑，恨怎舒。三疊陽關愁萬縷。幽期密約歡娛處，動離愁暮雲無數。今夜月明何處宿，依依古岸黃蘆。〔禿廝兒〕歡笑地不堪舉目，回首處景物蕭疏。星前月下共誰語，漫嗟吁，何如。〔聖藥王〕別太速，情最苦，鬆金減玉瘦身軀。鬼病添，神思虛，心如刀剜淚如珠，意懶上香車。〔收尾〕眼睜睜怎忍分飛去，痛殺我吹蕭伴侶。不甫能恰住了送行客一帆風，又添起助離愁半江雨。」短套取孔東塘《桃花扇．修札》詞：「〔鬥鵪鶉〕你那裏筆下謅文，俺這裏胸中畫策。舌戰群雄，讓俺不才。柳毅傳書，何妨下海。丟卻俺的癡呆，用著俺的詼諧。悄去明來，萬人喝采。〔紫花兒序〕書中意不須細解，何用明白，費俺唇腮。一雙空手，也去當差，行乖。憑著論舌尖兒，把他的人馬來罵開，仍倒回八百里外。回問他防賊自作賊，該也波該。〔尾聲〕一封書信權宜代，仗柳生舌尖口快。阻回那莽元帥萬馬踏晨霜，保住這好江城三山騰暮藹。」又有〔看花回〕一套，昉於施君美《幽閨記》，湯若士《邯鄲記．西諜》折中亦用之，其詞聱牙詰屈，至不能分正贈，此亦越調中之別格也。缺此不錄，則尖卻光明大寶珠矣。今取《長生殿．合圍》折詞，以為程式，蓋正贈易於分晰也。「〔看花回〕統貔貅雄鎮邊關，雙眸覷破番和漢。掌兒中握定汀山，先把這四周圍爪牙迭辦。〔綿搭絮〕須要把紫韁輕挽，雙手把紫韁輕挽，騙上馬將盔纓抵按。閃旗影雲殷，沒端的動龍蛇，一直的通霄漢。按奇門布下了這九連環，覷定了這小中原在眼，消不得俺眾路強藩，〔幺篇〕這一員身材剽悍，那一員結束牢拴。這一員莽兀刺拳毛高鼻，那一員惡支沙雕目胡顏。這一員會急迸格邦的弓開月滿，那一員會滴溜撲碌為錘落星寒，這一員會咭吒克察的槍風閃爍，那一員會淅瀝颯剌的劍雨澎灘。〔青山口〕端的是人如猛虎離山澗，顯英雄天可汗。振軍威撲通通鼓聲，驚魂破膽。排陣勢韻悠悠角聲人疾馬閑。抵多少雷轟電轉，可正是海沸也那河翻。折末的銅作壁，鐵作壘，有什麼攻不破也，攻不破也雄關。擺圍牆這間，這間，四下裏來擠攢，擠攢。馬蹄兒潑剌剌旋風赸，不住的把弓來緊彎，絃來急攀。一回呵滾沙場兔鹿兒無頭趕，都難動彈，可不是撒頑。〔聖藥王〕呀呀呀，疾忙裏一壁廂將翅摩霄的玉爪騰空散，一壁廂把足駕霧的金獒逐路攔。霎時間獸積，獸積如山。〔慶元貞〕斟起這酪漿兒滿滿的浮金盞，滿滿的浮金盞。更把那連毛帶血肉生餐。笑擁著番姬雙頰丹，把琵琶忒楞楞彈也麼彈，唱新聲菩薩蠻。〔古竹馬〕聽罷了令，疾翻身躍登錦鞍。側著帽擺手輕擐，各自里回還，鎮守定疆藩。擺搠些旗竿，裝摺著輪轓。聽候傳番，施逞兇頑。天降摧殘，地起波瀾。把漁陽凝盼，一飛羽箭，爭赴兵壇，專等你抱赤心的將軍，將軍來調揀。〔煞尾〕沒照會先去了那掣肘漢家官，有機謀暗添上這助臂番兒漢。等不的宴華清霓裳法曲終，早看俺鬧鼙鼓漁陽驍將反。」此套純仿若士《邯鄲》，故通篇句字，與舊譜不合者正多。唯時俗相沿，此套反居正格之列。學者須照此填詞，始能諧合絲竹耳。

⒄**雙調** 此調中以〔新水令〕、〔步步嬌〕一套爲最熟，初學填詞，無不自此入手，似乎盡人知其音律矣。顧亦有必須明白者，如〔新水令〕之末句，必須用平仄去平上，〔步步嬌〕首句，必須用去上平平平去之類，學者恐未盡知也。唯此套作者如林，元明以來，其流傳人口者，已不下二千餘套，其間平仄聲律，往往頗有異同。學者逞筆所之，置一切於不問，迨脫稿後，苟遍檢前賢諸作，亦未嘗無暗中相合之處，蓋作

者至多也。余故不爲立式，亦如詩餘中之〔金縷曲〕、〔念奴嬌〕，雖欲定律，無從訂正焉。茲別取雙調中之佳者，列長短二套，以示則云。長套取馬東籬致遠《秋思》詞：「〔夜行船〕百歲光陰一夢蝶，重回首往事堪嗟。昨日春來，今朝花謝，急罰盞夜闌燈滅。〔喬木查〕秦宮漢闕，都做了衰草牛羊野。一恁漁樵無話說。縱荒墳橫斷碑，不辨龍蛇。〔慶宣和〕投至狐蹤與兔穴，多少豪傑。鼎足三分半腰折，知他是魏耶，晉耶。〔落梅風〕天教富，莫太奢，沒多時好天良夜。看財奴硬將心似鐵，空辜負錦堂風月。〔風入松〕眼前紅日又西斜，疾似下坡車。曉來青鏡添白雪，上床與鞋履相別。休笑俺巢鳩計拙，葫蘆提一恁妝呆。〔撥不斷〕利名竭，是非絕。紅塵不向門前惹。綠樹偏宜屋角遮，青山正補牆頭缺，竹籬茅舍。〔離亭宴帶歇拍煞〕蛩吟一覺才寧貼，雞鳴萬事無休歇。爭名利何年是徹。密匝匝蟻排兵，亂紛紛蜂釀蜜，急攘攘蠅爭血。裴公綠野堂，陶令白蓮社。愛秋來那些。和露摘黃花，帶霜烹紫蟹，煮酒燒紅葉。人生有限杯，幾個登高節。分付俺頑童記者。便北海探吾來，道東籬醉了也。」短套取元喬夢符《憶別》詞。「〔喬牌兒〕求鳳琴慢彈，幺鳳曲休咀。楚陽台更隔著連雲棧。桃源蜀道難。〔攪箏琶〕無邊岸，黑海似煎煩。愁萬結柔腸，淚雙垂葉眼。愁和淚到更闌，直煞得燭滅香殘。望情人必然來夢間。爭奈這枕冷衾寒。〔落梅風〕黏金雁，軃翠鬟，想不曾做心兒打扮。近新來爲咱情緒懶，不梳妝也自然好看。〔沉醉東風〕風鈴響猛猜做珮環，柳煙顰只疑是眉攢，想犀梳似新月牙，憶宮額似芙蓉瓣，見桃花似見容顏。覷得越女吳姬盡等閑，厭聽那銀箏象板。〔本調煞〕相思成病何時漫，更拚得不茶不飯，直煞過海枯石爛。」

以上所列各詞，除東塘、昉思二套外，都爲元明諸家散曲，有世所不經見者。據此塡詞，自無捩折嗓子之誚。元喬夢符論作曲之法，以鳳頭、豬肚、豹尾爲喻，蓋以詞藻言也，而詞中陰陽四聲，必須守定。上例諸式，足爲模範。或謂〔前腔〕、〔么篇〕中，盡有與上曲四聲不同者，何也？曰守法是死，塡詞是活，前言認定某句爲務頭，即是變化所在。唯每曲末句之韻，宜上宜去，允宜斟酌耳。所謂守定四聲者，謂一句中四聲，須認定守之，非必定第幾字須某聲，第幾字須某聲也，其間挪移之處，總須有古人成作可援，此余所以備列之也。

第二章 制曲

制曲者，文人自塡詞曲，以陶寫性情也。音律之道，前章已論之詳矣。茲分作劇法、作清曲法二種，爲學者之先導焉。

第一節　論作劇法

傳奇之名，雖昉於金源，顧宋趙德麟〔蝶戀花〕詞，以七言韻語，加入微之原文，而按節彈唱，則已啓傳奇串演之法，唯其名乃成於元耳。自是以後，有院本，有雜劇，有爨弄，名稱滋多，皆見陶宗儀《輟耕錄》。明人南曲盛行，所作院本，有多至數十折者，於是以篇幅長者爲傳奇，以短者爲雜劇。或又以南詞爲傳奇，北曲爲雜劇。相沿至今，其名未改，雖違本意，顧亦可從也。余今所論，爲總言作劇之理，故不分傳奇、雜劇、南詞、北曲之名。大抵劇之妙處，在一眞字。眞也者，切實不浮，感人心脾之謂也。風俗之靡，日甚一日。究其所以日甚之故，皆由於人心之喜新尙異。劇之作用，本在規正風俗。顧莊論道德，取語錄格言之糟粕，以求補救社會，此固勢有所不能也。就人心之所向，而爲之無形之規導，則不妨就末流之習，漸返於正始之音，故新異但祈不詭於法而已。新之有道，異之有方，總期不失情理之眞，俾觀者知所懲勸而無敢於爲惡，斯亦可矣。以索隱行怪之俗，而責其全反中庸，此必不可得之數也。不若以有道之新，易無道之新，以有方之異，易無方之異，則庶幾人皆樂於從事，而案頭場上交相爲美。此眞之說也。其次須有風趣。近日人情，喜讀閑書，畏聽莊論。太史公謂談言微中，亦可以解紛，此言於傳奇中最合。宋人說部中，載錢唯演、楊億，好爲玉溪體詩，創爲西昆體，一時臺館諸公，悉爲效法，翕然成風。時有一伶人，飾李玉溪上場，衣服破碎，形容憔悴，曰：「我被館閣諸公，撏撦殆盡矣。」滿座哄然。又史彌遠用事時，奔竟日甚。歲時宴集，伶人有飾顏淵者，搔首躊躇曰：「夫子之道，可謂仰之彌高，鑽之彌遠。」一人問曰：「鑽之彌堅，何云彌遠？」答曰：「現在哪個不鑽彌遠。」眾爲歛客。諸如此類，最爲有裨風教。設置身當日，亦未有不掩口胡盧者。此即談言微中也。若掇拾市井謔語，或穢褻不文，則又一無足取。蓋風趣雖不可少，而懲勸要有所歸。設遇未便明言之處，正不妨假草木昆蟲之微，以寓扶偏救弊之旨。所謂正告之不足，旁引曲喻之則有餘也。此風趣之說也。曰眞、曰趣，作劇者不可不知。眞所以補風化，趣所以動觀聽。而其唯一之宗旨，則尤在於美之一字。此其大概也。至其緊要，則條論之。

㈠結構宜謹嚴

塡詞之道，如行文然，必須規矩局度，整齊不紊，則一部大文，始終潔淨，讀之者雖覺山重水複，而岡巒起伏，自有回顧紆徐之致。數十齣中，一齣不能刪，一齣不可加，關目雖多，線索自晰，斯爲美也。故塡詞者，在引商刻羽之先，拈韻抽毫之始，須將全部綱領，布置妥帖，何處可加饒折，何處可設節目，角色分配，如何可以勻稱，排場冷熱，如何可以調劑，通盤籌算，總以脈絡分明，事實離奇爲要。譬如造物之賦形，當其精血初凝，胞胎未就，先爲制定全形，使點血而具五官百骸之勢。倘先無成局，而由頂及踵，逐段滋生，則人之一身，當有無數斷續之痕，而血氣爲之中阻矣。工師之建宅亦然。基址初平，間架未立，先籌何處建廳，何方開戶，棟須何木，梁用何材，必俟成局了然，始可揮斤運斧。倘使造成一架，而後再籌一架，則便於前者，或不便於後，勢必改而就之。未成先毀，猶之築舍道旁，兼數宅之資料，不足供一廳一堂之用也。是故作傳奇者，不可急急拈毫，袖手於始，方可振筆疾書於後。有奇事方有奇文，未有命題不佳，而能出其錦心，揚爲繡口者也。嘗讀近人傳奇，惜其慘澹經營，用心良苦，而終不能被管弦付優孟者，非審音協律之難，而結構全部規模之未盡善耳。今就鄙見所及者，略述如下。

（甲）戒諷刺

傳奇之作，用之代木鐸。因世間愚夫愚婦，識字知書者少，勸之爲善，誡之爲惡，其道無由，乃設此種文字，借優人說法，與大眾齊聽，意謂善者如何，惡者如彼。而文人才士，亦各出其心思才力，以成此錦繡之文，是藥人壽世之方，救苦彌災之具也。自世之刻薄者流，以此意倒行逆施，借此文爲報仇泄恨之具，心所喜者，施以生旦之名，心所惡者，變以淨丑之面，且舉千百年未聞之醜形怪狀，加於一人之身，使梨園習而傳之，幾爲定案，雖有孝子慈孫，不能改也。噫！豈千古文章止爲誣人而設，一生誦讀，徒備行兇造孽之需乎？余聞故老言，明王九思附劉瑾，得調吏部文選詞。瑾敗，勒令致仕，後復永錮終身。時李東陽柄國，不爲之緩頰，九思遂深恨東陽，盛年屏棄，無所發怒，作《杜子美沽酒遊春》雜劇，力詆西涯，流轉騰涌一時。關隴之士，翕然和之。嘉靖初，有議起九思者，或言於朝曰：《遊春》一劇，李林甫爲西涯相國，楊國忠得非石齋，賈婆婆得非南塢耶？吏部聞之，縮舌而止。可見以文字誣蔑人者，不能害人，行且自害耳。又康對山，弘治中狀元也。當正德初，李夢陽忤劉瑾，繫詔獄。夢陽求救於對山，對山曰：「吾何惜一官，不救李死乎？」乃往謁瑾，為之排解。李遂得免。瑾敗，康落職，夢陽不一援手，對山恨焉，乃作《東郭先生誤救中山狼》雜劇。而馬中錫又為《中山狼傳》，於是天下無不知夢陽之負對山也。夫康救李於危急之中，李曾不一思圖報，其曲固在李不在康，而康必欲借中山狼以比夢陽，非特文人輕薄，抑且無容人之度，倖倖然見於其面，亦何為哉？在夢陽以怨報德，殊失君於之行，而對山播之詞場，使後人交相指摘，目為小丈夫之所作為，則亦何快此一時之憤也？傳奇一事，最易賈怨，即使無所寄托，猶或為之憑空臆造，況真有所指乎？他不具論，即如《琵琶記》、《牡丹亭》，固千古之妙文也。或謂《琵琶記》一書，為譏王四而設，因其不孝於親，故加以入贅豪門，致親餓死之事。何以知之？因琵琶二字，合計王字，共有四個，則其寓意可知也。噫！此非君子之言，齊東野人之語也。凡作傳世之文，必先有可以傳世之心，而後鬼神效靈，予以生花之筆，成此倒峽之詞，使人人贊美，百世流芳。傳非文字之傳，一念之正氣使傳也。《五經》《史》《漢》與天地山河，同此不朽，試問當年作者，有一不肖者，廁於其間乎？但觀《琵琶》得傳至今，則高明之為人，必有善行可取，是以天壽其名，使不與身俱沒，豈殘忍刻薄之徒哉。即使當日與王四有隙，故以不孝加之，然則彼與蔡邕，未必有隙，何以有隙之人，只暗寓其姓，不明叱其名，而以未必有隙之人，反蒙李代桃僵之實乎？此顯而易見之事，從無一人辨之。創為此說者，其不學無術可知矣。又《牡丹亭》一書，人又謂湯若士譏刺曇陽子而作。云若士應春官試，忤陳眉公，遂以媒孽下第。時太倉王相國爲總裁，相國本若士座師，亦素厚眉公者，若士遂恨相國入骨。適曇陽坐化後，浙中又有一曇陽出現，與一士人爲眷屬，風聞遠邇（見沈瓚《近事叢殘》）。若士遂作《牡丹亭》以泄恨，故記中有還魂之舉。而蔣心餘作《臨川夢》曲，亦信此說，且云：「畢竟是桃李春風舊門牆。怎好把帷薄私情向筆下揚。他平生罪孽這詞章。」於是若士此曲，乃爲端人正士所不取，豈知皆子虛烏有乎？朱竹垞《靜志居詩話》云：「世或傳《牡丹亭》刺曇陽子而作，然太倉相君，實先令家樂演之，且曰：『吾老年人，近頗爲此曲惆悵。』假令人言可信，相君雖盛德有容，必不反演之於家也。」即玉茗集中，《寄張元長弔俞二姑》二絕句，其序中亦記太倉相君之語，與《靜志居詩話》適合。可知此說實是不確而後人反言之鑿鑿，不唯可笑，抑且有乖典則矣。是故作傳奇者，切要滌去此種肺腑，務存忠厚之心，勿爲殘毒之事，則令德令聞，始足與元明諸家並壽矣。

（乙）立主腦

傳奇主腦，總在生旦，一切他色，只爲此一生一旦之供給。一部劇中，有無數人名，究竟都是陪客。原其初心，只爲一人而設，即其一人之身，自始至終，又有無限情由，無窮關目，究竟都是衍文。原其初心，又只爲一事而設。此一人一事，即所謂傳奇之主腦也。然必此一人一事，果然奇特，確有可傳，則不愧傳奇之目，而其人其事與作者姓名，皆堪千古矣。如實甫《西廂記》，只爲張君瑞一人而設，而張君瑞一人，又只爲白馬解圍一事，其餘枝節，皆從此事而生：夫人許婚，張生望配，紅娘勇於作合，鶯鶯敢於失身，皆由於此。是則白馬解圍四字，即作《西廂》之主腦也。如《紅梨記》只爲趙伯疇一人而設，而趙伯疇一人，又只爲錦囊寄情一事。其餘關目皆從此一事而生：王輔之拘禁素秋，錢八之巧於作合，花婆之計賺紅梨，素秋之守盟不渝，皆由於此。是則錦囊寄情四字，即作《紅梨》之主腦也。唯文人好事，往往標新立異，離奇變幻，無所不至，然其線索清澈，脈絡分明，雖機趣橫生，而事實始終整潔。試觀《桃花扇》，全部記明季時事，頭緒雖多，而繫年記月，通本無一折可刪，且所紀皆是實錄，尤可作南都信史觀，所謂六轡在手，一塵不驚也。余嘗謂《桃花扇》爲曲中異軍，亡友黃摩西，以爲至言。後人作劇，但知爲一人而所，不知爲一事而作，又不知敷設許多他事，即爲此一事而作。於是假托神怪，或糅雜鬼魅，若《雙珠》之投淵遇神，《獅吼》之遍遊地獄，六尺氍毹，人鬼參半，皆由好奇之心太過，山窮水盡，不得不設一幻境，以便生旦當場團圓，實則線索未清，補救不來而已。余謂與其作傳奇，而捉襟露肘，毋寧作雜劇，而點筆成金。若徐天池之《四聲猿》，楊笠湖之《吟風閣》，何嘗不膾炙人口，必欲勉成四十出，東塗西抹，如不繫之舟，無梁之屋，亦甚無謂也。

（丙）脫窠臼

傳奇者，以奇事可傳也。事若不奇，勢必不傳，何必浪費筆墨哉。韓文云：「唯陳言之務去」，又云：「唯古於文必已出，降而不能乃剽賊」。作文如是，塡詞亦然，余嘗讀明人諸曲，往往以婢女代嫁，亦屬厭套。又生必貧困，且必賢淑，先訂朱陳，而女家或毀盟，或賴婚。當其時必有一富豪公子，見色垂涎，設計以圖殺生者。女父母轉許公子，而生卒得他人之救，應試及第，奉旨完姻，置公子於法，然後當場團圓。十部傳奇，幾有五六種如此者。嘻！亦難矣。夫盜襲古人舊作，而自詡新著，可羞孰甚。天下新奇之事，日出不窮，今古風俗之異宜，不知凡幾，從此著想，盡有妙文，何必匯集各劇，東割一段，西竊一段，成此千補百衲之敝衣乎？且吾所謂脫窠臼者，蓋欲一新詞場之耳目也。即論舊劇，元明以來，從無死後還魂之事。《玉簫女兩世姻緣》亦是投胎換身。自湯若士杜麗娘還魂後，頓使排場一新，且於冥間《魂遊》《冥誓》一節，又添出許多妙文，是還魂一節，若士所獨創也。又如《桃花扇》，不令生旦團圓，趁中元建醮之際，令生旦各修正果，並云：「家國何在？君父何在？偏是兒女之情，不能割斷。」眞足令人猛然警覺，而於作者塡詞之旨，尤爲吻合。又開場副末，不用舊日排場，末後《餘韻》一折，更覺蒼涼悲壯。試問今古傳奇，從來有此場面乎？是特破生旦團圓之成格，東塘所獨創也（孔東塘友人顧彩，曾改《桃花扇·修眞·入道》諸折，使朝宗、香君，成爲眷屬。東塘嘗貽書道謝。自余觀之，直黑漆斷紋琴而已，何足道哉）。是故窠臼云者，非特竊取排場也，即通本無一獨創之格，亦是窠臼。塡詞一道，文人下筆，欲詞采富麗，恢恢乎游刃有餘，而欲排場嶄新，則難之又難，蓋此皆優伶之事，不甚措意，而所失即在于此，不可不審愼出之也。余謂欲脫窠臼，有一至簡至便之法，今日劇場布景，日新月異，凡且不經見之事物，不妨設幻景以現之，但取歷史中事實，其有可驚可愕可感可泣者，譜成詞曲，而復襯以布景，俾閱者如置身其間，忽爾掩泣悲啼，忽爾歡容笑口，以今時之砌抹（劇中所用諸物統名砌抹），演舊日之聲容，有不令人慷慨激昂，頓足起舞者，吾未之信也。

（丁）密針線

傳奇全本，統計不下數十折，此數十折中，關目孔多，事實頗煩，而於起伏照應之處，須如草蛇灰線，令人無罅隙之可尋，無縫天衣，不著一針線痕跡，方是妙文。昔人謂作劇如作衣，其初則以完全者剪碎，其後則以剪碎者，使之合成，此眞至理名言也。即如《西廂》，不先將鄭恆安置妥帖，直至憤爭婚姻，觸階而死，殊於情理不合。《琵琶記》尤甚，子中狀頭，三載而家人不知；身贅相府，享盡繁華，不能自遣一僕，而附家書於路人；陳留至洛陽，僅有數百里，則輒云萬里家山，此尤背謬之至者也。古人尚有此失，今人可勿留意。是以作傳奇者，須將全部關目，通身布置周到，其起伏照應，一如作一篇文字然，骨肉停勻，情理周到，而後施以詞藻，則華實交茂矣。

（戊）減頭緒

頭緒繁多，曲之大病也。試思觀劇者，於一日半日之間，而欲明此劇中情節，全在一線到底，無旁見側出之情，則孰主孰賓，一覽而知矣。若喜設關目，多添角色，則通部前後，或有照應不及之處，而線索紊矣。線索既紊，將使觀場者茫然不知其事之始末。且劇中只有生、旦、淨、丑諸角目，苟關目一多，則人數亦不能少，而場上角色只此數人，上場下場，又易與主任角色（即一劇中之主人翁）相混，而通本反覺模糊不清矣。舊劇中如屠赤水之《曇花記》，木西來固爲主任角色，而貪襲仙佛話頭，曲情多而事情少，遂至頭緒不明，故當時有「點鬼簿」之誚。又如吳石渠五種，以《綠牡丹》爲簡明，通本關目，只在綠牡丹一枝，沈老之衡文，瑤草之捉刀，二才媛之憐才，皆另有一種緊湊縝密之致，而尤能別開一生面。試問隔簾試婿，古今有是事否？此因頭緒不繁，故能步步引人入勝也。餘若《情郵》一記，已稍稍煩瑣。至於《療妒羹》（譜馮小青事）貪用小青本傳，遂至不能擇別，雖齣齣皆佳，顧只可作散套觀，非所論於傳奇矣。他劇犯此者至多，不勝條舉。學者宜避此病，方爲上乘。

（己）均勞逸

傳奇中角色，總言之曰生、旦、淨、丑。自明中葉，海鹽派盛行，繼之以崑腔，而角色遂繁。生有老生、官生、巾生、二生之名；旦有老旦、正旦、揉旦、小旦、貼旦之名；淨有大、小、中之區別；唯丑則一耳。統計有十三門，今世人謂十門角色，舉其成數言之也。未有崑腔以前，每本傳奇，所用角色，大率以一人終始之，自開場至結尾，無論多至數十折，總以一色任之，從無有數人分任其勞者也。崑劇既盛，角目之分折亦細，而每一部中，所蓄伶人，各色均不下七八人，故凡演一劇，先將劇中所定角目，逐折細檢。同一生角也，第幾折宜用官生，第幾折宜用巾生；同一旦角也，某幾折宜用正旦，某幾折宜用小旦，各視曲中文字與事跡之何若，而後定爲某角某角也。是則崑劇中之角目，已較弋陽腔稍逸矣。唯崑曲悠揚綿邈，每終一曲，其難比他曲不啻數倍，故角目雖分析至細，而其所負之責，曾不少輕焉。是以塡詞者，當知優伶之勞逸，如上一折以生爲主角，則下一折再不可用生角矣；上一折以旦爲主角，則下一折亦不可用旦角矣，他角色亦然。此其故有二也：一則優伶更番執役，不致十分過勞；二則衣飾裙釵，更換頗費時間。設使前後二折同是一角色任之，衣飾服御，無一更換，猶可勉強而行，倘若必須更換，則萬萬來不及者。前折之下場，與後折之上場，爲時不過三五分，以極短促之時間，而更換此最難穿戴之服飾，雖十手猶不能爲也。文人塡詞，能歌者已少，能知此理者，非曾經串演不能，故尤少也。往讀名家傳奇，此失獨多。湯若士之《紫釵記》，徐楡村之《鏡光緣》，更多是病，此所以不能通常開演也。

（庚）酌事實

傳奇家門，副末開場，必云演哪朝故事，哪本傳奇。明人院本，無不如是也。其云故事，必繫取古人事實而譜之，非憑空結撰可知矣。顧文人好奇，多喜作狡獪伎倆，於是有臆造一事，怪幻百出，以恣肆其文字者，蓋古人往事，未便改易，塡詞者須以文就是，不可自行增損，不如臆造之可以舉動自由也。唯有一言，須當注意者，用故事則不可一事蹈虛，用臆造則一事不可徵實，此則詞家當奉爲科律也。所謂不可一事蹈虛者，蓋既用前人故事，是實有其人實有其事矣，則凡時代、朋舊、輿地、水火、盜賊、刀兵、衣服及關涉其人一切諸事，皆當鑿鑿可據，確確可徵，雖在科諢之間，亦不可杜撰一語。此即實則實到底之謂也。所謂不可一事徵實者，蓋全本既純是臆說，是其人其事，已在子虛烏有之列，即使確考時地，終難取信於人，不若鼓我筆機，使通本可泣可歌，足以爲社會之警鐘，觀場者亦眉飛色舞，不自知心之何以若此之爲愈也。此即虛則虛到底之謂也。虛實二義，塡詞者於未下筆時，必先認定，切莫自亂其例。古今傳奇，用故事之最勝者，莫如《桃花扇》，用臆說之最勝者，莫如《牡丹亭》。《桃花扇》所用事實，俱見明季人野史，卷首有考據數十條，東塘已自計明晰矣。抑知記中所有纖小科諢，亦皆有所本乎？香君諢名香扇墜，見《板橋雜記》。王鐸楷書燕子箋，今藏無錫某臣家。即如阮大鋮之路斃仙霞嶺，藍田叔之寄居媚香樓，亦見《冥報錄》、《南都雜事記》。蓋幾幾乎無語不徵實矣。《牡丹亭》之杜麗娘，以一夢感情，生死不渝，亦已動人情致，而又寫道院幽構之凄豔，野店合婚之潦草，無一不出乎人情之外，卻無一不合乎人情之中。唯《虜諜》之立馬吳山，李全之鬧兵淮穎，則是確有其事，但此爲本書之輔佐，故不能指爲全書之瑕疵也。二書一實一虛，各極其妙，余每讀其文，輒有季札觀止之嘆，此亦天下之公論也。明入院本，頗喜採唐人小說，如梅鼎祚之《玉合記》（譜章臺柳本事）、《昆侖奴》（譜紅綃事）、陸天池之《明珠記》（譜劉無雙事）、梅孝已之《酒家傭》（譜李固之子李燮事）、張鳳翼之《紅拂記》（譜虬髯客事），皆取唐人本傳而點綴之，證確語妙，後之作者，不能及也。顧亦有至不堪者，若顧大典之《青衫記》（譜白太傅《琵琶行》事），若汪廷訥之《獅吼記》（譜方山子、陳季常事），至令人不堪言狀矣。《青衫》以白樂天素眷此伎，中經喪亂，伎遂委身江西茶客。樂天送客潯陽，乃遇此伎，卒復與樂天團圓云云。通本荒唐，都是夢話，雖承馬東籬《青衫淚》之謬，然亦不應舛誤至此。大典爲吳江人，博雅工詩，家有諧賞園，極亭臺之勝，何以作院本乃庸妄如是，斯眞不可知矣。《獅吼記》以東坡《方山子傳》爲主，其中摹寫懼內情形，至堪噴飯，且強拉東坡贈妾於季常，柳氏闔威，無所發泄，憤怒成病，病中遍遊地獄，知一生妒嫉，死後必受冥罰，遂幡然改悔，卒爲賢婦。總其旨歸，只應《方山子傳》中有「妻子奴婢皆有自得之意」一語及「忽聞河東獅子吼，拄杖落地心茫然」二句，遂演出無數醜腔惡態，不知東坡詩文所以有此二語，不過極言妻子偕隱之樂，非陳季常之眞個懼內也。汪先生不加深考，貿然譜之，乃至鬼魅雜出，十尺紅氍毹上，幾成羅剎世界，此何爲者也。是以詞家所譜事實，宜合於情理之中，最妙以前人說部中可感可泣，有關風化之事，揆情度理而飾之以文藻，則感動人心，改易社會，其功可券也。且以愚意論之，用故事較臆造爲易。何也？故事已有古人成作在前，其篇幅結構，不必自我用心，但就原文編次，自無前後不接，頭腳不稱之病。至若自造一事，必須先將事實布置妥貼，其有掛漏之處，尤宜隨時補湊，以較用故事編次者，其勞逸爲何如？事半功倍，文人亦何樂而不爲哉。余觀名人說部中，盡有慷慨激昂，爲前此詞家所未及者，世之錦繡才子，何不起而爲之。

㈡詞采宜超妙

塡詞一道，本是詞章家事，詞采一層，無不優爲之，顧亦有所難言者。詞之與詩，其所用典雅之語，尚有可以通用之處，試閱五季兩宋之詞，雖有工拙之殊，一言以蔽之曰：雅而已矣。曲則不然，有雅有俗，雅非若詩餘之雅也，書卷典故，無一不可運用，而無一可以堆垛。即如清眞詞〔瑞龍吟〕之「斷腸院落，一簾風絮」，〔鎖窗寒〕之「風燈零亂，少年羈旅」，此絕妙好辭也，試入之曲中，則反嫌不稱矣。以曲中所長，在乎超脫，正不必以情韻含蓄勝人也。至於俗則非一味俚俗已也，俗中尤須帶雅。

蓋淨丑口吻，最難摹寫，非若生旦之可以文言見長，身不讀書，何必以才語相向乎？唯出語十分粗鄙，又不登大雅之堂，若《西廂》中之《遊殿鬧齋》，若《紅梨》之《皂隸請宴》，但顧坐客之哄堂，不顧雅人之唾棄，則又不然也。昔人論詩餘之道，上不類詩，下不類曲，然則曲與詞，固截然不同者矣。今人不知詞曲之分，專以風雲月露之語，點綴成套，自謂絕世佳文，直是南轅北轍。起手走錯了路頭，後來越弄越壞，終身不知歸宿，比比然也。猶記少時，歌《水滸記．活捉》，友人云：此等妙曲，須如君之妙音歌之。當時但顧按拍，未暇細讀其文。由今觀之，實搬運類書而已，何妙之有？《水滸》爲吳門許自昌撰，不知何以貪用死書若此。其首曲云：「馬嵬埋玉，珠樓墜粉。玉鏡鸞空塵影，莫愁斂恨。枉稱南國佳人。便做醫經獺髓，弦續鸞膠。怎濟得鄂被爐香冷。可憐那章臺人去也，一片塵。銅雀淒涼起暮雲。聽碧落，蕭聲隱。色絲誰續厭厭命。花不醉，下泉人。」此曲只「花不醉，下泉人」一語，卻是妙文。余則以堆垛爲能事，深無足取。一句一典實，辭意先晦澀矣。試問馬嵬坡、綠珠樓、莫愁湖、以及獺髓、鸞膠、鄂君被、章臺柳等故事，閻婆惜以不甚識字之女子，能知之否？且其中所押之韻，眞文、庚亭，模糊一片，而猶有目爲妙文者，吾所大惑不解也。然猶有可諉者，曲繫旦口，不妨用文言也。乃若張文遠，以一衙門書吏，且又飾以副淨，而其所塡之曲，則又全是書卷。曲云：「莫不是向坐懷柳下潛身。莫不是過南子戶外停輪。莫不是攜紅拂越府奔。莫不是仙從少室，訪孝廉封陟飛塵。」夫坐懷不亂，是柳下惠事；戶外停輪，是蘧伯玉事；紅拂是李衛公事；封陟遇仙，是上元夫人事，張文遠果知之否乎？

且以副淨腳色，而歌此典麗華瞻之曲，合乎？否乎？此眞無可解責矣。余非好與古人爲難也，既爲詞人立一準的，自當舉一正宗。雅則宜淺顯，俗則宜蘊藉，此曲家之必要者也。一部傳奇，短者十數折，長者數十折，每折必須數曲，若如許先生之語語用典，亦太費力矣。此塡詞貴淺顯之說也。傳奇爲警世之文，固宜彰善癉惡，俾社會上有所裨益。顧注全力於勸善果報，則又未免有頭巾腐氣。傳奇而有腐氣，尙何文字之足論。欲免腐氣，全在機趣二字。機者傳奇之精神，趣者傳奇之風致。少此二物，則如泥人土馬，有生形而無生氣。作者逐齣湊成，觀者逐段記憶。此病犯者孔多，由於下筆之先，未將全部情節布置而復貪作曲之故也。局機不整，通本減色矣。至於趣之一事，最難形容，無論花前月下，密約幽歡之曲，不可帶道學氣。即如談忠說孝，或摹寫節烈之事，所作曲白，亦不可走入呆板一路。要使其人鬚眉如生，而又風趣悠然，方是出色當行之作。《桃花扇．沉江》一折，譜史可法死節事，何等可慘。而其曲云：「撇下俺斷蓬船。丟下俺無家犬。」又云：「看空江雪浪拍天。流不盡湘纍怨。累死英雄到此日，看江山換主，無可留戀。」又〔尾〕云：「山雲變，江岸遷。一霎時忠魂不見。寒食何人知墓田。」讀之令人慷慨泣下，無一憔悴可憐之語，如見閣部從容就死之狀。末云：「寒食墓田」，則又淒涼欲絕，感人心脾。無他，機趣流利也。若通首作名教中語，則反成一種不規則之格言，安能激動觀場者之心乎？故塡詞者，須有跌宕風流之致，雖存扶持名教之旨，切不可爲迂腐可鄙之詞。元陳剛中論人品云：「抑聖爲狂，寓哭於笑」，作傳奇者，亦須如是。此塡詞重機趣之說也。且一本傳奇，至少須有七八人，說何人宜肖何人，議某事宜切某事，賦風不宜說月，賞花不宜賦草，使所塡詞曲賓白，確爲此人此事，爲他人他事所不能移動，方爲切實妙文。詩古文辭，總宜貼切，塡詞何獨不然？各人有各人之情景，就本人身上，揮發出來，悲歡有主，啼笑有根，張三之冠，李四萬萬戴不上去。此即貼切之謂也。同場大曲，如〔念奴嬌序〕、〔梁州新郎〕之類，一部中盡有一二公共語，若合婚慶賞諸作，可不具論，其它雖一小引，或一過脈小曲，亦不可草草塡去。試看《牡丹亭》老駝口中語，便可知矣。老駝在《牡丹亭》中，是一不甚重要之人，而記中凡涉老駝諸曲，如《決謁》、《索元》、《問路》等曲，竟無一字輕率者，可見作曲須切題也。《決謁》曲云：「俺橐駝風味，種園家世，雖不能展腳伸腰，也和你鞠躬盡瘁。」句句是駝背口吻，能移置他人口中否？又如蔣心餘九種曲《空谷香》與《香祖樓》所記事實，大致相同。若蘭與夢蘭，同一薄命女子也；兩家夫人，同一賢德淑媛也；孫虎、李引，同一繼父也；紅絲、高架，同一忠僕也，使各作一小傳，尙難分別兩樣筆墨，況在傳奇洋洋灑灑成數十折文章哉！乃能各爲寫生，面目又各自不同，若蘭之語，移不得夢蘭口中；夢蘭之意，又移不得若蘭心裏。各有苦處，各有難處。此等妙曲，直可追步臨川，豈獨俯視百子。此無他，就各人情景，爲之設身處地著想，故能親切不浮如是也。此塡詞重貼切之說也。曰淺顯、曰機趣、曰貼切，詞家所首重者，而要其指歸，則在於入情入理而已。情發一人之思，理窮萬事之變，人倫日用之間，至多可記者在，正不必索諸聞見之外，以荒唐文其淺陋也。唯尙有一事，詞采上更當注意者，拗句是也。何謂拗句？即曲中偶有一二語，讀之平仄拗戾，棘棘不能上口者。凡遇此等句，塡詞時尤宜用意。余前曾言〔集賢賓〕之第一句，須平平去上平去平。〔長拍〕之第六句，須四個上聲字。諸如此類正多。南曲譜中，皆注釋詳明，易檢其法。不過作曲時，若做此等拗句，更宜加倍烹煉，而復出之以自然。余於辛亥年，《題西泠悲秋圖》，有〔下山虎〕一曲（見前第一卷），愈難愈要做得好，即用此烹煉自然法耳。或曰：既須烹煉，又云自然，二事不相類，何能並用爲一法乎？曰：君嘗讀「四夢」乎？《紫釵記》通本皆用此法也。第一折之「椒花媚早春，屠蘇偏讓少年人，和東風吹綻了袍花襯。」又云：「眉黃喜人春多分，酒冷香銷少個人。」字字烹煉，字字自然也。蓋烹煉者筆意，自然者筆機。意機交美，斯爲妙句。若只顧烹煉，乃至語意晦塞，是違塡詞貴淺顯之道矣，又安足取哉！

㈢賓白宜優美

自來塡詞，只重曲詞，置賓白於不問，往往隨筆雜湊成文，不能引起人優美之觀念者，以爲既云賓白，明言白文處於賓位，可以稍省心力也。且元人雜劇中，以賓白敘事，以詞曲寫情，故每折之首，先將一折中人，出場齊備，說明事跡何若，而後作大套長曲，是賓白僅供點清眉目之用，似乎不必求工也。噫！爲此說者，眞可謂誤盡天下才人也。亦思元雜劇之演法，與今時傳奇演法大異乎？歌者自歌，白者自白，一人居中司歌，其餘賓白諸人，環侍左右。先令司賓白者出場，兩旁分立，待此一折中人齊集以後，然後正末登場，引吭而歌，眾人或和歌、或介白。其有邦老、孛兒（邦老即南詞中副淨，孛兒即南詞中之大淨），與正末爲難事者，方出位演串，而旁侍者依然也。非若今日演戲之狀也（毛大可論之至詳）。是故賓白在元劇，確乎為點清眉目而設，誠不必求工。即每折抹去賓白，單讀曲詞，亦皆一氣呵成。雖不用賓白，亦無不可。唯在今日，則情形不同。傳奇一折，唱者多人，白曲既不分司，步立亦無定位；主戲固屬費力，搭頭亦要傳神（俗以每折重要角色謂主戲，不重要諸人謂搭頭）。若賓白不工，則唱時可聽，演時難看，且場面一冷，亦引不起曲情。此賓白不可不工者一也。元詞用紘索，字多腔簡，一人司唱，雖曲文甚長，亦可一泄而盡。昆調悠揚，一字可數轉，雖數人分唱，而仍苦其勞。故曲中賓白，萬不可少。一則節唱者之勞，二則宣曲文之意，非若元劇只供和聲介曲之用也。此賓白之不可不工者二也。元人各曲，善用騰挪之法，每一套中，其開手數曲，輒盡力裝點飽滿，而於本事上，入手時不即擒題。須四五曲後，方才說到。是一套之曲，不啻一篇文字，不必換一曲牌、更另換一意思也，故視賓白為無足輕重。南詞則一套之中，唱者既繫多人，意境勢難合一，不獨生丑同場，必須分清口角，即同是一生，同是一旦，措詞亦各有分寸，名為一套，實則一曲一意，而於關捩轉折之際，能顯其優美之趣者，則全在乎賓白。設陽春白雪之詞，而下里巴人之語，不幾令人失笑乎？且曲中詞句，歌時絲竹嗷嘈，一時未必即能領會，十分佳妙，只顯七分。賓白則一字一語，人人皆知，不分雅俗。使翰苑衣冠，而市井吐屬，聽者有不顧而嘔吐者乎？況當筆酣墨飽之時，常有因得一二句好白，而使詞曲亦十分暢達，加倍生色者，是曲之佳否，亦且繫於賓白也（如《牡丹亭．驚夢》折白云：「好天氣也」，以下便接〔步步嬌〕「裊晴絲吹來閑庭院」一曲，可謂妙矣。試思若無「好天氣」三字，此曲如何接得上？又云：「不到園林，怎知春色如許」，以下便接〔皀羅袍〕「原來姹紫嫣紅開遍」一曲。試思若無「不到園林」二語，曲中「原來」云云，如何接得上？此皆顯而易見者也）。此賓白之不可不工者三也。有此三意，故賓白之作，斷斷不可忽略。唯賓白須如何而工，則確乎有所難言者。曲有譜韻可守，白則無之。曲有平仄可遵，白則有時要分平仄，有時盡可不分。即偶用小詞小詩，又不妨襲用古人成作，或改易一二字。似乎做賓白較詞曲爲易矣。顧往往文人作傳奇，曲則仍舊本歌唱，而賓白則全行移易。如《殺狗》、《尋親》、《白兔》諸古本，其中賓白，幾無一字相同者何哉？豈利於文人之筆者，未必便於歌者之口歟？且優伶所改，大率庸俗陋劣，遠不如原本十倍，抑果文人之雅，眞不敵伶工之俗歟？此眞不可解矣。曰：蓋由卑視賓白而不知其法，以輕心出之者耳。賓白雖不論平仄，顧亦須協律調聲。一部傳奇，第一折長引子下，必有一段長白，俗名定場白。白中必有三四聯四六句，語語須調平仄，此凡能作曲者，無不知之矣。抑知賓白中調聲協律之處，不獨每折之定場白乎？如上句末一字用平，則下句末一字必須用仄，連用二平，則聲音壅塞，不能動聽矣。謂余不信，請擇一幼稚生，令讀一篇四六文，必且對仗不整，平仄不協，上下倒置也。夫平仄調協之四六文，使不明文理者讀之，猶且動輒乖方，況伶人本無文理，而以平仄不合之賓白，責諸以委婉動人，不幾如卻行而求前哉！歌舞之佳與不佳，爲伶人之責，文字之合用不合用，是文人之責，不能全委諸優人也。或曰：子言賓白，亦須協平仄，敬聞命矣。何以又言有時盡可不分也？曰：皆是也。傳奇情節錯雜，往往限於事實，不盡可繩以平仄，此亦應變從權之道。又丑淨花面口吻，亦有以諧合平仄，反覺斯文不稱其狀者。此中變換之妙，操縱在於一心，不可以言傳者也。總之生旦之白宜諧，淨丑之白略寬，會心人自然領悟耳。此賓白須諧平仄之說也。傳奇中之有生旦淨丑，所以分別君子小人，使人一望而知賢不肖也。故作生旦之曲白，務求其雅，作淨丑之曲白，務求其俗。諺云：「做哪等人說哪等話」，此語竟似專爲傳奇而設。無論立心端正者，我當設身處地，代生端正之思，即遇立心邪僻者，我亦當舍經從權，暫爲邪僻之想。要須心曲隱微，隨口唾出，如吳道子之寫生，須眉畢現，斯爲得之。顧近世詞家，摹寫生旦，則戛乎莫尙，規橅淨丑，則戛乎其難。此無他，因塡詞者係文人，只能就風雅一方面著想。至於淨丑則齷齪瑣碎，頗難下筆，非唯書卷氣息，一些不能闌入筆端，即如詩頭曲尾市井猥談，下至籤訣、星曆、卜筮、千字文、百家姓、八股、尺牘等，一切無謂之口頭語，無一不當熟悉。故淨丑曲文，已倍難於生旦，而其賓白，則可謂難之又難。此所以淨丑曲白工之者少也。雖然淨丑曲白，不作則已，作則勿畏其難，務求其肖。余之所望於天下才人者如此也。此賓白須要肖似之說也。又傳奇中南、北曲統用，則賓白中字音，亦須依曲之南北，而分定其聲音。何也？北曲有北音之字，南曲有南音之字。今世之人，但知曲內宜分，又抑知白隨曲轉，不應兩截乎？此折爲南曲，則賓白悉用南音，此折爲北曲，則賓白悉用北音。今人歌北曲之賓白，輒以南音就之歌場中頗有聞焉者，殊堪發一大噱。余寓滬上，聞有人歌《邯鄲度世》俗名《掃花三醉》，此北曲也。開場呂祖一段定場白，字字應作北音（北音非今日北京話），其在入聲，尤須謹嚴。白中自「蓬島何曾見一人」起，至「何姑笑舞而來」云云，不下四百餘字，如此長白，原是費力。乃坐聽良久，竟不能明白一字，無論字分南北，即尋常四聲，尙且滿口胡柴，此眞無可言喻矣。余之此說，爲全套南曲、全套北曲言之。若南北合套，則可以不拘也（南北合套，爲元末沈和所創，其法極妙。餘別論一篇，備論其理，茲不贅）。是賓白之字音宜愼也。我國幅員廣大，言語頗難一致。吳起方言，不通於秦晉。燕齊土語，又不通於關隴。塡詞家局故鄉之聞見，肆梓里之科諢，乃至聽者茫然，不能一解人頤者，多用方言之過也。余以爲塡詞聲韻，既一本《中州》，則賓白亦當以《中州》爲斷。院本中淨丑口角，往往以蘇州土語出之，此其故以塡詞者南人居多，而南人之中，又以蘇人爲多，生此一方，未免爲一方所囿，故搖筆即來也，一也。淨丑口角出語，總以可發人笑爲主。塡詞者即係南人，自當取悅於鄉人之耳。若用《中州音韻》，恐聽者未必雅俗俱解，二也。余謂此知有二五而不知有一十也。曲中韻律，既不用鄉音，則白中字眼，亦當一律，曲白兩音，終非所宜，顧文人局鄉土之聞見，往往不能洗除盡淨，其法於賓白科介之際，將鄉土之語，逐一檢點，逐一刪削，則自無此病矣。此賓白之方言宜少也。以上數則，皆塡詞者應守之律，既備述如上。尙有一事，必須注意者，則劇中之科諢處也。科諢之道，雖不可雅，雅則令人難解，然亦不可俗，俗則令人欲嘔。前人院本，遇科諢處，輒書「隨意作諢」四字，令伶工自作。俾得即景言情，可以一新耳目。而伶工輒不能文，於作者之旨，不能領會，點金成鐵，所在而是。唯孔岸堂《桃花扇》科諢，出自已作，不許伶人增損一字，然通本殊少解頤語。此以知科諢雖小道，而其難且過塡詞也。今人逢科諢，往往作淫褻語，以便引人發笑。有房中所說不出口之語，公然出諸大庭廣眾之前者，此亦有關風化也。夫名教中自有樂地，談言中盡可解紛，何必說出欲事，才可引人一粲乎？故科諢中能避去淫褻語最妙。

第二節　論作清曲法

清曲作法，與作劇曲大同小異，唯格律較謹嚴而已。明中葉以後，士大夫度曲者，往往去其科白，僅歌曲詞，名曰清唱。魏良輔《曲律》中，已載之矣。元人套數，有詞無聲，遂有南曲散套之作，蓋駸駸乎如詩餘之歌法也。其作法有三：第一少借宮。傳奇中往往有本宮牌中，不能聯絡一套，而向別宮別調摘取一二曲者，如南呂借商調，中呂借般涉之類是也，清曲則不能焉。第二少重韻。傳奇中前曲與後曲，所押之韻，可以重用，名人諸作，亦不避忌也，清曲則不能也。如馬東籬《秋思》詞，張小山《春遊》詞，（俱見前）通套無一重韻，其嚴可知矣。第三少襯字。傳奇中無論南北諸曲，其襯貼字頗多。如臨川「四夢」，且以襯字之多，覺得愈險愈妙者，而清曲則不能也。自來名家散套，專集不可多見，其散見各家總集，若騷隱之《吳騷合編》，陳所聞之《南北宮詞紀》，不下數百家，其佳者盡多，自當以爲揣摩誦習之具，則涉筆便汩汩乎其來矣。《納書楹》所選散曲，亦有十餘套，如《烹茶》、「兀的不」、「歸來樂」諸曲，佳妙特甚，且一洗脂粉之習，至可寶也。愚嘗謂作清曲盡可發抒性靈，不必定作兒女語。明施子野《花影集》，頗合作家。若多作艷語，如王次回詩，改七薌畫，終傷大雅，故詞藻中能避去淫褻語最妙。

第三章 度曲

今人之能歌昆曲者，百人中殆不滿一二三。即此一二三人中，眞能歌曲者，且鮮一見也。昔之習曲者，大抵淹雅博洽之士，其於詞章之學，探索素深，平仄四聲陰陽之際，辨別清晰，偶遇曲中詞句稍有不甚了然處，即能翻檢而知之，故別字總不出之於口。今則學校教授，音韻廢而不講，學者年至弱冠，而於平仄且瞢如焉，遑論四聲，遑論陰陽清濁乎？以之習曲，自然難之又難矣。其有一二好事者流，慕詞曲之美名，竊欲自附於風雅，其視度曲之道，僅等諸博弈遊戲之具，旋宮未喻，安問宮商，正犯未明，謬然點拍，推其居心，以爲我輩只求自適，原非邀人賞鑒，即有乖誤，本自無妨也。積此二因，於是度曲者，遂不復探賾索隱，而元音日以晦滅。且近今曲師，率多不識丁字，每折底本，總有幾十別字，學者既無家藏院本，足以校對，不過就文理之通否，略加修正，而好曲遂爲俗工教壞矣。抑知清客之與賤工，文人之與技師，所以區別者在何點，不揣其本，而眾楚群咻，無怪乎爲有識者所笑也。當乾隆時，長洲葉懷庭堂先生，曾取臨川「四夢」及古今傳奇散曲，論文校津，訂成《納書楹曲譜》，一時交相推服。乃至今日，習此譜者，迄無一人。問之，則曰：此譜習之甚難，且與時譜不合耳。余曰：非習之者畏其難，恐教之者畏其難也。夫爲學之道，苟因其難能，而別求一易也者，以期合乎前哲，吾知古今以來未有若是者也。度曲且難，又安論他學哉。且懷庭之譜，分別音律、至精至微。其高足鈕匪石曾云：「有哀秘之聲，不輕傳授。」（略見龔瑟人《定庵集》中）然則欲求度曲之妙，捨葉譜將何所從乎？而今之俗工，偏視爲畏途也，則尚何研究之足云。元音未沒，牙曠難期，願與海內知音君子，一爲商榷焉。

㈠五音

喉、舌、齒、牙、唇，謂之五音，此審字之法也。（詳見《等韻》、《切韻》諸書）最深者爲喉音，稍出者爲舌音，再出在兩旁牝齒間爲齒音，再出在前牡齒間爲牙音，再出在唇上爲唇音。雖分五層，其實萬殊。喉音之淺深不一，舌音之淺深亦不一，餘三音皆然。故五音之正聲皆易辨，而於交界之處則甚難，顧其界限則又井然不紊，一口之中，並無此疆彼界之別，而絲毫不可相混也。每字之聲，必有一定之格，而字形又有大小闊狹長短尖鈍之分，故每字皆有口訣，不得口訣，則大非大而小非小，出聲之際已偏，引長其音，遂不知所歌何字，而五音紊亂矣。煉準口訣，則字字皆有歸束，如東鐘韻，東字之聲長，鐘字之聲短，蹤字之聲尖，翁字之聲鈍。又如江陽韻，江字之聲闊，臧字之聲狹，堂字之聲大，將字之聲小。細心分別，其形顯然，要在口訣不差。口訣雖不外喉、舌、齒、牙、唇，而細分之則無盡。有喉出唇收者，有喉出齒收者，不可勝計。此外又有落腮、穿牙、覆唇、挺舌、透鼻諸法，總要將此字識眞念準，審其字音在口中何處著力，則知此字必如何念法方確，而於大小、闊狹、長短、尖鈍之內，犁然居爲何等矣。人之聽此字者，無不知其爲何字，雖絲竹嗷嘈，仍復一絲不走也。

㈡四呼

開、齊、撮、合，謂之四呼，此讀字之法也。開口謂之開，其用力在喉；齊齒謂之齊，其用力在齒；撮口謂之撮，其用力在唇；合口謂之合，其用力在滿口。欲讀此字，必得此字之讀法，則其字音始眞，否則終不能合度。顧此非喉、舌、齒、牙、唇之謂也？蓋喉、舌、齒、牙、唇者，字之所從生；開、齊、撮、合者，字之所從出。喉、舌、齒、牙、唇五音，各有開、齊、撮、合。故五音爲經，四呼爲緯，經緯既明，斯綱舉目張，音正調合矣。例如《西樓記．樓會》第一句「慢整衣冠步平康」七字，「慢」字是陽去聲，爲唇出齒收音，四呼中屬開；「整」字是陰上聲，爲齒音，四呼中屬齊；「衣」字是陰平聲，爲齒音，四呼中屬齊；「冠」字是陰平聲，爲喉音，四呼中屬撮；「步」字是陽去聲，爲唇音，四呼中屬合；「平」字是陽平聲，爲唇出齒收音，四呼中屬齊；「康」字爲陰平聲，爲舌音，四呼中屬開。每一曲中，必須如此分析明白，才無別字。蓋工尺旁譜，僅分四聲陰陽，而出字讀字之法，全在度曲之人，五音四呼，一有紊亂，則所歌非其字矣。願世之學者，勿畏其難，一任俗工之零落夾雜，而奉爲金科玉律也。

㈢四聲

平、上、去、入，謂之四聲，每聲各有陰陽，共有八聲。此八聲唱法各異，偶有不慎，往往毫厘千里之誤，聽曲者當在此注意，不可以喉音清亮，而遂擊節嘆賞也。四聲之中，平聲最長，入聲最短，故長者平聲之本象也。唯上去皆可唱長，即入聲派入三聲，亦可唱長。然則平聲之長，何以別於三聲乎？蓋平聲之音，自緩、自舒、自周、自正、自和、自靜。若上聲必有挑起之象，去聲必有轉送之象，入聲之派入三聲者，各隨所派成音。故唱平聲，其訣尤重在出聲之際，得舒、緩、周、正、和、靜之法，自與上去迥別，乃爲平聲之正音耳。至於陰陽之分，全由自行辨別，大抵陰平之腔必連續而清，歌時須一氣呵成，陽平之腔，其工譜必有二音，其第一腔須略斷，切不可連下第二腔，若既至第二腔，則又須一氣接下，直至腔格交代清楚爲止，此平聲唱法之道也。

上聲唱法，亦只在出字時分別，方開口時，須略似平聲，字頭半吐，即須向上一挑，方是上聲正位。蓋上聲本從平聲來，故上聲之字頭，必從平起，若竟從上聲起，則其聲一響已竭，不能引長，迨聲竭而復拖下，則反似平聲矣。故唱上聲甚難，一吐即挑，挑後不復落下，雖其聲長唱，微近平聲，而口氣總皆向上，不落平腔，乃爲上聲之正法，此言陰上聲也。若陽上則出聲宜稍重耳。

去聲唱法，總以有轉送爲主。何謂轉送？蓋出聲時不即向高，漸漸泛上而回轉本音，如橢圓之式是也。以北曲論，則用凡字音者，大半皆在去聲。以南曲論，則凡屬去聲字，總皆於收音處略高一字，俗謂之豁，凡豁之一法，必在去聲上用之。故北曲於去聲上，有六五六凡工，或五伬仕乙五者，南曲則用四尺上，或上工尺上四者，皆是也。故唱去聲，須沉著，無論陰陽，總當以轉送爲主也。

入聲唱法，以斷爲最宜。所謂斷者，於字之第一腔，即鑿斷勿連，所以別於三聲也。唯陰入宜輕，陽入宜重，此須辨別而已。但北曲無入聲，而以入聲諸字，俱派入三聲，蓋以北人言語，本無入聲，故唱曲亦無入聲也。然必分派入三聲者，何也？北曲之妙，全在於此。蓋入聲本不可唱，唱而引長其聲，即是平聲。南曲唱入聲無長腔，出字即止，其間有引長其聲者，皆平聲也。何則？南曲唱法，以和順爲主，出聲拖腔之後，皆近平聲，不必四聲鑿鑿，故可稍爲假借。至北曲則平自平，上自上，去自去，字字清眞，出聲、過聲、收聲，分毫不可假借。故唱入聲，亦必審其字勢，該近何聲，及可讀何聲，派定唱法，出聲之際，歷歷分明，亦如三聲之本音不可移易，然後唱者有所執持，聽者分別辨別，此眞探微之論也。

欲求字音之準，而一時或認不明晰者，則用范昆白《中州韻》，或周少霞《中州全韻》，王鵕之《音韻輯要》，皆可檢查而知。周韻又每字有出口之法，更易尋討者也。

㈣出字

出字之法，分爲頭、腹、尾三種。世間有一字，即有一字之音，其音初出口時謂之頭，音既延長，而不走其聲者，謂之腹；及後收整本音，歸入原韻之音，謂之尾。例如簫蕭二字，本音爲蕭，然其出口之字頭，與收音之字尾，並不是蕭，若出口作蕭，收音作蕭，其中間一段正音，並不是蕭，而反爲別一字之音矣。且出口作蕭，其音一泄而盡，曲之緩者，如何接得下板？故必有一字爲之頭，以備出口之用；有一字爲之尾，以備收音之用；又有一字居其中間，爲聯絡頭尾之音，即所謂腹音也。字頭爲何？西字是也。字尾爲何？夭字是也。字腹爲何？兮字是也。合西、兮、夭三字，而蕭字之音出矣。字字皆然，不能枚舉。《弦索辨訛》等書，載此頗詳，閱之自得。要知此等字頭字尾及腹音，乃天造地設，自然而然，非由扭捏而成者也。其實即是反切之法，而多一腹音而已。《篇海》、《字匯》等書，逐字載有注腳，以兩字切成一字，其兩字之上一字，即爲字頭，下一字即爲字尾，唯不及腹音者，以切音爲識字之用，非如歌曲之必延長其聲，故不必及此也。無此上下二字，切不出中間一字，其爲天造地設可知。此理不明，如何唱曲？出字一錯，則一曲之中，所歌皆別字矣。語云：「曲有誤，周郎顧」，苟明此道，即遇最刻之周郎，亦不能拂情而左顧焉。

又頭、腹、尾三音，皆須隱而不露，使聽者聞之，但有其音，並無其字，方爲上乘。若一有痕跡，反鉤輈格磔矣。

㈤收聲

世皆知出字之法爲重，而不知收聲之法爲尤重。蓋出一字而四呼、五音、四聲無誤，則其字已的確可辨，此猶人所易知也。唯收聲之法，則不但當審之極清，尤必守之有力。自出聲之後，其口法一定，則過腔轉腔，音雖數折，而口之形與聲，所從出之氣，俱不可分毫移動，蓋聲雖同出於喉，而所著力之處，在口中各有地位，字字不同。如開口之喉音，其聲始終從喉著力，其口始終開而不合；閉口之舌音，其聲始終從舌著力，其口始終閉而不開，其餘字字皆然，斯已難矣。至收足之時則尤難，蓋放吭出聲之時，氣足而聲縱，尚可把定，至收末之時，則本字之氣將盡，而他字之音將發，勢必再換口訣，略一放鬆而咿啞嗚噫之聲隨之，不知收入何宮矣。故收聲之時，必須將此字交代清楚。何謂交代？一字之音，必有頭、腹、尾三音，必將此三音洗發已盡，然後再出下一字，則字字清楚。若一字之音未盡，或已盡而未收足，或收足而於交界之處，未能劃斷，或劃斷而下字之頭，未能矯然，皆爲交代不清。況聲音愈響，則聲盡而音未盡，猶之叩百石之鐘，一叩之後，即鳴它器，則鐘聲方震，它器必若無聲。故聲愈響，則音愈長，必尾音盡而後起下字，而下字之頭，尤須用力，方能字字清澈，否則反不如聲低者之出口清楚也。凡響亮之喉宜省焉。

㈥歸韻

唱曲能令人字字可辨，不但平、上、去、入四聲準，開、齊、撮、合四呼清而已也。四聲四呼，只能於出聲之時，分別字頭，使人明曉，至出字之後，引長其聲，即屬公共之響，況有絲竹一和，尤易混人。譬如簫管之音，雖極天下之良工，吹得音調明亮者，只能分別工尺，令聽者一聆而知其爲何調，斷不能吹出字面，使聽者知其爲何字也。蓋簫管只有工尺無字面，此人聲之所以可貴也。四聲四呼清，則出口之字面已正，苟不知歸韻之法，則引長之字面，仍與簫管同，故尤以歸韻爲第一。歸韻之法如何？如東鐘字，則使其聲出喉中，氣從上腭鼻竅中過，令其聲半入鼻中，半出口外，則東鐘歸韻矣。江陽則聲從兩頤中出，舌根用力，漸開其口，使其聲朗朗如叩金器，則江陽歸韻矣。支思則聲從齒縫中出，而收納其喉，徐放其氣，勿令上下齒牙相遠，則支思歸韻矣。能歸韻則雖十轉百轉，而本音始終一線，聽者即從出字之後，驟聆其音，亦確然知爲某字也。四聲四呼者，出字之時用之；歸韻者，收字之時用之，度曲者不可不遵也。

㈦曲情

唱曲之法，不但聲之宜講，而得曲之情爲尤重。蓋聲者，眾曲之所盡同，而情者一曲之所獨異。不但生旦丑淨，口氣各殊，凡忠義奸邪、風流鄙俗、悲歡思慕，事各不同，使詞雖工妙，而唱者不得其情，則邪正不分，悲喜無別，即聲色絕妙，而與曲文相背，不但不能動人，反令聽者索然無味矣。然此不僅於口訣中求之也。《樂記》曰：

「凡音之起，由人心生也。」必唱者設身處地，摹仿其人之性情氣象，宛若其人之自述其語，然後形容逼眞，使聽者心會神怡，若親對其人，而忘其爲度曲矣。故必先明曲中之意義曲折，則啓口之時，自不求似而自合。若世上只能尋腔依調者，雖極工亦不過樂工之末技，而不足語以感人動神之微義也。

以上諸條，度曲之大旨如此矣。若妙契筌魚，而尋味於酸鹹之外，則神而明之，存乎其人，要亦不外乎此也。唯尙有一事，爲度曲家所不及知，及知之而未能盡通其癥結者，則制譜之法是矣。學者唱曲之際，若遇牌名相同之曲，其上一支工尺，與下一支工尺，往往有絕然不同之處，亦嘗深知其故乎？（如《琴挑》之〔懶畫眉〕四支、〔朝元歌〕四支、又《折柳陽關》之〔寄生草〕四支、〔解三酲〕四支之類）此即制譜之法也。每一曲牌，必有一定之腔格。而每曲所塡詞曲，僅平仄相同，而四聲、清濁、陰陽，又萬萬不能一律。故制譜者審其詞曲中每字之陰陽，而後酌定工尺，又必依本牌之腔格而斟酌之，此所以十曲十樣，而卒無一同焉者也。文人不知此理，輒以舊曲某齣，作爲藍本，即用某齣之工尺，以歌新詞，此眞大謬不然也。謂余不信，即以舊譜證之可乎？《樓會》中〔懶畫眉〕第一支云：「慢整衣冠步平康」，第二支云：「夢影梨雲正茫茫」，起首兩句，同是仄仄平平仄平平也，而二句工尺則不同，何也？蓋制譜之道如是也。「慢整」與「夢影」四字，第一字皆陽去聲，第二字皆陰上聲，故「慢整」二字上之工尺，用四上合工，「夢影」二字之上，亦用四上合工。「衣冠」二字，皆屬陰平聲，「梨雲」二字，皆屬陽平聲，聲既不同，工尺各異。故「衣冠」二字上，用四四合工、而「梨雲」二字之上，則用工四合四合工（俗譜作工四合四，合工誤，宜從《納書楹》），不如是則字音不準也。「步平康」三字，與「正茫茫」三字，一爲陽去、陽平、陰平，一爲陽去、陽平、陽平，又是不同。故「步平康」用上工尺上四，上尺上四，合四，上尺上四，而「正茫茫」用工尺上四，上尺上四，合合四，其省去一贈板，故亦省去一正板耳（說見後）。即此一句論之，其異同之點已若是，況在一套乎？此牌名雖同，工尺終無不異也。若必欲用舊工尺，除非塡詞時，按舊詞之陰陽，而一一確遵之，庶幾無扭捏之病。顧塡詞者如幽桎梏，一步不可自由，則未免太苦矣，與其詞去就譜，何如譜去就詞之爲愈也。余故略論之焉。

（甲）別正贈

南曲之板，有正有贈。何謂正板？即每一牌中一定不易之板。如《嘯餘》、《大成》、《南詞定律》諸譜，每曲之旁有點畫者是也。其類有三：、爲頭板，ㇾ爲腰板，—爲截板，檢舊譜即可知之。何謂贈板？即曲中句上，本可不用板，歌者欲其和緩美聽，而加贈板式，使其聲之緩弛者是也。其類亦有三：×爲頭贈板，一×爲腰贈板，□爲浪板。頭贈、腰贈，曲中常用之，唯浪板不常用，須於曲情急促中加入之，以爲歌者換氣之地而已。南曲每曲之正板，各有定式，不可移易，雖襯字至多，而板式終不可亂也。大抵南曲一套中，其第一、第二、第三數支曲，必用贈板，入後戲情愈緊，則贈板可以不用矣。例如《樓會》〔懶畫眉〕兩支，〔楚江情〕一支，皆用贈板者也。末後〔大迓鼓〕二支，乃不用贈板矣。餘齣齣皆然。制譜者須審明戲情之緩急，何曲用贈板，何曲不用贈板，然後依曲詞之字音，分別陰陽，酌定工尺，自無差謬矣。今列一例如下：

〔桂枝香〕杜公名守，請這陳生宿秀。俏書生小姐聰明，頑伴讀梅香即溜。詠關雎好逑。關雎好逑，春情迤逗。向花園行走，感得那夢綢繆。軟款真難得，綿纏不自由。

（吳石渠《療妒羹》曲）——此不用贈板者。

〔桂枝香〕杜公名守，請這陳生宿秀。俏書生小姐聰明，頑伴讀梅香即溜。詠關雎好逑。關雎好逑，春情迤逗。向花園行走，感得那夢綢繆。軟款真難得，綿纏不自由。——此用贈板者。

（乙）分陰陽

四聲之陰陽，已見第一卷曲韻中。苟一翻檢，便易明了，獨曲中字音，編入工尺，須就其陰陽而定之。大抵陰聲宜先高後低，陽聲宜先低後高，無論南北諸曲，皆如是也。四聲之中，讀時以上聲爲最高，唱時以上聲爲最低。陰上尤宜遏抑，而唱時又須向上一挑，故譜陰上聲字爲尤難。去聲之陰聲，宜斟酌，要上不類陽上，下不類陽去，方爲得當。至若平、入二聲，最易辨晰。入聲宜斷，平聲宜和，此其大較也。制譜之法，最不易說明，緣細微曲折之處，非口授不明。自來文人，但知塡詞，不知訂譜，往往脫稿後，付優人樂師，爲之點拍，而已反就樂師學歌，於是自己新詞，轉向他人教授，不亦可笑之極乎？故陰陽不分，總不能與語訂譜之道也。余既論其例，復舉二詞以爲式，以爲知音者細較焉（字旁丨爲平聲，卜爲上聲，ㄙ爲去聲，入爲入聲，其陽聲則字上加圈，襯字則用小字）：

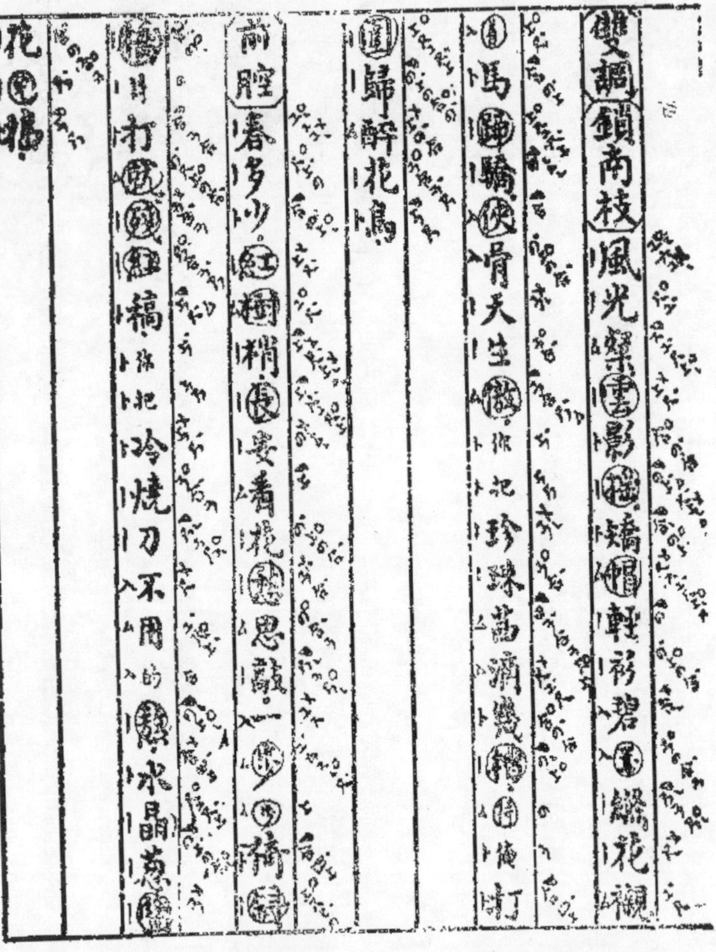

就以上二支細察之，則陰陽正贈、分明清晰，學者苟明其工尺異同之理，則制譜之道，得竅奧矣。余思度曲之道，總以魏良輔《曲律》爲主，而世之未見者正多，今附錄於此。唯節取數則，不能全也。

一、擇具最難，聲色豈能兼備？但得沙喉響潤，發於丹田者，自能耐久。若啓口拗劣，尖粗沉鬱，自非質料，勿枉費力。

一、初學先引發其聲響，次辨別其字面，又次理正其腔調，不可混雜強記，以亂規格。如學〔集賢賓〕，只唱〔集賢賓〕，學〔桂枝香〕，只唱〔桂枝香〕，久久成熟，移宮換呂，自然貫串。

一、五音以四聲爲主，四聲不得其宜，則五音廢矣。平、上、去、入，逐一考究，務得中正，如苟且舛誤，聲調自乖，雖具繞梁，終不足取。其或上聲扭做平聲，去聲混作入聲，交付不明，皆做腔賣弄之故，知者辨之。

一、生曲貴虛心玩味，如長腔要圓活流動，不可太長，短腔要簡徑找絕，不可太短。至如過腔接字，乃關鎖之地，有遲速不同，要穩重嚴肅，如見大賓之狀。

一、拍乃曲之餘，全在板眼分明。如迎頭板隨字而下，徹板（即腰板）隨腔而下，絕板腔盡而下。有迎頭慣打徹板，絕板混連下一字迎頭者，此皆不能調平仄之故也。

一、曲須要唱出各樣曲名理趣，宋元人自有體式。如〔玉芙蓉〕、〔玉交枝〕、〔玉山供〕、〔不是路〕要馳驟。〔針線箱〕、〔黃鶯兒〕、〔江頭金桂〕要規矩。

〔撲燈蛾〕、〔刷子序〕要抑揚。〔念奴嬌序〕、〔月雲高〕、〔集賢賓〕、〔二郎神〕、〔紅繡鞋〕、〔麻婆子〕雖疾而無腔，然而板眼自在，妙在下得匀淨。一、北曲以遒勁爲主，南曲以宛轉爲主，各有不同。至於北曲之弦索，南曲之鼓板，猶方圓之必資於規矩，其歸重一也。故唱北曲而精於〔呆骨朵〕、〔村里迓鼓〕、〔胡十八〕，南曲而精於〔二郎神〕、〔香遍滿〕、〔集賢賓〕、〔鶯啼序〕。如打破兩重禪關，餘皆迎刃而解矣。

如上所述，度曲制譜之法略備矣。所以論制譜之理者，以此道衰息已久，文人新詞，其被諸管弦者至少，有詞而無聲，實則不知譜也。往余少時，猶得見俞蔭甫先生，先生年八十時，曾作北曲一套，詩集中所謂「自制人間可哀曲，嗚嗚唱向草堂前」者是也。其曲全仿洪昉思《長生殿》中之《彈詞》一折，雖襯貼字面，亦多依之。既成，令優人中有名阿掌者歌之，即用昉思之譜，一字不易也。天下寧有是理乎？先生學術，爲一代泰斗，詞曲之道，本非所長。余之所以言此者，蓋以見制譜識曲之人，世不可得，苟得其人，則先生此曲，盡可另訂一譜，而惜乎當日余尚不足語於斯也。近世度曲之家，計吳門海上，不下百人，而能訂譜者，實十不得一，故於此帙，略示門徑而已。唯閉門造車，出門未必合轍，海內知音，有以匡正之，幸甚。

第四章　談曲

前三章論塡詞度曲之道，亦既詳且盡矣。茲章取元明以來曲家，遺事軼聞匯而集之，以爲詞林之談屑，而實亦吳騷之掌故也。嗟乎！文人結習，壯夫薄而不爲，瘁士寄情，此曲或能傳後。余匿跡海壖，蹉跎四載，鸞鈴鳳管，久未度聲，間近翰墨，亦不過俚語耳。少年盛氣，多於牛毛，來日大難，味若雞肋，歸熙甫曰：「太音之聲，何期於折楊皇華之一笑。」此亦余之自得也。於是搜採隱軼諸事，略著於篇。

王和卿，鼎，元大都人也。與關漢卿同時，且相識。和卿數譏謔關，關雖極意還答，終不能勝。一日，王忽無疾而逝，而鼻垂雙涕尺餘，人皆嘆駭。關來弔唁，詢其由，或對云：「此釋家所謂坐化也。」復問：「鼻懸何物乎？」或又對云：「此玉箸也。」關云：「我道你不識，不是玉箸，是嗓。」咸發一大噱（凡六畜勞傷，則鼻中常流膿水，謂之嗓病。又愛訐人之短者，亦謂之嗓。）或戲關云：「你被王和卿輕侮半世，死後方才還得一籌。」關亦不與辨也。和卿滑稽佻達，傳播四方。中統初，燕市有一蝴蝶，其大異常。或以爲仙蝶，𨈬干賦小曲一支，和卿遂拈〔醉中天〕小令云：「掙破莊周夢，兩翅駕東風。三百處名園，一採一個空。難道風流種，唬殺尋芳蜜蜂。輕輕的飛動，賣花人搧過橋東。」又有〔一半兒〕詞二支，亦有風致。詞云：「鴉翎般水鬢似刀裁，小顆顆芙蓉花額兒窄。待不梳妝怕娘左猜。不免插金釵，一半兒鬅鬆，一半兒歪。」其二云：「別來寬透縷金衣，粉悴胭憔減玉肌。淚點兒只除衫袖知。盼佳期，一半兒才乾，一半兒濕。」又〔天淨沙〕云：「笠兒深掩過雙肩，頭巾牢抹到眉邊，款款的把笠簷兒試掀。連荒道一句，君子人不見頭面。」又妓有於浴房中被打者，訴苦於王，王作〔撥不斷〕一支云：「假胡伶，鶻聰明。你本待洗腌臢，倒惹得不乾淨。精尻上勻排七道青，扇圈大膏藥剛糊定。早難道假裝無病。」其所作諸詞，詼諧雜出，多半類此。

關漢卿，號已齋叟，大都人。金末爲太醫院尹，金亡不仕。好談妖鬼，所著有《鬼董》一書，極雜博可喜。元人記載，皆以《西廂》爲漢卿所作，其實非也。王元美《曲藻》中已著論辨之，蓋《續西廂》爲漢卿之手筆耳。其中如「裙染榴花，睡損胭脂皺。紐結丁香，掩過芙蓉扣。線脫珍珠，淚濕香羅袖。楊柳眉顰，人比黃花瘦。」俊語亦不減王實甫，而金人瑞輕肆詆諆，甚無當也（余於第一卷中已論之矣）。漢卿軼事，有至可笑者。嘗見一從嫁媵婢，甚美，百計欲得之，爲夫人所阻。關無奈，作小令一支貽夫人云：「鬢鴉，臉霞。屈殺丁將陪嫁。規模全似大人家，不在紅娘下。巧笑迎人，文談回話，眞如解語花。若咱得他，倒了蒲桃架。」夫人見之，答以詩云：「聞君偷看美人圖，不似關王大丈夫。金屋著將阿嬌貯，爲君唱徹醋葫蘆。」關見之太息而已。元人以妒嫉之婦，爲蒲桃倒架，不知何意。洪昉思《長生殿》中，亦有「蒲桃架霎時推倒」之語，可考知之。「醋葫蘆」亦曲牌名，故有唱徹葫蘆之謔也。又有《題情》〔一半兒〕二支，亦佳。詞云：「雲鬟霧鬢勝堆鴉，淺露金蓮簌絳紗。不比等閑牆外花。罵你個俏冤家，一半兒難當，一半兒耍。」其二云：「碧紗窗外悄無人，跪在床前忙要親。罵了個負心回轉身。雖是我話兒嗔，一半兒推辭，一半兒肯。」

元人樂府，盛稱關、馬、鄭、白。關爲關漢卿，馬爲馬東籬，鄭爲鄭德輝，白爲白仁甫。四家之詞，直如鈞天韶武之音，後有作者，不易及也。臧晉叔《元曲選》所錄四家詞至多，學者可以讀之。漢卿之詞，前已略見一二首，可以不論。東籬以《秋思》一套負盛名，周德清評爲元人之冠，余已列於前卷。此外如〔越調天淨沙〕一支，直空今古。詞云：「枯藤老樹昏鴉，小橋流水人家，古道西風瘦馬。夕陽西下，斷腸人在天涯。」明人最喜摹仿此曲，而終無如此自然，故余以爲不可及者此也。德輝曾作《王粲登樓》一劇，其中〔迎仙客〕一支，亦膾炙人口。詞云：「雕檐紅日低，畫棟彩雲飛，十二玉闌天外倚。望中原，思故國，感慨傷悲，一片鄉心碎。」至其所作情詞，亦自令黠可喜。如《㑳梅香》第一折〔寄生草〕：「不爭琴操中，單訴你飄零，卻不道窗兒外更有個人孤另。」又〔六幺序〕：「卻原來群花弄影，將我來諕一驚。」此等語何等蘊藉。又〔大石調初問口〕一支內云：「又不曾薦枕席，便指望同棺槨（叶稿音）。只想夜偷期，不記朝聞道。」又〔好觀音〕一支內云：「上覆你個氣咽聲吞的張京兆，本待要塡還你枕剩衾薄（叶跑音）。」語不著相，情意獨至，眞得詞家三昧者。又第三折用〔越調小桃紅〕即爲南曲先聲也。詞中有云：「是害得神魂蕩漾也，合將眼皮開放，你好個熱莽也沈東陽。」又〔調笑令〕云：「擘面的便搶白殺那病襄王呀，怎生來番悔了巫山窈窕娘。滿口裏之乎者也沒攔擋，都噴在那生臉上，嚇的那有情人恨無個地縫藏。羞殺也傅粉何郎。請學士休心勞意攘，俺小姐他只是作耍難當。」正是尋常說話，略帶譏訕，中間意趣無窮，此便是作家手筆。又《倩女離魂》一劇，有〔聖藥王〕一支云：「近蓼花，纜釣槎，有枯蒲衰草綠蒹葭。過水洼，傍淺沙，遙望見煙籠寒水月籠紗。我只見茅舍兩三家。」如此等句，清麗流便，全是本色。余以德輝詞之少見於世也，故備述之。仁甫著有《天籟閣集》，博學多才，不僅以詞曲名世，集後有《摭遺》一卷，皆錄所作曲也。近吳仲倫刊《九金人集》，《天籟集》亦在其內，此書世多有之矣，不備論也。唯其〔陽春曲〕二支，集中所未刊者，今錄見一斑也。詞云：「笑將紅袖遮銀燭，不放才郎夜看書。相偎相抱取歡娛。只不過迭應舉，便及第待何如。」第二支云：「百忙裏鉸甚鞋兒樣，寂寞羅幃冷串香。向前摟定可憎娘。只不過趕嫁妝，便誤了又何妨。」可謂妙絕。他如《飲酒》之〔寄生草〕詞，《漁父》之〔沉醉東風〕詞，《佳人黑痣》之〔醉中天〕詞，皆見於《嘯餘譜》、《太和正音譜》及《天籟集》中，茲不載也。元王博文《天籟集序》云：「元、白爲中州世契，兩家子弟，每舉長慶故事，以詩文相往來。太素即寓齋仲子，於遺山爲通家侄。甫七歲，遭壬辰之難，寓齋以事遠適。明年春，京城變，遺山遂挈以北渡，自是不茹葷血，人問其故，曰：『俟見吾親則如初。』嘗罹疫，遺山晝夜抱抱持，凡六日，竟於臂上得汗而愈，蓋視親子弟不啻過之。讀書穎悟異常兒，日親炙遺山謦咳，談笑悉能默記。數年，寓齋北歸，以詩謝遺山云：『顧我眞成喪家狗，賴君曾護落巢兒。』居無何，父子卜筑於滹陽。律賦爲專門之學，而太素有能聲，號後進之翹楚者。遺山每過之，必問爲學次第。嘗贈之詩曰：『元白通家舊，諸郎獨汝賢。』未幾生長見聞，學問博洽。然自幼經喪亂，蒼惶失母，便有山川滿目之嘆。逮亡國，恆鬱鬱不樂。以故放浪形骸，期於適意。中統初，開府史公，將以所業薦之於朝，再三遜謝，棲遲衡門，視榮利蔑如也。」據博文此序，則仁甫固忠孝完人焉。今人讀《梧桐雨》、《鴛鴦簡》諸劇，以仁甫爲詞章之士，又何異矮人觀場乎？此余所以將關、馬、鄭、白四家之事，表而出之也。

劉太保秉忠，字子晦，邢臺人。曾皈依釋氏，又名子聰。後遇世祖，洊升臺閣，其功名事業，載在史冊，茲可無論矣。其詞曲亦婉麗可誦。晚年自號藏春散人，著有《藏春樂府》，其〔乾荷葉〕曲云：「乾荷葉，色蒼蒼，老柄風搖蕩。減了清香越添黃。都因昨夜一場霜，寂寞秋江上。」此爲太保自度曲，詠乾荷葉，即用〔乾荷葉〕爲牌名，猶是唐辭之意。又一首弔南宋云：「南高峰，北高峰，慘淡煙霞洞。宋高宗，一場空。吳山依舊酒旗風，兩度江南夢。」此爲借腔別詠，其曲淒惻感慨，千古寡和。又〔三奠子〕典云：「念行藏有命，煙水無涯。嗟去雁，羨歸鴉。半生身累影，一事鬢成華。東山客，西蜀道，且回家。」〔幺篇〕云：「壺中日月，洞裏煙霞。春不老，景長佳。功名眉上鎖，富貴眼前花。三杯酒，一覺睡，一甌茶。」亦如置身羲皇以上，而無與塵世之紛華也。顧讀《元史．本傳》則又不類其爲人，固知言不可取耳。

虞伯生，集，在翰苑時，宴散散學士家，有歌兒順時秀者，唱〔折桂令〕云：「博山銅細裊香風。兩道紗籠，燭影搖紅。翠袖殷勤，來捧玉鐘。半露春蔥，唱好是會受用。文章巨公，綺羅叢，醉眼朦朧。漏轉銅龍，夜宴將終。十二簾櫳，月上梧桐。」一句而兩韻，名曰短柱，極不易作，伯生愛其新奇可喜。時席上適談及三國蜀漢事，伯生即賦〔折桂令〕云：「鑾輿三顧茅廬。漢祚難扶，日暮桑榆。深渡南瀘，長驅西蜀，力拒東吳。美乎周瑜妙術，悲夫關羽雲殂。天數盈虛，造物乘除。問汝何如，笑賦歸歟。」兩字一韻，平仄通押，較一句兩韻者，其難倍屣矣。先生文章道義，照耀千古，出其餘緒，尤能工妙若此，洵乎天才不可多得也。此種短柱句法，自元迄今，和之者絕少，唯明徐天池《四聲猿》中，曾一仿之，後不一見也。歲甲寅，眞州謝平原先生，囑題讀書圖，余亦作短柱〔折桂令〕云：「橫塘一望空涼。夢向蓴鄉，無恙漁莊。畫舫琴堂，文窗書幌，俯仰羲皇。話滄浪龍岡門巷，臥滄江元亮柴桑。絳帳笙簧，金榜文章。怎樣思量，一響都忘。」強仿前哲，未免捉襟露肘矣。

盧學士摯，字處道，號疏齋，涿郡人。曾作《文章要訣》（見陶南山《輟耕錄》）。其詞曲亦疏朗有致，與劉秉忠齊名。妓有杜妙隆者，金陵絕色也，疏齋欲見不果，因題〔踏莎行〕於壁云：「雪暗山明，溪深花藻，行人馬上詩成了。歸來聞說妙隆歌，金陵卻比蓬萊渺。寶鏡慵窺，玉容空好，梁塵不動歌聲悄。無人知我此時情，春風一枕紗窗曉。」又有珠簾秀者，亦當時官伎，疏齋送別時，曾作〔雙調落梅風〕一闋云：「才歡悅，早問別，痛殺俺好難割捨。畫船兒載將春去也，空留下半江明月。」珠簾秀答之曰：「山無數，煙萬縷，憔悴殺玉堂人物。倚蓬窗一身兒活受苦，恨不得隨大江東去。」其風致婉妙，有如此者。疏齋與孔退之文升友善，退之爲先聖五十四代孫，亦有才名。疏齋一遊一燕，未嘗不與之同處。一日廉使徐容齋公琰集疏齋處，退之與焉。容齋曰：「我有一對，君能屬之乎？書中有女顏如玉。」退之即應曰：「路上行人口似碑。」容齋大喜，而疏齋不禁蹈舞矣。

姚牧庵，燧，以古文詞名世，曲則不經見。顧其所作，亦婉麗可誦。其《寄征衣》

〔憑欄人〕曲云：「欲寄君衣君不還，不寄君衣君又寒。寄與不寄間，妾身千萬難。」深得詞人三昧。相傳牧庵與閻靜軒，每於名伎張怡雲家宴飲。一日座有貴人，牧庵偶言「暮秋時」三字，貴人命怡雲續歌之。牧庵戲作〔傍妝臺〕云：「暮秋時，菊殘猶有傲霜枝，西風了卻黃花事。」貴人曰：「止」，遂不成章，其意度可思也。其在翰林承旨日，玉堂設宴，歌伎羅列，中有一人，秀麗閑雅，牧庵命歌，遂引吭而歌曰：「奴本是明珠擎掌，怎生的流落平康。對人前喬做作嬌模樣，背地裏淚千行。三春南國憐飄蕩，一事東風沒主張。添悲愴。哪裏有珍珠十斛，來贖雲娘。」蓋〔解三酲〕曲也。牧庵感其詞之悲抑，使之近前，見其舉動羞澀，而口操閩音，問其履歷，初不實對。叩之再三，泣而言曰：「妾乃建寧人氏，眞西山之後人也。父官朔方時，祿薄不足以自給，侵貸公帑，無所償，遂賣入娼家，流落至此。」牧庵命之坐，乃遣使詣丞相三寶奴，請爲落籍。丞相素敬公，意公欲以侍巾櫛，即令教坊檢籍除之。公得報，語一小史黃棣曰：「我以此女爲汝妻，女即以我爲父也。」史忻然從命。後史亦至顯官，夫婦偕老。京師人相傳以爲盛事。其慷慨俠義如此。嘉興貝闕，有詩紀其事曰：「斷絲棄遠邊，何日緣長松。墮羽別炎州，不復巢梧桐。昔在至元日，六合車書同。玉堂盛文士，燕集來雍雍。金刀手割鮮，酒給葡萄濃。坐有一枝香，秀色如芙蓉。娉婷劉碧玉，綽約商玲瓏。寶釵金雀釧，已覺燕趙空。或聞操南音，未解歌北風。上客驚且疑，姓字初未通。問之慚復泣，乃起陳始終。妾本建寧女，遠出西山翁。父母生妾時，謂是金母童。梨花鎖院落，燕子窺簾櫳。迢迢官朔方，位卑食不充。侵貸國有刑，桎梏加父躬。鬻女以自贖，白璧淪泥中。秋娘教歌舞，屢入明光宮，永爲倡家婦，遂屬梨園工。京華多少年，門外斷青驄。不如孟光丑，猶得嫁梁鴻。自傷妾薄命，失落似秋蓬。客聞爲三嘆，天道何懵懵。遣使白宰相，削籍歸舊宗。小吏十八九，勿恨相如窮。配爾執箕帚，今夕看乘龍。鴛鴦並玉樹，鸚鵡開金籠。棄汝桃花扇，紅牙不復從。提甕自汲水，絺綌自御冬。時多困轗軻，事或忻遭逢。安知百尺井，忽登群玉峰。借問爲者誰？內相姚文公。」詩中敘事，亦不讓《孔雀東南飛》也。

燕京城外萬柳堂，亦一宴遊處也。野雲廉公，曾於其中置酒，招盧疏齋、趙松雪同飲。時歌兒劉氏，名解語花者，左手折荷花，右手執杯，歌〔小聖樂〕云：「綠葉陰濃，遍池亭水閣，偏趁涼多。海榴初綻，朵朵蹙紅羅。乳燕雛鶯弄語，對高柳鳴蟬相和。驟雨過，似瓊珠亂撒，打遍新荷。〔麼篇〕人生百年有幾，念良辰美景，休放虛過。富貴前定，何用苦張羅。命友邀賓宴賞，飲芳醑淺斟低歌。且酩酊，從教二輪，來往如梭。」此曲爲元遺山好問所作，當時名姬多歌之。今人知遺山之詩與文，而不知其善曲也。

趙子昂，孟頫，嘗欲置妾，以小詞調管夫人云：「我爲學士，你作夫人。豈不聞陶學士有桃葉桃根，蘇學士有朝雲暮雲。我便多娶幾個吳姬越女，有何過分。你年紀已過四旬，只管占住玉堂春。」夫人答云：「你儂我儂，忒煞情多。情多處熱似火。把一塊泥，捻一個你，塑一個我。將咱兩個，一齊打破，用水調和。再捻一個你，再捻一個我。我泥中有你，你泥中有我。與你生同一個衾，死同一個槨（叶果）。」此詞各家筆記，多已載過，所以不忍棄者，以其詞妙也。

金人院本，其見諸日錄者，僅周密《武林舊事》卷十中，官本雜劇二百八十種而已，其詞則已亡之久也。雜劇之名，始見《宋史．樂志》。《志》稱：眞宗不喜鄭聲，而或爲雜劇，詞句未嘗宣布於外。則北宋初葉，雜劇固已有腳本，唯無傳於後，斯並亡其目耳。據草窗所錄，大率以所演之事，即繫以所歌之曲。如〔六幺〕（即〔綠腰〕也）、〔瀛府〕、〔梁州〕、〔伊州〕、〔新水〕、〔薄媚〕、〔大明樂〕、〔降黃龍〕之類是也。即據陶宗儀所記元人劇本，亦有六百九十種，而今多不傳，所傳者臧晉叔之《元百種曲》而已。顧此百種，與《太和正音譜》中目錄相較，已逸去五百餘種，是可惜也。長州葉懷庭，譏晉叔之選元曲，爲孟浪漢子，不知埋沒元人多少苦心。其言不無太過，實則晉叔之於元人，可謂功之魁而罪之首也。

宋人有《王煥》一劇，爲太學黃可道作。據《錢塘遺事》：「歌舞湖山，沉酣百年。賈似道少時，佻㒓尤甚。自入相後，猶微服飲於伎家。至戊辰己巳間，《王煥》戲文盛行都下，始自一太學黃可道爲之。某倉官諸妾，見之群奔。」云云。則《焚香記》之作，亦蹈襲前人之意也。

王實甫所作十四種曲，以《西廂》爲最。唯其人或稱元人、或稱金人，迄未有指定確鑿者。余按實甫《麗春堂》雜劇，繫譜金完顏某事。而劇末云：「早先聲把煙塵掃蕩。從今後四方八荒，萬邦齊仰，賀當今皇上。」以頌禱章宗作結。則此劇之作尚在金世，實父蓋亦由金入元者矣。其十四種內，有《雙蕖怨》一本，據《樂府紀聞》云：

「大名民家，有男女以私情不遂，赴水同死者。後三日，二屍相抱出水濱。是年此陂荷花，無不並蒂。李冶賦《雙蕖怨》詞以紀之」云云。此劇當記此事也。余於元人雜劇，共得二十六種，而其中十三種，已見《元百種曲》內，僅有十三種，爲世間所無者也。實甫詞僅《麗春堂》耳，餘皆無有。

鮮于去矜，爲伯機之子。工詩好客，所作樂府，亦多行家語。其〔寨兒令〕一支尤妙。詞云：「漢子陵，晉淵明。二人到今香汗青。釣叟誰稱，農父誰名，去就一般輕。五柳莊月朗風清，七里灘浪穩潮平。折腰時心已愧，伸腳處夢先驚。聽，千萬古聖賢評。」

馮子振，號海粟，攸州人。文思敏捷，每臨文時，輒命侍史二人，潤筆以俟。酒酣耳熱，據案疾書，隨紙數多寡，頃刻而畢。時白無咎以詞壇名宿，主盟風雅，所作〔鸚鵡曲〕，尤膾炙人口。詞云：「儂家鸚鵡洲邊住，是個不識字漁父。浪花中一葉扁舟，睡煞江南煙雨。〔幺篇〕覺來時滿眼青山，抖擻綠蓑歸去。算從前錯怨天公，甚也有安排我處。」此詞歌遍旗亭。海粟留上都日，有北京伶御園秀之屬相從，風雨中恨此曲無續之者，且謂前後多親炙士大夫，拘於韻度，如第一個「父」字，便難下語，又「甚也有安排我處」之「甚」字、「我」字，必須用去、用上，音律始諧，否則不可歌也。因舉酒屬海粟和之，海粟即援筆作百餘首。《山亭逸興》云：「嵯峨舉頂移家住，是個不即溜樵父。爛柯時樹老無花，葉葉枝枝風雨。〔幺篇〕故人曾喚我歸來，卻道不如休去。指門前萬疊雲山，是不費青蚨買處。」《愚翁放浪》云：「東家西舍隨緣住，是個忒老實愚父。賞花時暖薄寒輕，徹夜無風無雨。〔幺篇〕占長紅小白園亭，爛醉不教人去。笑長安利鎖名韁，定沒個身心穩處。」於是傳唱遍梨園矣。又海粟《題楊妃病齒圖》云：「華清宮一齒痛，馬嵬坡一身痛。漁陽鼙鼓動地來，天下痛。」可謂爽快之至。

歌兒珠簾秀朱氏，姿容姝麗，雜劇爲㫠時第一。胡紫山宣慰，極鍾愛之。嘗擬〔沉醉東風〕小曲以贈云：「錦織江邊翠竹，絨穿海上明珠。月淡時，風清處。都隔斷落紅塵土。一片閑情任卷舒，掛盡朝雲暮雨。」由是其名益彰。

滕賓，字玉霄，睢陽人。以散套負盛名，而所塡小詞，亦清婉可喜。有宋六者，字同壽，爲張嘴兒之女。嘴兒工觱栗，曾見賞於元遺山。同壽得其父之神，嘗與其夫某合樂，其妙無比云。玉霄曾賦〔念奴嬌〕贈云：「柳顰花困，把人間恩愛，尊前傾盡。何處飛來雙比翼，直是同聲相應。寒玉嘶風，香雲捲雪，一串驪珠引。元郎去後，有誰著意題品。誰料濁羽清商，繁弦急管，猶自餘風韻。莫是紫鸞天上曲，兩兩玉童相並。白髮梨園，青衫老傅，試與流連聽。可人何處，滿庭月清冷。」

元人有「酸甜樂府」之稱，少時不知其意，後讀蔣仲舒《堯山堂外紀》。及顧俠君《元詩選》，乃知所謂酸甜者，係二人之名，即貫酸齋與徐甜齋也。酸齋畏吾人，爲阿里海涯之孫，父名貫只哥，遂以貫爲氏。自名小雲石海涯，又號峻齋。徐名飴，揚州人。二人並以樂府擅稱，遂有「酸甜樂府」之名。明寧獻王權《太和正音譜》，評二人詞云：酸齋「如天馬脫羈」，甜齋「如桂林秋月」，其詞之美可知也。時阿里西瑛，新築別業，名懶雲窩，亦善於曲詞。嘗作〔殿前歡〕云：「懶雲窩，醒時詩酒醉時歌。瑤琴不理抛書臥，無夢南柯。得清閑盡快活。日月似攛梭過，富貴比花開落。青春去也，不樂如何？」酸齋和之云：「懶雲窩，陽臺誰與送姮娥？蟾光一任來穿破，遁跡由他。蔽一天星斗多，分半榻蒲團坐，盡萬里鵬程挫。向煙霞笑傲，任世事蹉跎。」又和云：「懶雲窩，雲窩客至欲如何？懶雲窩裏和雲臥，打會磨陀。想人生待怎麼，貴比我爭些大，富比我爭些個。呵呵笑我，我笑呵呵。」又和云：「懶雲窩，懶雲窩裏客來多。客來時伴我閑些個，酒灶茶鍋。且停杯聽我歌，醒時節披衣坐，醉後也和衣臥。興來時玉簫綠綺，問甚麼天籟雲和。」其詞超妙如此。酸齋生而神彩秀異，膂力絕人。年十二三時，使健兒驅三惡馬疾馳，持槊立而待，馬至騰身上之，越一而跨三，運槊生風，觀者辟易。及長，折節讀書。仁宗朝，拜翰林學士，忽喟然嘆曰：「辭尊居卑，昔賢所尚。」乃稱疾辭居江南，賣藥錢塘市中。詭姓名，易冠服，人無識者。嘗休暑鳳凰山，有詩云：「路隔蒼苔卒未通，泉花如髮玉濛濛。蛟浮海近雲窗濕，夢怯山寒葛帳空。高枕不知秋水上，開門忽見暮帆東。物情萬態俱忘我，北望幽心一寸紅。」又嘗過梁山濼，見漁父織蘆花爲被，酸齋愛其清，欲易之以綢。漁父曰：「君欲吾被，當賦一詩」，遂援筆曰：「採得蘆花不涴塵，翠蓑聊復藉爲茵。西風刮夢秋無際，夜月生香雪滿身。毛骨已隨天地老，聲名不讓古今貧。青綾莫爲鴦鴛妒，欸乃聲中別有春。」持被竟去，因自號蘆花道人。其在錢塘日，無日不遊西湖，有〔中呂粉蝶兒〕南北合套一折，即世所傳「描不上小扇輕羅」是也（詞見《北宮詞紀》）。清高拔俗，世多稱之。

嘗赴所親宴，時正立春，座客有以〔清江引〕請賦，且限金、木、水、火、土五字，冠於每句之首，又須各用春字。酸齋即題云：「金釵影搖春燕斜，木杪生春葉。水塘春始波，火候春初熟。土牛兒載將春去也。」座客皆爲絕倒。酸齋有二妾，一曰洞花，一曰幽草。其臨終辭世詩曰：「洞花幽草結良緣，被我瞞他四十年。今日不留生死相，海天秋月一般圓。」後張小山可久改成一曲云：「君王曾賜瓊林宴，三斗始朝天。文章懶入編修院。紅錦箋，白紵篇，黃柑傳。學會神仙，參透詩禪。厭塵囂，絕名利，逸林泉。天臺洞口，地肺山前，學煉丹。同貨墨，共談玄。興飄然，酒家眠。洞花幽草結良緣，被我瞞他四十年。海天秋月一般圓。」此曲可謂絕唱矣。至若甜齋之詞，亦不讓酸齋。曾記其〔折桂令〕二支，一《贈伎玉蓮》云：「荊山一片玲瓏。分付馮夷，捧出波中。白羽香寒，瓊衣露重，粉面冰融。知造化私加密寵，爲風流洗盡嬌紅。月對芙蓉，人在簾櫳。太華朝雲，太液秋風。」一《春情》云：「平生不會相思。才會相思，便害相思。身似浮雲，心如飛絮，氣若游絲。空一縷餘香在此，盼千金游子何之。證候來時，正是何時。燈半昏時，月半明時。」正鏤心刻骨之作，直開玉茗、粲花一派矣。其《夜雨》〔水仙子〕云：「一聲梧葉一聲秋，一點芭蕉一點愁。三更歸夢三更後，落燈花棋未收，嘆新豐孤館人留。枕上十年事，江南二老憂，都到心頭。」又有〔水仙子〕二闋，一詠佳人釘鞋，一詠紅指甲，亦甚佳。《釘鞋》云：「金蓮脫瓣載雲輕，紅葉浮香帶雨行。漬春泥印在蒼苔徑，三寸中數點星。玉玲瓏環珮交鳴。濺越女紅裙濕，沁湘妃羅襪冷。點寒波小小蜻蜓。」《紅指甲》云：「落花飛上筍芽尖。宮葉猶將冰箸黏。抵牙關越顯得櫻唇艷。怕陽春不捲簾。捧菱花紅印妝奩。雪藕絲霞十縷，鏤棗血半點。掐劉郎春在纖纖。」語語俊，字字艷，直可壓倒群英，奚止爲一時之冠。

喬吉，字夢符，太原人，自號惺惺道人，又號笙鶴翁。美容儀，能詞章，以威嚴自飭，人敬畏之。居杭州太乙宮前，有《西湖詞》〔梧葉兒〕百篇，名公爲之序。胥疏江湖，垂四十年，欲刊行所作，竟無成事者。陶宗儀《輟耕錄》云：夢符博學多能，以樂府稱重於世。嘗云作樂府亦有法，曰鳳頭、豬肚、豹尾六字是也。大概起要美麗，中要浩蕩，終要響亮，尤貴在首尾貫串，意思清新，能若是斯可以言樂府矣。所做雜劇，有《認玉釵》、《兩世姻緣》、《揚州夢》、《死生交》、《勘風情》、《金錢記》、《荊公遣妾》、《節婦牌》、《賢孝婦》、《九龍廟》、《黃金臺》十一種，臧晉叔《元曲選》僅刻《兩世姻緣》、《揚州夢》、《金錢記》三種而已。其小令至有風情，嘗記其《詠竹衫》云：「並刀翦龍須爲寸，玉絲穿龜背成文。襟袖清涼不染塵。汗香晴帶雨，肩瘦冷搜雲，是玲瓏剔透人。」又《詠香茶》小令云：「細研片腦梅花粉，新剝珍珠豆蔻仁。依方修合鳳團春。醉魂清爽，舌尖香嫩，這孩兒那些風韻。」又〔天淨沙〕小令云：「鶯鶯燕燕春春，花花柳柳眞眞，事事風風韻韻。嬌嬌嫩嫩，停停當當人人。」所作皆清俊秀麗，不愧大家。夢符又長於詩餘，其和黃子常〔賣花聲〕詞云：「侵曉園丁，道叫嫩紅嬌紫，巧工夫攢枝綴蕊。行歌佇立，灑洗妝新水。捲香風看街簾起。深深巷陌，有個重門開未？忽驚它尋春夢美。穿窗透閣，便憑伊喚取，惜花人在誰根底？」蓋杭城春日，婦女喜爲鬥草之戲，故夢符詞云云也。

張可久，字伯遠，號小山，以樂府得盛名。有《小山小令》二卷，明李中麓爲之刊行。《太和正音譜》評其詞「清而且麗，華而不豔」，至爲確切。余見其《和劉時中五月菊》云：「玉臺金盞對炎光，全似去年香。有意莊嚴端午，不應忘卻重陽。菖蒲九節，金英滿把，同泛瑤觴。舊日東籬陶令，北窗高臥羲皇。」又「九月九日見桃花」，小山爲作小令云：「前度劉郎老矣，去年崔護來遲。紅雨飛，西風起。望白衣可憐憔悴，蜂愁蝶未知。冷落在天臺洞裏。」（時中名致，亦善曲）其《秋日宮詞》（一半兒）二首亦佳，「花邊嬌月靜妝樓，葉底滄波冷翠溝，池上好風閑御舟。可憐秋，一半兒芙蓉，一半兒柳。」其二云：「數層秋樹隔雕檐，萬朵晴雲擁玉蟾，幾縷夜香穿繡簾。等潛潛，一半兒開門，一半兒掩。」又《酬耿子春海棠》詞云：「海棠香雨污吟袍，薛荔空牆閑灑瓢，楊柳曉風涼野橋。放詩豪，一半兒行書，一半兒草。」又云：「梅枝橫翠暮寒生，花淡紗窗殘月明，人倚畫樓羌笛聲。惱詩情，一半兒清香，一半兒影。」皆俊詞也。

王元鼎以曲得重名，有〔折桂令〕一支，《詠桃花馬》云：「問劉郎驥控亭槐。覺紅雨蕭蕭，亂落蒼臺。溪上籠歸，橋邊洗罷，洞口牽來。搖玉轡春風滿街，摘金鞍流水天臺。錦繡毛胎，嘶過玄都，千樹齊開。」時歌兒郭氏順時秀者，爲劉時中所賞，與元鼎交密，偶有疾，思馬版腸充饌，元鼎即殺所騎五花馬，取腸以供，都下傳爲佳話。其時中書參政，爲阿魯溫，尤屬意於郭，至則戲謂之曰：「我比王元鼎何如？」對曰：「參政，宰相也；元鼎，才人也。燮理陰陽，致君澤民，則學士（即元鼎）不及參政。

嘲風詠月，惜玉憐香，則參政不如學士。」阿魯溫大笑而罷云：「娟娟此豸，令點可喜若是，令我有遲生五百年之憾矣。」

劉庭信爲南臺御史劉庭翰族弟，俗呼曰黑劉五者是也。有〔水仙子〕二支云：「秋風颯颯撼蒼梧，秋雨瀟瀟響翠竹，秋雲黯黯迷煙樹。三般兒一樣苦，苦的人魂魄全無。雲結就心間愁悶，雨少似眼中淚珠，風做了口內長吁。」又「蝦須簾控紫銅鉤，鳳髓茶閑碧玉甌，龍涎香冷泥金獸。繞雕欄倚畫樓，怕春歸綠慘紅愁。霧濛濛丁香枝上，雲淡淡桃花洞口，雨絲絲梅子牆頭。」細膩流麗，亦不愧小山、東籬也。

周德清，字挺齋，高安人。著有《中原音韻》一書。平聲之分陰陽，自挺齋始之也。所作小令散套，綽有大家風格。嘗過廬山，賦〔朝天子〕云：「早霞，晚霞，妝點廬山畫。仙翁何處煉丹砂？一縷白雲下。客去齋餘，人來茶罷，嘆浮生指落花。楚家，漢家，都做了漁樵話。」此詞字字穩洽，移動不得一絲，固是老斫輪手。挺齋曾至西域，訪友人瑣非復初。有同志羅宗信者，見餉酒肴，復初舉觴，命謳者歌〔四塊玉〕調，起句云：「彩扇歌，青樓飲」，宗信急止其音云：「彩字對青字，而歌青字爲晴，吾揣其音，此字必用陽聲，以揚其音，而青字乃抑之，非也。」復初因前驅紅袖，而自用調歌曰：「買笑金，纏頭錦。得遇知音，可人心。怕逢狂客天生沁。紐死鶴，劈碎琴，不害磣。」德清聞其歌大喜曰：予作樂府三十年，未有如今日之遇二公，能知某曲之非，某曲之是也。遂奉巨觴，口占〔折桂令〕一支云：「宰金頭黑腳天鵝。客有鍾期，座有姮娥。吟既能吟，聽還能聽，歌也能歌。和白雪新來較可，放行雲飛去如何。

醉睹銀河，燦燦蟾明，點點星多。」歌既畢，相與痛飲，大醉而罷，其風致不減魏晉人也。挺齋家況奇窘，時有斷炊之虞。《戲詠開門七件事》〔折桂令〕云：「倚蓬窗無語嗟呀。七件兒全無，做甚麼人家。柴似靈芝，油如甘露，米若丹砂。醬甕兒恰才夢撒，鹽瓶兒又苦消乏。茶也無加，醋也無加。七件事尚且艱難，怎生教我折柳攀花。」其貧可想見也。余嘗謂天下最苦之事，莫若一窮字，饑寒交迫，而猶能歌聲出金石者，即原思在今日，恐亦未必能如斯。竊怪自揚雲逐貧，昌黎送窮以來，此輩窮鬼，宜早置天涯之外，何以復能纏擾後人，直使之面目可憎語言無味也。因念明王德章《安貧詩》云：「柴米油鹽醬醋茶，七般都在別人家。我也一些憂不得，且鋤明月種梅花。」雖口頭高雅，恐心頭亦叫苦耳。臨川陳克明，作《美人》〔一半兒〕八詠，周德清擊節嘆賞曰：「此調作者固多，此公音律獨合，所以爲不可及也。」《春夢》云：「梨花雲繞錦香亭，蝴蝶春融軟玉屏，花外鳥啼三兩聲。夢初驚，一半兒昏迷，一半兒醒。」《春困》云：「瑣窗人靜日初曛，寶鼎香消火尚溫，斜倚繡床深閉門。眼昏昏，一半兒微開，一半兒盹。」《春妝》云：「自將楊柳品題人，笑撚花枝比較春，輸與海棠三四分。再偷勻，一半兒胭脂，一半兒粉。」《春愁》云：「厭聽野鵲語雕檐，怕見楊花撲繡簾，拈起繡針還倒拈。兩眉尖，一半兒微舒，一半兒斂。」《春醉》云：「海棠紅暈潤初妍，楊柳纖腰舞自偏，笑倚玉奴嬌欲眠。粉郎前，一半兒支吾，一半兒軟。」《春繡》云：「綠窗時有唾茸黏，銀甲頻將線彩撏，繡到鳳凰心自嫌。按春纖，一半兒端詳，一半兒掩。」《春夜》云：「柳綿撲檻晚風輕，花影橫窗淡月明，翠被麝蘭熏夢醒。最關情，一半兒溫馨，一半兒冷。」《春情》云：「自調花露染霜毫，一種春心無處描，欲寫素心三四遭。絮叨叨，一半兒連眞，一半兒草。」卻能道出美人風韻，所以可貴。克明於元人中，不甚著稱，而詞之佳妙若此，亦足見元人於此道之用力至深也。

侯克中，字正卿，號艮齋先生，眞定人。曾作《關盼盼春風燕子樓》一劇，詞華精警，爲時人所不及。據《四庫全書提要》云：正卿幼喪明，聆群兒誦書，不終日能悉記之。稍長習詞章，自謂不學可造詣。既而悔之，以爲刊華食實，莫先於理。原《易》以求，乃爲得之。於是精意讀《易》，著有《大易通義》、《艮齋詩集》等書。又周密《癸辛雜識》云：「方回年七十，牟獻之亦七十，兩家之子侄，皆與乃翁爲慶祝，且徵友朋之詩。時仇山村先生，與方、牟二家，俱有往來，故壽獻之詩」，有「姓名不入六臣傳，容貌堪稱九老碑」之句。其壽方回詩句，有「老尚留樊素，貧休比范丹」語。以方回嘗有句「今生窮似范丹」，故用之也。於是方大怒，恨其褒牟貶己，遂摭六臣一語，謂比今上爲朱溫，必欲告官殺之。諸友皆爲謝過，不從。仇遂謀之侯正卿，正卿即訪方回。徐扣之曰：「聞仇君近得罪於虛谷，何耶？」方曰：「此子無理，乃比今上爲朱溫。」正卿曰：「渠詩中僅言六臣耳，今比上爲朱溫者，執事也。」方色變，正卿遂索其手稿碎之，事乃已。據此則正卿又善爲人解紛也。正卿以散套得盛名，其〔醉花陰〕「良夜迢迢」一套，元曲中不可多得之作，惜《燕子樓》一劇，散佚不傳，至爲可嘆耳。

南北合套之法，自元沈和爲始。和字和甫，杭州人。所作《瀟湘八景》、《歡喜冤家》諸本，皆用南北合套法，極爲工巧。後居江州，江西人稱爲蠻子關漢卿者是也。今人遇場頭稍多之曲，往往用南北合調，如〔新水令〕、〔步步嬌〕及〔醉花陰〕、〔畫眉序〕之類，搖筆皆是。而創始之人皆不能舉其姓字矣，此亦數典忘祖也。余特表而出之，見元鍾嗣成《錄鬼簿》。

錢塘王曄，字日華。曾作《桃花女》、《臥龍岡》、《雙賣花》諸劇本。唯《桃花女》一種，爲臧晉叔所選，故世多知之。然其詞已不如關、馬、鄭、白四家矣。日華又集列代之優詞，有關於世道者，自楚國優孟而下，至金人玳瑁頭，凡若干條，名曰《優戲錄》，楊鐵崖爲之作序，惜其書不傳。

元人倡夫，亦有通詞藻者，如《鴛鴦被》、《百花亭》、《貨郎旦》諸本，皆倡夫所作也。其中以張國賓、紅字李二、花李郎諸人爲最。國賓又作酷貧，大都人，教坊管勾，有《汗衫記》、《衣錦還鄉》、《羅李郎》、《薛仁貴》諸劇（見《元曲選》）。紅字李二，京兆人，爲教坊劉要和之婿，有《武松打虎》、《病揚雄》、《黑旋風》諸劇（見《錄鬼簿》）。花李郎亦劉要和婿，或云即李二，未知是否。有《相府院》、《釘一釘》、《勘吉平》諸劇（見《正音譜》及《北詞廣正譜》）。詞曲之盛，至倡亦能操翰，可謂至矣。王靜庵云：「明昌一編，盡金源之文獻，吳興《百種》，抗皇元之風雅，百年之風會成焉，三朝之人文繫焉。況乎第其卷帙，軼兩宗之詩餘，論其體裁，開有明之制義，考古者徵其事，論世者觀其心，游藝者玩其詞，知音者辨其律。」誠哉，此言也。

明寧獻王權，太祖第十六子。洪武二十四年，就封大寧。永樂元年，改封南昌。深於音律，著有《太和正音譜》，今在《嘯餘譜》中。《荊釵記》亦其所作。以天潢貴胄，而又能嫻於文詞，故能傳流至今，膾炙人口。此外有《辨三教》、《勘妒婦》、《煙花判》、《瑤天笙鶴》、《白日飛升》、《九合諸侯》、《私奔相如》、《豫章三害》、《肅清瀚海》、《客窗夜話》、《獨步大羅天》、《復落娼》十二種。（皆見《正音譜》目中）錢牧齋《列朝詩集》云：「江右俗故質樸，儉於文藻，士人不樂聲譽。王弘獎風流，增益標勝。」「好學博古，諸書無所不窺，旁通釋老，尤深於史。」「凡群書有秘本，莫不刊布國中。」足見王之好學矣。

明代宗室之賢者，獻三而外，尚有周憲王。王諱有燉，周定王長子。洪熙元年襲封，景泰三年薨。王遭世隆平，勤學好古，留心翰墨，制《誠齋樂府》傳奇若干種，音律諧美，流傳內府，中原弦索，多有用其新詞者。李夢陽《汴中元宵絕句》云：「中山孺子倚新妝，趙女燕姬總擅場。齊唱憲王新樂府，金梁橋外月如霜。」其見重於人可知矣。余嘗讀陳藎卿《南北宮詞紀》，見有誠齋者，其樂府套數甚多，後乃知誠齋爲王之別號，其詩文各集，皆以此名也。按王所作散劇，不下三十種，均見《盛明雜劇》中，其氣魄才力，亦不亞於關漢卿矣。

明初有王子一、劉東生、谷子敬、湯式、楊景言、賈仲名、楊文奎諸子，俱見《正音譜》，各有題評語。而《吳騷合編》、《南宮詞紀》，亦多有諸子散套小令各曲。其所作雜劇，僅臧晉叔《元曲選》中，有數種，此外不多見也。余考諸人之作，殊不止此，除《劉晨阮肇》、《城南柳》、《鐵拐李》、《對玉梳》、《蕭淑蘭》、《翠紅鄉》諸曲，俱收入《百種》外，王子一有《海棠風》、《楚陽臺》、《鶯燕蜂蝶》三種，劉東生有《嬌紅記》、《月下老》二種，谷子敬有《枕中記》、《鬧陰司》二種，湯式有《瑞仙亭》一種，楊景言有《海棠亭》、《生死夫妻》二種，賈仲名有《升仙夢》一種，楊文奎有《王魁不負心》、《上元夫人》、《玉盒記》三種。蓋明初承元季之風，其時且在洪武未行科舉以前，故諸文人皆盡心此道，初不料科舉興而反用八比時文也。自時文興而雜劇衰，而傳奇盛，此亦曲家一大關鍵處，惜自來文人無有言之者。往與亡友黃慕庵作文學史，論有明一代，止有八比之時文，與四十齣之傳奇，爲別創之格。其他各學，非唯不能勝過前人，且遠不如前代，無論其他。即在北曲，亦復如是。倘亦所謂盛極難繼者耶？（文長《四聲猿》，亦不盡北曲，楊升庵《太和記》，亦間有南詞）余嘗以爲知言云。

《幽閨》、《荊釵》、《琵琶》三種，前人論之詳矣。余謂《荊釵》之行世，衹以藩邸之尊，不能不被之管弦，非必果以詞妙，而傳遍人口也。茲姑不論。《幽閨》之與《琵琶》，同遭後人竄改之厄，已失舊觀。然魏良輔僅點《琵琶》之板，而不及《幽閨》者，誠以《幽閨》之可疑者多也，即如《詰盟》之〔仙呂點絳唇〕，實則爲〔越調看花回〕，而湯若士《邯鄲》之《西諜》，洪昉思《長生》之《打圍》，皆誤以傳誤，而不知其底蘊矣，非經《大成譜》之參訂，蓋幾幾乎不辨魚魯，而反以爲〔點絳唇〕、〔混江龍〕之別調，如詩餘中之又一體也。故論《幽閨》之舛律，自是不謬，唯臧晉叔以爲《幽閨》在《琵琶》之上，何元朗亦主此說，王元美目爲好奇之過，晉叔曰：「是惡知所謂《幽閨》者哉。」元朗、晉叔，既皆以《幽閨》爲美，余實不能無疑。《幽閨》唯《拜月》一折，確是神來之筆，而一折之中，唯「卻不道小鬼頭兒春心動也」一句，爲妙文耳，其他則實無可擊節處。晉叔云：「烏知所謂《幽閨》，余實無以知之矣。」（按施君美名惠，字耐庵，《水滸記》亦其手筆云。）

《西廂記》，明人皆以爲關漢卿作，王實甫續。《琵琶記》，明人亦以爲高拭所作，非高明撰。可見明人僅論文字，不論詞家掌故也。今《西廂》人人知實甫之作，可以不論。按《堯山堂外記》，謂作《琵琶記》者，乃高拭，其字則誠。朱竹垞《靜志居詩話》引之，而復云涵虛子曲譜，有高拭而無高明。則蔣氏之言，或有所據。王元美《藝苑卮言》，亦云南曲高拭則誠，遂掩前後，是明人均以則誠爲拭也。不知高明乃字則誠，高拭別字則成，成與誠字，形既相似，而聲又相同，且同爲永嘉人，所以貽誤至今。高明至正五年，張士堅榜中第，授處州錄事，辟丞相椽。方谷眞叛，省臣以溫人知海濱事，擇以自從。與幕府論事不合，谷眞就撫，欲留眞幕下，即日解官，旅寓鄞之櫟社。明太祖聞其名，且閱其《琵琶》詞而善之，欲召至金陵，以老病辭，尋卒。著有《柔克齋集》。顧俠君《元詩選》，言之至詳，可雪數百年之疑竇也。則誠六七歲時，即穎異不凡。鄰有尚書某，緋袍出送客，則誠適自塾師處歸，時衣綠衣。尚書戲語之曰：「出水蛙兒穿綠襖，美目盼兮。」則誠應聲曰：「落湯蝦子著紅衫，鞠躬如也。」尚書大驚異，稱爲奇童。則誠散套至多，茲不載。

《荊》、《劉》、《拜》、《殺》，爲四大傳奇。《荊釵》、《幽閨》，已論於前。文字之最不堪者，莫如《白兔》、《殺狗》。《白兔》不知何人所作，讀之幾乎令人欲嘔。《殺狗》爲徐畛作。畛字仲由，淳安人，洪武初徵秀才，至藩省辭歸。有《巢松閣集》行世，宜其詞當淵雅矣，乃鄙陋庸劣，直無一語足取，有才者不宜如是也。仲由之言曰：「吾詩文未足品藻，唯傳奇詞曲，不多讓古人。」自負如此，更不該隨意涂抹。余嘗讀其小令曲〔滿庭芳〕云：「烏紗裹頭，清霜林落，黃葉山邱。淵明彭澤辭官後，不事王侯。愛的是青山舊友，喜的是綠酒新蒭。相拖逗，金尊在手，爛醉菊花秋。」語語俊雅，雖東籬、小山，亦未多遜，不知所作傳奇，何以丑劣乃爾。或者《殺狗》久已失傳，後人僞托仲由之作，羼入歌舞場中耳？不然，不應與小令如出兩人之手，且有天淵之別也。

《杜甫遊春》一劇，爲王九思作。九思字敬夫，號渼陂，鄠縣人。弘治丙辰進士，授檢討。値劉瑾亂政，悉調部屬，敬夫獨得吏部，不數月長文選。瑾敗，降壽州同知，勒致仕。盛年見擯，無所發泄。時長沙李西厓柄國，敬夫遂恨西厓入骨，隨寄情詞曲，作爲歌謠、《杜甫》一劇，亦當時所作，嬉笑謔浪，力詆西厓，闒隴之士，雜然和之。世傳敬夫將塡詞，以厚資募國工，杜門習學琵琶三弦，熟案諸曲，盡其技而後出之。故其詞雄放奔肆，儼然有關、馬之遺。余讀其《碧山樂府》，秀麗雄爽，康對山不如也。嘉靖初，纂修實錄，有議起敬夫者，或言於朝曰：「《遊春記》，李林甫固指西厓，楊國忠得非石齋，賈婆婆得非南塢耶？」吏部聞之，縮舌而止，遂放廢終身云。余謂敬夫身世，與康對山相似。敬夫之《遊春記》，康海之《中山狼》（事已見前，茲不贅），所作之曲相似也。敬夫以逆瑾而廢，對山亦以逆瑾而廢，所坐之事又同也。卒至同廢棄其身，亦可惜矣，亦可傷矣。

陳大聲，鐸，金陵人，別字秋碧。散曲至多，有《納錦郎》、《好因緣》諸劇本，官至都指揮使。《藝苑卮言》譏其淺於才情，且多蹈襲古人，其言殊屬不確。余讀其《題情》、《惜別》諸詞，直得南音三昧，不可以其將家子而輕之也。且宮商穩協，不差毫末，爲世人所尤難。又善於畫山水，仿沈啓南，淵古淡樸，不愧名家，自爲詩題其上。世人知大聲擅樂府，不知其能詩，又不知其工畫也。

楊升庵，愼，有《洞天玄記》、《蘭亭會》、《太和記》諸劇。又有《陶情樂府》、《續陶情樂府》，流膾人口。王元美謂其腔律未諧，亦非苛論。蓋楊本蜀人，故多川調，不甚諧南北本腔也。然其佳句至多。如「費長房縮不就相思地，女媧氏補不完離恨天。」又「別淚銅壺共滴，愁腸蘭焰同煎。和愁和恨，經歲經年。」又「傲霜雪鏡中紫髯，任光陰眼前赤電，仗平安頭上青天。」皆佳句也。其妻黃氏，亦擅詞曲，其「羅江怨」四支，用車遮韻極佳。詞云：「空亭月影斜。東方既白，金雞驚散枕邊蝶。長亭十里唱陽關也，相思相見，相見何年月。淚流襟上血，愁穿心上結。鴛鴦被冷雕鞍熱。〔前腔〕黃昏畫角歇。南樓雁疾，遲遲更漏初長夜。愁聽積雪溜松稠也，紙窗不定，不定風如射。牆頭月又斜，床頭燈又滅。紅爐火冷心頭熱。〔前腔〕關山望轉賒。征途倦歷，愁人莫與愁人說。遙瞻天闕望雙環也，丹青難把，難把衷腸寫。炎方風景別，京華音信絕。世情休問涼和熱。〔前腔〕青山隱隱遮。行人去急，羊腸鳥道馬蹄怯。鱗鴻不至空相憶也，惱人正是，正是寒冬節。長空孤鳥滅，平蕪遠樹接。倚樓人冷闌干熱。」此四詞爲憶外之作，時升庵方謫雲南，故詞中云云也。

李中麓，開先，字伯華，章邱人，官至太常少卿。罷歸後，以詞曲娛老。著有《寶劍記》、《斷髮記》諸傳奇。文采風流，照耀北方。錢牧齋云：伯華「罷歸。歸而治田產，蓄聲伎，征歌度曲，爲新聲小令，搊彈放歌，自謂馬東籬、張小山無以過也。爲文一篇輒萬言，詩一韻輒百首，不循格律，詼諧調笑，信手放筆……所著詞多於文，文多於詩。改定元人傳奇樂府數百卷，搜集市井艷詞、詩禪、對類之屬，多流俗瑣碎，士大夫所不道者。」所藏詞曲至富，自謂詞山曲海。每大言曰：「古來才士，不得乘時枋用，非以樂事繫其心，往往發狂病死，今借此以坐銷歲月，暗老豪傑耳。」王元美《曲藻》云：「北人自王、康後，推山東李伯華。伯華以百闋〔傍妝臺〕，爲對山所賞。今其詞尚存，不足道也。所爲南劇《寶劍》、《登壇記》，亦是改其鄉先輩之作。二記余見之，尚在《拜月》、《荊釵》之下耳，而自負不淺。一日問余：『何如《琵琶記》乎？』余謂：『公詞之美，不必言。第令吳中教師十人唱過，隨腔改妥，乃可傳耳。』李怫然不樂罷。」其自負有如此者，惜其詞余未見也。

吳中以南曲名者，祝希哲、唐子畏、鄭若庸三人。京兆能爲大套，富麗而多駁雜。解元小詞，纖雅絕倫，而大套則時有捉襟露肘之態。若庸字中伯，號虛舟，昆山人。早歲以詩名吳下，趙康王聞其名，走幣聘入鄴，客王父子間。王父子親逢迎接席，與交賓主之禮。於是海內游士，爭擔簦而之趙，以中伯與謝榛故也。中伯在鄴，王爲庇供帳，賜宮女，乃女樂數輩。中伯乃爲著書，採掇古今奇文累千卷，名曰《類雋》。康王薨後，乃去趙，居清源，年八十餘卒。中伯所著曲，以《玉玦記》最著，其他《大節記》、《五福記》皆不傳。余謂《玉玦》典雅工麗，可詠可歌，開後人駢綺之派。每折一調，每調一韻，尤爲合法。今《六十種曲》，曾有此本，易於檢閱也。余見其《春閨》散曲一套，至佳。爲錄此詞，此亦吉光片羽，不可多得者矣：「〔沉醉東風〕海棠花將開未開，倦停針繡窗閑待。花睡去冷閑階，教人憐愛，須避卻妒花風霾。把門兒漫開，不許蝶蜂參拜。若等得著那負心的便隨著進來。〔忒忒令〕盼得個春風滿街，好花枝沒人簪戴。對花無語，空立遍蒼苔。擔害得，人無賴，愁無奈，恨無端，磨穿了鐵鞋。〔玉交枝〕他毒如蜂蠆，戀花枝花還受災。芳心從此被伊家賣，說甚麼有地重栽。桃源洞口信已乖，武陵溪上春難再。頓忘卻雙頭鳳鞋，頓忘卻同心鸞帶。〔江兒水〕見月頻生怪，因花更自猜。一春無事因他害。千般消遣心難解，萬椿擺脫情難懈。除是鴻門樊噲，打破愁關，提出了淒涼法界。〔川撥棹〕情忒歹，沒音書，三四載。全不見那日書齋，曾道是遇鱗鴻足書繫帛。到如今，呆打孩，筆無情，手懶抬。〔尾〕香肌瘦得容如菜，病久空教尋艾。只怨得怨琵愁琴付鴻雁哀！」其詞頗有奇語，爲吳中綺麗之詞，別開生面，固無愧爲名家也。

徐文長《四聲猿》，膾炙人口久矣，其詞雄邁豪爽，直入元人之室。《禰生罵曹》迄今猶有演之者。余最愛其《翠鄉夢》中之〔收江南〕一曲，句句短柱，一支有七百餘言，較虞伯生〔折桂令〕（見前）詞，其才何止十倍，且通首皆用平聲，更難下筆，才大如海，直足俯視玉茗也。又《女狀元》中〔二犯江兒水〕四支，亦佳。其第四支尤妙，云：「西鄰窮敗，恰遇著西鄰窮敗。老霜荊一股釵。那更兵荒連歲，少米無柴。幸籬棗熟霜齋。我栽的即你栽，盡取長竿闊袋。打撲頻來，餔餐權代。我恨不得塡漫了普天饑債。」此詞不獨顯出老杜廣廈萬間之意，實足見文長之心，固不當僅賞其詞也。或謂文長四曲，俱有寄托，余嘗考之。文長佐胡梅林宗憲幕，時山陰某寺僧，頗有遺行。文長曾嗾梅林，以他事殺之，後頗爲厲。又文長之繼室張，才而美，文長以狂疾手殺之。又文長助梅林平徐海之亂，嘗結海妾翠翹，以爲內援。及事定，翠翹失志死。吾鄉秦膚雨，曾作《翠翹歌》以弔之，頗不値文長所爲。故所作《四聲猿》，《翠鄉夢》弔寺僧也；《木蘭女》悼翠翹也；《女狀元》悲繼室張氏也。此說雖出王定柱，然無所依據，亦不可深信。且《漁陽》一劇，未嘗論及，其言亦未完全，不如勿深考之爲愈也。與其鑿空，不若闕疑。余僅喜其詞之超妙而已，他何論乎。

梁伯龍，辰魚，昆山人，太學生。以《浣紗記》吳越春秋一劇，獨享盛名。其時太倉魏良輔，以老教師居吳中，伯龍就之商訂曲律，詞成即爲之制譜。吳梅村詩，所謂「里人度曲魏良輔，高士塡詞梁伯龍」者是也。顧其所作，殊不止此，《盛明雜劇》中，尚有《紅線女》一本，今人知者鮮矣。王元美詩云：「吳閶白面冶遊兒，爭唱梁郎絕妙詞。」則當時之傾倒伯龍可知。又有陸九疇、鄭思笠、包郎郎、戴梅川輩，更唱迭和，清詞豔曲，流播人間，洵爲吳中詞家之文獻也。楊坦園《詞餘叢話》云：伯龍以

《浣紗》負時名。一日鹽尹某宴集，演《浣紗》全本，招伯龍居上座。遇一佳句，則奉觴上伯龍壽，須立飲而盡。自《前訪》開場，至《打圍》折，所飲已無算，伯龍且醉不可支矣。及《打圍》開演，歌南〔普天樂〕與〔北朝天子〕一套，爲伯龍所創作，內有「擺開擺開擺擺開」一語，鹽尹某忽云：「此惡語也，當受罰。」伯龍無詞可對。則已儲污水滿甌以待，強灌伯龍之口，遂委頓踉蹌而去，云云。余按〔朝天子〕中一句，如「擺開」者，本難下筆，統計七字，須成兩疊語，古今以來，能完美者絕少。黠者往往用南曲中〔朝天子〕以易之，殊失南北夾套之意。（如《桃花扇．哭壇》折之類）唯尤西堂《鈞天樂》中，用「渺懷渺懷渺渺懷。快哉快哉快快哉。往來往來往往來。」最爲神妙，他作皆不能及也。

馮汝行《不伏老》一劇，騷隱生改爲《題塔記》院本，以北易南，較李日華之改《西廂》，且勝十倍也。馮名唯敏，號海浮，臨朐人，官保定府通判。與王元美善，元美嘗云：「北調如李空同、王浚川、何粹夫、韓苑洛、何太華、許少華，俱有樂府，而未之盡見。予所知者，李尚寶先芳、張職方重、劉侍御時達，皆有可觀。近時馮通判唯敏，獨爲傑出，其板眼務頭，攛搶緊緩，無不曲盡，而才氣亦足發之。只用本色過多，北音太繁，爲白璧微纇耳。」然其妙處固不可及也。錢牧齋云：「汝行善度近體樂府，盛傳東郡……余所見《梁狀元不伏老》雜劇，當在王渼陂《杜甫遊春》之上。」云云。可見《不伏老》原本至佳，正不必騷隱爲之改易也。且海浮所長，豈獨北詞而已哉。其〔月兒高犯〕八支，遠勝李中麓〔傍妝臺〕十倍。今錄其二，以見一斑焉：「〔月兒高犯〕紅粉多薄命，青春半殘景。人去瑤臺怨，花落胭脂冷。裊娜腰圍，強把繡裙整。弓鞋淺印，淺印殘紅徑。三月韶光，背闌干無限情。情離別幾曾經。再相逢扯住衣衫，影兒般不離形。」又一支云：「玉宇明河浸，瓊窗朔風凜。屬轉蝴蝶夢，寂寞鴛鴦錦。閣淚汪汪，長夜捱孤枕。從來不似，不似今番甚。一片閑愁，生趷查惱碎心。心害得死臨侵。欲待要再不思量，急煎煎怎樣禁。」其詞深得南人三昧，顧世皆以北調相推重，亦傳之有幸不幸焉。唯騷隱之改本，亦是佳作，非若《南西廂》之不堪入目耳。

《昆侖奴》雜劇、《玉合記》傳奇，爲宣城梅鼎祚所撰。《列朝詩集》云：「禹金遂棄舉子業，肆力詩文，撰述甚富……有《鹿裘集》六十五卷……好聚書，嘗與焦弱侯、馮開之及虞山趙玄度，訂約搜訪，期三年一會於金陵，各出其所得異書逸典，互相讎寫。事雖未就，其志尚可以千古矣。」余嘗見禹金《八代書乘》，搜羅富有，可謂至博，不讓牧齋《列朝詩選》也。禹金以南曲名，余所見僅《玉合》一記，爲金陵唐氏刊本，每折有圖，圖古雅可喜，附有《昆侖奴》目，惜詞不之見也。今人知禹金善詩，而不知其能曲矣。

臨川湯若士，顯祖，著有「四夢」傳奇，今世皆知之，且皆讀其所著矣。《牡丹》一記，頗得閨客知己，如婁江俞二姑、馮小青、吳山三婦皆是也。余所論「四夢」各語，已散見於前，茲不備論。唯臧晉叔刪改諸本，則大有可議耳。晉叔所改，僅就曲律，於文字上一切不管，所謂場上之曲，非案頭之曲也。且偶有將曲中一二語，改易己作，而往往點金成鐵者，如《紫釵記》中《觀燈遺媒》折，〔三學士〕曲，若士原文云：「是俺不合向天街倚暮花」，正得元人渾脫之意。而晉叔以「倚暮花」三字爲欠解，遂改爲「是俺不該事遊耍。」強協〔三學士〕首句之格，而於文字竟全無生動之氣。抑知原文之妙，正在可解不可解，如此改法，豈非黑漆斷紋琴乎？葉廣明譏其爲孟浪漢，誠哉孟浪也。「四夢」刪改處，不知凡幾，餘亦不能一一拈出，姑引其一，以概其餘而已。然布置排場、分配角色、調勻曲白，則又洵爲玉茗之功臣也。

萬曆間曲家，與玉茗同時者，以吳江沈璟爲最著。璟字伯英，號寧庵，世稱詞隱先生，官至光祿寺正卿。先生於音律一道，獨有神悟，審銖黍而辨芒杪，一字不肯苟下，著有《南曲譜》二十卷，風行一時。顧與湯若士持論不合，各不相下，寧庵嘗云：「寧律協而詞不工，讀之不成句，而謳之始協者。」若士聞之笑曰：「彼惡知曲意哉，余意之所至，不妨拗折天下人嗓子。」此可以觀兩人之意趣矣。余謂二公譬如狂狷，天壤間應有兩項人物，倘能守詞隱先生之矩矱，而運以清遠道人之才情，豈非合之兩美乎？寧庵以畢生之力，研精曲律，所作特多。余所知者，已有二十一種，此外余所未知者，尚不知更有若干種。今世所傳唱者，僅《義俠記》、《翠屏山》、《望湖亭》三種中數出而已。顧其散曲，流傳特多，各家選本，無不載之，其美有不勝收者。其《題情》一套，爲集中之冠，用錄之以見伯英之才也。「〔四季花〕秋雨過空墀。正人初靜更初轉，漸覺淒其。人兒，多應傍著珊枕底。剛剛等咱才睡時，覺相將投夢思。若伊無意誰教夢迷，多情又恐相見稀。抵死恨著伊，恰又添縈繫。更憐你笑你，愁你想你寃你。〔貓兒墜〕浮萍心性，只得強禁持。任你風波千丈起，到頭心性沒那移。猜疑。又怕潑水難收，弦斷難醫。〔尾〕過犯多，權休罪，且幸得回嗔作喜。把今夜盟香要燒到底。」此詞與各選本皆異。各選本〔四季花〕下，尚有〔集賢賓〕、〔簇林鶯〕二支，〔貓兒墜〕下，亦有〔水紅花〕一支，且〔尾聲〕亦異。余以伯英文梓堂原刊如是，故仍之也。

《南西廂》相傳爲李日華作，其詞庸劣鄙俚，至無足道。日華字君實，嘉興人。萬曆時官至太僕寺少卿。著作甚富，斐然可觀，不應作樂府，乃如此惡劣。後讀其《紫桃軒雜綴》云：近人翻改《西廂》北詞，強托賤名，實不敢掠美。乃知日華並未作此，特人冒假其名而已。余嘗讀日華諸散曲，流麗輕逸，與《南西廂》顯係兩人手筆，懷疑久矣，今乃釋然。唯黃文暘《曲海目》中，載《南西廂》一種，爲長洲陸天池作，余未見其書，不知是否近日所歌之詞。第思天池曾作《明珠記》、《懷香記》等傳奇，詞華精妙，追蹤臨川。錢牧齋云：「天池少爲校官弟子，不屑守章句。年十九，作《王仙客劉無雙傳奇》，子餘助成之。曲既成，集吳門教師精音律者，逐腔改定，然後妙選梨園子弟，登場教演，期盡善而後出。」據此則必不肯割裂前人之作，盜竊詞人之名也。是天池之《南西廂》必非近日流行之《南西廂》也。明人梨園子弟，每有所作，輒喜托名詞流，以傾動聾瞽。《南西廂》殆亦此類耳。雖然，此余一人之言也，不足據焉。

《曇花》、《彩毫》二記，世傳爲屠赤水撰。赤水名隆，字緯眞，鄞縣人。官禮部主事，罷歸。《明史．文苑傳》：隆令青浦時，常招名士飲酒賦詩，遊九峰、三泖間，以仙令自許。時遷禮部入京，與西寧侯宋世恩善，宋嘗兄事赤水，宴遊甚歡。有刑部主事俞顯卿者，險人也，嘗爲隆所詆，心恨之。訐隆與世恩淫縱不法，隆等上疏自理，乃兩黜之，而罰停世恩俸半歲云云。郁藍生《曲品》云：赤水以西寧侯嬲戲事罷官，故作《曇花記》以泄憤。記中木西來，即指宋世恩；盧相公即指吳縣相公；孟豕韋即指俞顯卿。才人喪檢，亦是常事，何必有恚心耶？然則《曇花》之作，不可作子虛烏有之例矣。余有赤水原刻本，槧工精巧絕倫，且折折有圖，亦至可寶貴焉。唯《修文記》，則未見耳。

馮夢龍，字猶龍，一字子猶，吳縣人。崇禎時，官壽寧縣知縣，未幾即歸，歸而値乙酉之變，遂殉節焉。所居曰墨憨齋，曾取古今傳奇，匯集而刪改之，且更易名目，共計十四種，曰《墨憨齋定本》。如張伯起之《紅拂記》，湯玉茗之「四夢」曲，袁鳧公之《西樓記》，余聿雲之《量江記》，皆在所改之中。每曲又細訂板式，煞費苦心，其書固可傳也。其自著之曲，只有二種，一曰《雙雄記》，一曰《萬事足》，余亦有藏本。曲白工妙，案頭場上，兩擅其美，直在同時陸無從、袁籜庵之上，惜世之見之者少矣。所作散套至多，亦喜改訂古詞，如梁伯龍之《江東白紵》，沈伯英之《寧庵樂府》，多有考訂焉，其用力之勤，不亞於沈詞隱，而知之者卒鮮，文人之傳，亦有命也。

阮圓海，大鋮，依附客魏，廉恥喪盡。後與馬士英迎立福王，位至司馬，乙酉之變，又復投誠北庭，道死仙霞，其人其品，固不足論。然其所作諸曲，直可追步元人君子，不以人廢言，亦不可置諸不論也。阮所作共五種，曰《雙金榜》、曰《牟尼盒》，曰《忠孝環》、曰《春燈謎》、曰《燕子箋》。五種中以《燕子箋》最勝。弘光時，曾以吳綾作朱絲闌，命王鐸楷書此曲，爲內廷供奉之具，而民間之演此劇者，歲無虛日，可謂盛矣。余於石巢諸曲，只有《春燈謎》、《燕子箋》二種，他則未見。《春燈謎》以十錯認爲悔過之言。今讀其詞，殊不足取。除《遊街》北曲一套外，餘皆不堪評論，僅足供優孟之衣冠耳。唯《旅泊》中〔一江風〕一支，頗有玉茗風度也。詞云：「可憐宵。小泊在黃陵廟，淡月江聲小。閃風燈苦竹叢蘆，似有靈妃笑。雲旗捲夜潮，騷魂何處招？向歸鴻支下傷秋料。」至於《燕子箋》，則美不勝收矣。如第一折之〔滿庭芳引子〕，末二句云：「蕓窗下，寒香殘雪，箋釋送窮文。」《寫像》折中云：「畫眉郎怎自把眉兒畫，較玉貌羞慚殺。打草藁顧影池中，脫粉本央小鏡菱花。畫中人又好做人中畫。」《駭像》折中云：「要包彈一樣兒沒半星，逞風流倒有十分的可憎。是不曾在馬上牆頭也，露了紅粉些兒一線輕。且向小閣晴窗勘笑顰。」《題箋》折中云：「逗花叢若個兒郎，一般樣粉撲兒衣香人面，啞丹青問不出眞和贗。」《拾箋》折中云：「破工夫描寫出當爐艷，不做美的把花容信手傳。敢則他精神出落的忒端然，因此上化爲雲雨飛去到陽臺畔。差迭了東風圖畫美人顏，倒變做南海水月觀音面。又這霞箋，香閨妙塡，明說出丹青收管。抽黃數白，便班姬怎讓先。閑思遣，那打熱的相思情怕閃，這扯淡的相思症轉添。」《初婚》折中云：「這像畫的人兒入手也，那畫像的人兒知他在何處歇。少不得巫峽行雲又把我夢兒惹。」諸如此類，皆芬芳秀逸，字字本色，的是三折肱於此道者。惜乎立品下端，爲士林所不齒，然則人可不爲善人哉。

王世貞《鳴鳳記》不甚出色，故不論。僅取其論曲之語，盧楠想當然。余未見其詞，亦不敢論。

吳石渠，炳，宜興人。永曆時官至刑部尚書。家有粲花別墅，極亭榭之勝。著曲五種，以《療妒羹》最佳，余見其《綠牡丹》、《情郵記》諸本，排場關目，頗爲生動，唯詞藻終不及《療妒羹》。《賢風》折〔解三酲〕云：「嘆四壁淡捱虀臼，計十年淚暗貂裘。多虧你典釵解髮無將有，梯襯我上瀛洲。可正是多金驟使貧兒富，卻不道破廖空炊識者羞。我和你偎依久，怎忍把足繩別繫，眉黛他勾。」又云：「你指金滕人前說咒，料不是翦桐圭戲語封侯。」又《澆墓》折云：「冷風掠雨戰長宵，巴不到紗窗曉也。起來草草，愁眉怕對鏡中描。嘆人世上恨難澆。哪裏有楚臺雲，鳳臺簫，只辦得拋珠淚向泉臺告也。」又《題曲》折云：「雖則是想邊虛構，也是意中原有。似這小花神妒色驚回，倒不如老冥判原情寬宥。恨風光不留，風光不留。把死生參透，只要與夢魂厮守。甚來由，假際猶擔害，眞時怎著愁。」又云：「只見幾陣陰風涼到骨，想又是梅月下悄魂遊。若都許死後自尋佳偶，豈惜留薄命活作羈囚。」又《梨夢》折云：「恰便似出塞和親，慘琵琶彈動了馬頭塵」，「原來妒起蛾眉陣，入宮見嗔」，「你看琳瑯舊本，都鈐著青娘小印」，「癡釵岔粉，哪解識翰林風韻」，「正黃昏催暝，這便是我做新人的消受此夜良辰」……所作諸詞，皆蘊藉流麗，脫盡煙火之氣。世稱粲花可並玉茗，洵然洵然。《畫中人》、《西園記》亦佳絕。

袁籜庵以《西樓記》負盛名，今歌場盛傳其詞，然魄力薄弱，殊不足法。唯《俠試》一折北詞，尚能穩健，餘則無一俊語。即世所傳〔楚江情〕「朝來翠袖涼」一支，亦襲古曲之〔五更〕《閨怨》，乃能傾動一時，殊出意料之外。籜庵《西樓》以外，有《金鎖記》、《玉符記》、《珍珠衫》、《鷫鸘裘》四種。餘僅有《金鎖》、《珍珠衫》二種，文字亦無出色。《珍珠衫》且淫褻不堪，如《歆動》一折，全摹李玄玉《勸妝》之調，而鄙俚淫蕩，最足敗壞風化，文人綺語，易墜泥犁，奈何不稍自檢點耶？清代曲家，不如明時之盛，而所作則遠勝之。余今所論，只就世所習見者言之，限於篇幅，不能多也。

吳梅村所作曲，如《秣陵春》、《臨春閣》、《通天臺》，純為故國之思，其詞幽怨悲慷，令人不堪卒讀。余最愛《秣陵春》，為其故宮禾黍之悲，無頃刻忘也。其開場一引云：「燕子東風裏。笑青青楊柳，欲眠還起。春光竟誰主？正空梁斷影，落花無語。憑高漫倚，又是一番桃李。春去愁來矣，欲留春住，避愁何處？」詞中「欲眠還起」、「一番桃李」、「春光誰主」，皆感傷時世，憑弔一身也。又〔泣顏回〕云：「蘚壁畫南朝，淚盡湘川遺廟。江山餘恨，長空黯淡芳草。鶯花似舊，識興亡斷碣先人表。過夷門梁孝臺空，入西洛陸機年少。」〔集賢賓〕云：「走來到寺門前，起得起初敕造，只見赭黃羅帕御床高。這壁廂擺列著官員輿皂，那壁廂布設些法鼓鐃鐃。半空中一片祥雲，簇擁著香煙縹緲。如今呵，新朝改換了舊朝，把御碑額盡除年號。只落得江聲圍古寺，塔影掛寒潮。」沉鬱感慨，令人泣數行下。余曾題詩云：「金華殿上題名日，白袷飄然一少年。老去塡詞多感慨，龍髯攀泣渺南天。」蓋亦道其實也。

尤西堂《鈞天樂》一劇，說者謂影射葉小鸞，詞中《嘆榜》、《悼亡》諸折，尤顯而易見者。所傳楊墨卿，即指西堂總角交湯傳楹也。其詞戛戛獨造，直步元人，而牢落不偶之態，時見於楮墨之外。如《送窮》、《哭廟》諸折，幾欲搔首問天，拔劍斫地。如第一折《金絡索》云：「我哭天公，十載青春負乃翁。黃衣不告相如夢，白眼誰憐阮客窮。眞懞懂，區區科目困英雄。一任你小技雕蟲，大筆雕龍，空和淚銘文塚。」《嫁殤》折云：「爲甚的懨懨鬼病困嬋娟？半捲湘簾裊藥烟，可憐他空房小膽怯春眠。你看流鶯如夢東風懶，一枕春愁似小年。」《蓉城》折〔二郎神〕云：「年韶稚，護春嬌小窗深閉。畫卷書簽憐薄慧。心香自裊，諱愁無奈雙眉。看飛絮簾櫳芳草醉，咒金鈴花花銜淚。鎖空閨，鎖無聊孤宵夢影低徊。」皆卓爾不群之作。西堂以《黑白衛》最著，冒辟疆曾付家伶演之，而《讀離騷》一折，又上達天聽，供奉內廷，亦文人之異數也。余讀其《屈子天問》〔混江龍〕一曲，其才如海，而以嬉笑怒罵出之，不襲原文一字，尤爲不易下筆云。

李玄玉，玉，蘇州人。崇禎間舉人，國變後不出，家居數十年，專以度曲爲事。與吳梅村友善，有《北詞廣正譜》，即梅村爲之序也。所作諸劇，共三十三種，今所傳述人口者，《占花魁》、《一捧雪》、《人獸關》、《永團圓》而已。其詞雖不能如梅村、西堂之妙，而案頭場上，交稱利便。錢牧齋亦深愛其曲，至比之柳屯田。無名氏《新傳奇品》云：李玄玉之詞，如「康衢走馬，操縱自如」，蓋亦老斫輪手也。其《占花魁》一劇，爲玄玉得意之作。《勸妝》北詞，更爲神來之筆（世通唱不錄）。其《醉歸》南詞一套，用車遮險韻，而能游刃有餘，亦才大不可及也。唯《昊天塔》、《清忠譜》，稍不稱耳。

李笠翁漁十種曲，傳播詞場久矣，其科白排場之工，爲當世詞人所共認，唯詞曲則間有市井謔浪之習而已。吳梅村贈笠翁詩云：「江湖笑傲誇齊贅，雲雨荒唐憶楚娥」，深得笠翁之眞相也。翁出遊，必以家姬相隨，其在京師日，額其寓廬日：賤者居。有輕薄子某，適居對門，即亦顏其室曰：良人所。蓋指其姬妾而言也。此事見《在園雜志》中，亦可發一大噱。余以翁之詞曲，無人不知，故存而不論，論其軼事如此。翁十種曲外，有《偷甲記》、《四元記》、《雙錘記》、《魚籃記》、《萬全記》。余皆有藏本，其詞更出所傳十種之下矣。

張漱石，堅，江寧人。工詩，屢困場屋，鬱鬱不得志。其詩頗勝，尹文端督兩江時，曾刊其稿於南邦。《黎獻集》嘗有《江南老秀才詩》，遍徵題詠，亦士之窮而能守者也。作曲凡四種，曰：《夢中緣》、《梅花簪》、《懷沙記》、《玉獅墜》，總名曰「夢梅懷玉」。中以《懷沙記》演屈大夫事爲最，曲中將《離騷》全部檃括套數之中，實爲難作之至。先生能細意熨貼，滅盡針線之跡，自西神鄭瑜而後，無此奇作也，宜其享盛名也。

孔雲亭，尚任，與梁溪夢鶴居士顧天石彩友善，初作《小忽雷》傳奇，皆天石爲之塡詞。及作《桃花扇》時，天石業已出都。時湖洲岳端，好客且喜詞曲，南中清客，如王壽熙、顧岳亭諸君，皆在岳端幕府，雲亭乃與之商訂音律，得成此絕世妙文。相傳聖祖最喜此曲，內遷宴集，非此不奏，自《長生殿》進御後，此曲稍衰矣。聖祖每至《設朝》、《選優》諸折，輒皺眉頓足曰：「弘光弘光，雖欲不亡，其可得乎？」往往爲之罷酒也。余謂《桃花扇》不獨詞曲之佳，即科白中詩詞對偶，亦無一不美。如「葉分芳草綠，花借美人紅。新書遠寄桃花扇，舊院常關燕子樓。」及「上下本結穴」之五、七律兩首，幾乎無一字不斟酌，搏兔用全力，唯雲亭足以當之耳。平生著作甚富，所作《經筵講義》，爲一時台閣所不及，聖祖尤器之，故以一國子生員，不數載而至部曹，皆文字契合之因也。其《出山異數記》，即記遭遇之由，見《昭代叢書》中。袁簡齋《隨園詩話》，曾載其詩數首，且云不甚出色，非篤論也。余以《桃花扇》一書，前人推許已至，而前二卷中，時時論及，故不言其文，記其軼事。

康熙中曲家，有南洪北孔之說。孔爲雲亭山人，洪即錢塘洪昉思升也。昉思學詩於漁洋，深得精華，漁洋亦亟稱之。少年即精於音律，有《孝節坊》、《鬧高唐》諸傳奇，而傳之不甚顯。即如《長生》一劇，非在國忌裝演，得罪多人，恐亦不能流傳遠且廣者如是也。余謂《長生殿》，取天寶間遺事，收拾殆盡，故上本每多佳制，下半則多由昉思自運，如《冥追》、《屍解》、《情悔》、《神訴》諸折，乃至鑿空不實，不如《桃花扇》之句句可作信史者多焉。唯其詞句采藻，直入元人之堂奧。所作北詞不在關、馬、鄭、白之下，且宮調諧和，譜法修整，確居雲亭之上耳。昉思有女名之則，亦工詞曲，有手校《長生殿》一書，取曲中音義，逐一注明，其議論通達，不讓吳吳山三婦之評《牡丹亭》也。

與《桃花扇》足以頡頏者，有《芝龕記》。是書自明神宗起，至弘光止，集三朝之邊庭事實，一一奏演之。通本以秦良玉、沈雲英爲主，淋漓痛快，實可擊唾壺歌之，不止敲碎竹如意也。書爲董恆岩作。恆岩名榕，官九江知府，河南道州人，與唐蝸寄英友。唐官九江關鹽督，亦喜詞曲，故相得甚歡也。唯記中喜用生僻曲牌，令人難於點拍，歌伶輒畏難而避之，所以流傳不廣云。

《藏園九種曲》爲鉛山蔣士銓撰。前人推許備至，世皆以《四弦秋》爲最佳，余獨取《臨川夢》，以其無中生有，達觀一切也。《香祖樓》、《空谷香》，言情之作，亦佳（說已見前）。唯《冬青樹》，譜南宋末年時事，未免手忙腳亂，以較《桃花扇》，不啻虎賁中郎矣。先生曾以九種就正袁簡齋，簡齋曰：「吾於此道，實門外漢，遊夏不能讚一詞也。」先生曰：「只當小病一場，姑賜觀覽。」袁無奈，爲之翻閱一周。翌日先生問袁曰：「九種中曾有妙句，得入先生法眼否？」袁曰：「別無佳句，只《空谷香》中『盡由他恁地聰明，也猜不透天情性』二語，差可人意也。」先生大笑曰：「子眞詩人也，曲之所長不在此也，且此二句，實用商寶意詩意耳。」袁亦大笑。余按寶意與唐蝸寄善，亦喜作曲，有《唐昌觀》、《妙高臺》二種，見《質園集》廿五卷詩題中，唯今不傳焉。

錢塘夏惺齋，綸，著曲五種，曰《杏花樹》、《瑞筠圖》、《廣寒梯》、《花萼吟》、《南陽樂》。推本五倫，爲愚賤立一爲人之則，藉此勸感世人，其宗旨正大，亦如明邱文莊之《五倫》、《投筆記》也。其中《南陽樂》一種，以諸葛亮掃平吳魏，劉禪傳位北地王，一統中原，其言極詭誕可喜，唯曲詞不能本色，一望而知爲清人手筆，此亦風會所趨，無可勉強者也。餘四種未見頭巾氣。

《倚晴樓七種曲》，爲海鹽黃韻珊燮清所著。《帝女花》、《桃溪雪》，自是上乘，唯其詞穠麗柔靡，去古益遠。余嘗謂學玉茗者，須多讀元曲，不可單讀「四夢」，所謂取法乎上僅得乎中者也。自粲花、百子之詞，專學玉茗之穠艷，而各成一特別景象。百子尖穎，粲花蘊藉，皆成名而去。藏園亦學玉茗，而變其貌，倚晴尤從藏園中討生活，是不啻玉茗之云乃矣，然就曲論之，亦不可多得也。倚晴善作〔金絡索〕，《帝女花》之《宮嘆》，《桃溪雪》之《題箏》，《凌波影》之《仙憶》，《鴛鴦鏡》之《懺情》，皆以此牌寫之，而首首都佳，亦一奇也。友人劉子庚毓盤云：韻珊才豐而貌陋，曾有一女，欲委身焉，覿見其貌而止。果爾則與《艮齋雜說》所載，湯若士之與西泠女子無異矣。

楊坦園恩壽之六種曲，亦學藏園，而遠不如韻珊。其《再來人》、《桂枝香》二種特佳。《麻灘驛》、《理靈坡》表彰忠義，不如《芝龕記》遠矣。所作《詞餘叢話》特勝。

玉獅堂前後五種，爲陽湖陳潛翁烺撰。文律曲律，俱非所知，而頗傳於世，可怪也。又張南湖雲驤之《芙蓉碣》，亦全屬外道，置之不論可耳。

上所述自元迄清，其源流略可見一斑，顧所論僅十之三耳。海內詞家希垂教焉。

中國戲曲概論

卷上

一 金元總論

樂府亡而詞興，詞亡而曲作，大率假仙佛、里巷、任俠及男女之詞，以舒其磊落不平之氣。宋人大曲，爲內廷賡歌揚拜之言，不足見民風之變，雖《武林舊事》所記官本雜劇段數，多市井瑣屑，非盡廟堂雅奏。然其辭盡亡，無從校理。今所存者，僅樂府致語，散見諸家文集而已。蘇軾、王珪諸作，敷揚華藻，豈可徵民情風俗哉！自雜劇有十二科，而作者稱心發言，不復有冠帶之拘束。論隱逸則岩棲谷汲，儼然巢許之風。言神仙則霞佩雲裾，如驂鸞鶴之駕。其他萬事萬物，一一可上氍毹。余嘗謂天下文字，唯曲最眞，以無利祿之見，存於胸臆也。今日流傳古劇，其最古者出於金元之間，而其結構，合唐之參軍、代面，宋之官劇、大曲而成，故金源一代始有劇詞可徵。第參軍、代面，以言語、動作爲主。官劇、大曲，雖兼歌舞，而全體亦復簡略。若合諸曲以成全書，備紀一人之始末，則諸宮調詞，實爲元明以來雜劇傳奇之鼻祖，且金代院本，今皆不存，獨諸宮調詞，猶存規範。未始非詞家之幸也。余今論次，首從金代云。

二 諸雜院本

兩宋戲劇，均謂之雜劇，至金而有院本之名。院本者，《太和正音譜》云：「行院之本也」。初不知行院爲何語，後讀元刊《張千替殺妻》劇云：「你是良人良人宅眷，不是小末小末行院。」則行院者，大抵金元人謂倡伎所居，其所演唱之本，即謂之院本云爾。（王國維《宋元戲曲史》六章）余按陶九成《輟耕錄》云：「金有雜劇院本諸宮調，院本雜劇，其實一也。國朝院本雜劇，始釐而二之。」又按《太和正音譜》：「倡夫詞不入群賢樂府。」則靜庵此說，足破數百年之疑。今就《輟耕錄》所載，則皆為金人所作，其中名目詭譎，未必盡出文人，而九成概稱曰院本，所謂院本雜劇其實一也。更就子目分析之。曰和曲院本者十有四種，其所著曲名，皆大曲法曲，則和曲殆大曲法曲之總名也。曰上皇院本者十有四種，中如《金明池》、《萬歲山》、《錯入內》、《斷上皇》等，皆明示徽宗時事，則上皇者謂徽宗也。曰題目院本者二十種，按題目即唐以來合生之別名。（高承《事物紀原》卷九，引《唐書·武平一傳》：「平一上書，比來妖伎胡人於御座之前，或言妃主情貌，或列王公名質，詠歌舞踏，名曰合生。始自王公，稍及閭巷。」即合生之原起於唐中宗時也。今人亦謂之唱題目。）曰霸王院本者六種，疑演項羽之事。曰諸雜大小院本者一百八十有九。曰院么者二十有一種。曰諸雜院爨者一百有七種。陶氏云：「院本又謂之五花爨弄。」則爨亦院本之異名也。曰衝撞引首者一百有十種。曰拴搐艷段者九十有二種。按《夢粱錄》云：「雜劇先做尋常熟事一段，名曰艷段，次做正雜劇。」則引首與艷段，疑各相類。艷段，《輟耕錄》又謂之焰段，曰：「焰段亦院本之意，但差簡耳。取其如火焰，易明而易滅也。」曰打略拴搐者八十有八種。曰諸雜砌者三十種。按《蘆浦筆記》謂「街市戲謔，有打砌打調之類」，疑雜砌亦滑稽戲之流。然其目則頗多故事，則又似與打砌無涉。今列其目如下。

㈠ **和曲院本**

《月明法曲》、《鄆王法曲》、《燒香法曲》、《送香法曲》、《上墳伊州》、

《澆花新水》、《熙州駱駝》、《列良瀛府》、《病鄭逍遙樂》、《四皓逍遙樂》、《四酸逍遙樂》、《賀貼萬年歡》、《掽廩降黃龍》、《列女降黃龍》。

㈡上皇院本

《壺堂春》、《太湖石》、《金明池》、《戀鰲山》、《六變妝》、《萬歲山》、《打草陣》、《賞花燈》、《錯入內》、《問相思》、《探花街》、《斷上皇》、《打球會》、《春從天上來》。

㈢題目院本

《柳絮風》、《紅索冷》、《牆外道》、《共粉淚》、《楊柳枝》、《蔡消閑》、《方偷眼》、《呆太守》、《畫堂前》、《夢周公》、《梅花底》、《三笑圖》、《窄布衫》、《呆秀才》、《隔年期》、《賀方回》、《王安石》、《斷三行》、《競尋芳》、《雙打梨花院》。

㈣霸王院本

《悲怨霸王》、《范增霸王》、《草馬霸王》、《散楚霸王》、《三官霸王》、《補塑霸王》。

㈤諸雜大小院本

《喬記孤》、《旦判孤》、《計算孤》、《雙判孤》、《百戲孤》、《哨咕孤》、《燒棗孤》、《孝經孤》、《菜園孤》、《貨郎孤》、《合房酸》、《麻皮酸》、《花酒酸》、《狗皮酸》、《還魂酸》、《別離酸》、《王纏酸》、《謁食酸》、《三揲酸》、《哭貧酸》、《插撥酸》、《酸孤旦》、《毛詩旦》、《老孤遺旦》、《纏三旦》、《禾哨旦》、《哮賣旦》、《貧富旦》、《書櫃兒》、《紙欄兒》、《蔡奴兒》、《剁毛兒》、《喜牌兒》、《卦冊兒》、《繡篋兒》、《粥碗兒》、《似娘兒》、《卦鋪兒》、《師婆兒》、《教學兒》、《雞鴨兒》、《黃丸兒》、《棱角兒》、《田牛兒》、《小丸兒》、《丑奴兒》、《病裹王》、《馬明王》、《鬧學堂》、《鬧浴堂》、《寬布衫》、《泥布衫》、《趕湯瓶》、《紙湯瓶》、《鬧旗亭》、《芙蓉亭》、《壞食店》、《鬧酒店》、《壞粥店》、《莊周夢》、《花酒夢》、《蝴蝶夢》、《三出舍》、《三入舍》、《瑤池會》、《八仙會》、《蟠桃會》、《洗兒會》、《藏鬮會》、《打五臟》、《蘭昌宮》、《廣寒宮》、《鬧結親》、《倦成親》、《強風情》、《大論情》、《三園子》、《紅娘子》、《太平還鄉》、《衣錦還鄉》、《四論藝》、《殿前四藝》、《競敲門》、《都子撞門》、《呆大郎》、《四酸擂》、《問前程》、《十樣錦》、《長慶館》、《癩將軍》、《兩相同》、《競花枝》、《五變妝》、《白牡丹》、《洪福無疆》、《赤壁鏖兵》、《窮相思》、《金壇謁宿》、《調雙漸》、《官吏不和》、《鬧巡鋪》、《判不由己》、《大勘力》、《同官不睦》、《鬧平康》、《趕門不上》、《賣花容》、《同官賀授》、《無鬼論》、《四酸諱偌》、《鬧衵闌》、《雙藥盤街》、《鬧文林》、《四國來朝》、《雙捉婿》、《酒色財氣》、《醫作媒》、《風流藥院》、《監法童》、《漁樵問話》、《鬥鵪鶉》、《杜甫遊春》、《鴛鴦簡》、《四酸提候》、《滿朝歡》、《月夜聞箏》、《鼓角將》、《鬧芙蓉城》、《雙鬥醫》、《張生煮海》、《賒饅頭》、《文房四寶》、《謝神天》、《陳橋兵變》、《雙揭榜》、《蒙啞質庫》、《雙福神》、《院公狗兒》、《告和來》、《佛印燒豬》、《酸賣徠》、《琴劍書箱》、《花前飲》、《五鬼聽琴》、《白雲庵》、《迓鼓二郎》、《壞道場》、《獨腳五郎》、《賣花聲》、《進奉伊州》、《錯上墳》、《醫五方》、《打五鋪》、《拷梅香》、《四道姑》、《隔簾聽》、《硬行蔡》、《義養娘》、《呫師姨》、《論秋蟬》、《劉盼盼》、《牆頭馬》、《刺董卓》、《鋸周村》、《四拍板》、《大論談》、《牽龍舟》、《擊梧桐》、《滹藍橋》、《入桃園》、《雙防送》、《海棠春》、《香藥車》、《四方和》、《九頭頂》、《鬧元宵》、《趕村禾》、《眼藥孤》、《兩同心》、《更漏子》、《陰陽孤》、《提頭巾》、《三索債》、《防送哨》、《偌賣旦》、《是耶酸》、《怕水酸》、《回回梨花院》、《晉宣成道記》。

㈥ **院么**

《海棠軒》、《海棠園》、《海棠怨》、《海棠院》、《魯李王》、《慶七夕》、《再相逢》、《風流婿》、《王子端捲簾記》、《紫雲迷四季》、《張與孟夢楊妃》、《女狀元春桃記》、《粉牆梨花院》、《妮女梨花院》、《龐方溫道德經》、《大江東注》、《吳彥舉》、《不抽關》、《不掀簾》、《紅梨院》、《玎璫天賜暗姻緣》。

(七) 諸雜院爨

《鬧夾棒六幺》、《鬧夾棒法曲》、《望瀛法曲》、《分拐法曲》、《送宣道人歡》、《逍遙樂打馬鋪》、《攛采延壽樂》、《諱老長壽仙》、《夜半樂打明皇》、《歡呼萬里》、《山水日月》、《集賢賓打三教》、《打白雪歌》、《地水火風》、《夜深深三磕胞》、《佳景堪遊》、《琴棋書畫》、《喜遷鶯剁草鞋》、《太公家教》、《十五郎》、《滕王閣鬧八妝》、《春夏秋冬》、《風花雪月》、《上小樓衮頭子》、《噴水胡僧》、《汀注論語》、《恨秋風鬼點偌》、《詩書禮樂》、《論語謁食》、《下角瓶大醫淡》、《再遊恩地》、《累受恩深》、《送羹湯放火子》、《擂鼓孝經》、《香茶酒果》、《船子和尚四不犯》、《徐演黃河》、《單兜望梅花》、《皇都好景》、《四偌大提猴》、《雙聲疊韻》、《上皇四軸畫》、《三偌一卜》、《調猿掛鋪》、《倬刀饅頭》、《河轉迓鼓》、《背箱伊州》、《酒樓伊州》、《蓑衣百家詩》、《埋頭百家詩》、《偷酒牡丹香》、《雪詩打樊噲》、《抹面長壽仙》、《四偌賈諢》、《四偌祈雨》、《松竹龜鶴》、《王母祝壽》、《四偌抹紫粉》、《四偌劈馬樁》、《截紅鬧浴堂》、《和燕歸梁》、《蘇武和番》、《羹湯六幺》、《河陽舅舅》、《偌請都子》、《雙女賴飯》、《一貫質庫兒》、《私媒質庫兒》、《清朝無事》、《豐稔太平》、《一人有慶》、《四海民和》、《金皇聖德》、《皇家萬歲》、《背鼓千字文》、《變龍千字文》、《摔盒千字文》、《錯打千字文》、《木驢千字文》、《埋頭千字文》、《講來年好》、《講聖州序》、《講樂章序》、《講道德經》、《神農大說藥》、《食店提猴》、《人參腦子爨》、《斷朱溫爨》、《變二郎爨》、《講百果爨》、《講百花爨》、《講蒙求爨》、《講百禽爨》、《講心字爨》、《變柳七爨》、《三跳澗爨》、《打王樞密爨》、《水酒梅花爨》、《調猿香字爨》、《三分食爨》、《煎布衫爨》、《賴布衫爨》、《雙揲紙爨》、《謁金門爨》、《跳布袋爨》、《文房四寶爨》、《開山五花爨》。

(八) 衝撞引首

《打三十》、《打謝樂》、《打八哥》、《錯打了》、《錯取兒》、《說狄青》、《憨郭郎》、《枝頭巾》、《小鬧擓》、《鸜哥貓兒》、《大陽唐》、《小陽唐》、《歇貼韻》、《三般尿》、《大驚睡》、《小驚睡》、《大分界》、《小分界》、《雙雁兒》、《唐韻六貼》、《我來也》、《情知本分》、《喬捉蛇》、《鐺鍋釜灶》、《代元保》、《母子御頭》、《嘴苗兒》、《山梨柿子》、《打淡的》、《一日一個》、《村城詩》、《胡椒雖小》、《蔡伯喈》、《遮截架解》、《窄磚兒》、《三打步》、《穿百倬》、《盤榛子》、《四魚名》、《四坐山》、《提頭帶》、《天下樂》、《四怕水》、《四門兒》、《說古人》、《山麻秸》、《喬道場》、《黃風蕩蕩》、《貪狼觀》、《通一母》、《串梆子》、《拖下來》、《啞伴哥》、《劉千劉義》、《觀會旗》、《生死鼓》、《搗練子》、《三群頭》、《酒糟兒》、《凈瓶兒》、《賣官衣》、《苗青根白》、《調笑令》、《鬥鼓笛》、《柳青娘》、《調劉衮》、《請車兒》、《身邊有藝》、《論句兒》、《霸王草》、《難古典》、《左必來》、《香供養》、《合五百》、《奶奶嗔》、《一借一與》、《己己己》、《舞秦始皇》、《學像生》、《支道饅頭》、《打調劫》、《驢城自守》、《呆大木》、《定魂刀》、《說罰錢》、《年紀大小》、《打扇》、《盤蛇》、《相眼》、《告假》、《捉記》、《照淡》、《矇啞》、《投河》、《略通》、《調賊》、《多筆》、《僉押》、《扯狀》、《羅打》、《記水》、《求楞》、《燒奏》、《轉花枝》、《計頭兒》、《長嬌憐》、《歇後語》、《蘆子語》、《回且語》、《大支散》。

㈨ 拴搐艷段

《襄陽會》、《驢軸不了》、《鞭敲金鐙》、《門簾兒》、《天長地久》、《衙府則例》、《金含楞》、《天下太平》、《歸塞北》、《春夏秋冬》、《斗百草》、《叫子蓋頭》、《大劉備》、《石榴花詩》、《啞漢書》、《說古棒》、《唱柱杖》、《日月山河》、《胡餅大》、《嘴搵地》、《屋裏藏》、《罵呂布》、《張天覺》、《打論語》、《十果頑》、《十般乞》、《還故里》、《劉金帶》、《四草蟲》、《四廚子》、《四妃艷》、《望長安》、《長安住》、《罵江南》、《風花雪月》、《錯寄書》、《睡起教柱》、《打婆東》、《三文兩撲》、《大對景》、《小護鄉》、《少年遊》、《打青提》、《千字文》、《酒家詩》、《三拖旦》、《睡馬杓》、《四生厲》、《喬唱諢》、《桃李子》、《麥屯兒》、《大菜園》、《喬打聖》、《杏湯來》、《謝天地》、《十只腳》、《請生打納》、《建成》、《縛食》、《球棒艷》、《破巢艷》、《開封艷》、《鞍子艷》、《打虎艷》、《四王艷》、《蝗蟲艷》、《撅子艷》、《七捉艷》、《修行艷》、《般凋艷》、《棗兒艷》、《鐢子艷》、《快樂艷》、《慈烏艷》、《眼裏喬》、《訪戴》、《眾㸤》、《陳蔡》、《范蠡》、《扯休書》、《鞭寨》、《杴杈掃竹》、《感吾智》、《諸宮調》、《金鈴》、《雕出板來》、《套靴》、《舌智》、《俯飲》、《釵發多》、《襄陽府》、《仙哥兒》。

㈩ **打略拴搐** 分目類列如下：

1. 星象名 缺
2. 果子名 缺
3. 草 名 缺
4. 軍器名 缺
5. 神道名 缺
6. 燈火名 缺
7. 衣裳名 缺
8. 鐵器名 缺
9. 書籍名 缺
10. 節令名 缺
11. 齏菜名 缺
12. 縣道名 缺
13. 州府名 缺

14. 相撲名 缺
15. 法器名 缺
16. 門 名 缺
17. 草 名 缺（與前三項重複，疑衍文）
18. 軍 名 缺
19. 魚 名 缺
20. 菩薩名 缺（以上二十種有目無曲，原書列入曲名中，誤。今分排之）
21. 賭撲名 《照天紅》、《琴家弄》。
22. 著棋名 《衮骰子》、《悶葫蘆》、《握龜》。
23. 樂人名 缺（以上二種，在賭撲名內，實亦子目，非曲也。因分排之）
24. 官職名 《說駕頑》、《敲待制》、《上官赴任》、《押刺花赤》。
25. 飛禽名 《青鵲》、《老鴉》、《廝料》、《鷹鶻鵰鶻》。
26. 花 名 《石竹子》、《調狗》、《散水》。
27. 吃食名 《廚難偌》、《蘑菇菜》。
28. 佛 名 《成佛板》、《爺娘佛》。
29. 難字兒 《盤驢》、《害字》、《劉三》、《一板子》。
30. 酒下栓 《數酒》、《三元四子》。
31. 唱尾聲 《孟姜女》、《遮蓋了》、《詩頭曲尾》、《虎皮袍》。

32. 猜謎《杜大伯》、《大黃》。
33. 和尚家門《唐三藏》、《禿丑生》、《窗下僧》、《坐化》。
34. 先生家門《入口鬼》、《則要胡孫》、《大燒餅》、《清閑眞道本》、
35. 秀才家門《大口賦》、《六十八頭》、《拂袖便去》、《紹運圖》、《十二月》、《胡說話》、《風魔賦》、《療丁賦》、《牽著駱駝》、《看馬胡孫》。
36. 列良家門《說卦象》、《由命賦》、《混星圖》、《柳簸箕》、《二十八宿》、《春從天上來》。
37. 禾下家門《萬民快樂》、《咬的響》、《莫延》、《九斗一石》、《共牛》。
38. 大夫家門《三十六風》、《傷寒》、《合死漢》、《馬屁勃》、《安排鍬鐝》、《三百六十骨節》、《便癰賦》。
39. 卒子家門《針兒線》、《田仗庫》、《軍鬧》、《陣敗》。
40. 良頭家門《方頭賦》、《水龍吟》。
41. 邦老家門《腳言腳語》、《則是便是賊》。
42. 都子家門《後人收》、《桃李子》、《上一上》。
43. 孤下家門《朕聞上古》、《刁包待制》、《絹兒來》。
44. 司吏家門《罷筆賦》、《是故榜》。

45.（仵作）行家門　《一遍生活》。

46.撅倈家門　《受胎成氣》。

(十一)諸雜砌

《模石江》、《梅妃》、《浴佛》、《三教》、《姜武》、《救駕》、《趙娥》、《石婦吟》、《變貓》、《水母》、《玉環》、《走鸚哥》、《上料》、《瞎腳》、《易基》、《武則天》、《告子》、《拔蛇》、《鹿皮》、《新太公》、《黃巢》、《恰來》、《蛇師》、《沒字碑》、《臥草》、《衲襖》、《封碑》、《鋸周村》、《史弘肇》、《懸頭梁上》。

上雜劇院本，共六百九十種，諸宮調詞不在內，雖拴搐艷段中，有諸宮調目，然是院本之名，非諸宮調詞體也。又打略拴搐內，共列四十九目，九成原書，頗有淆亂。如星象等名二十門，誤列劇名內。著棋名、樂人名二目，列入賭撲名內。今已一一釐正。細按此目，雖詼奇萬狀，而其中分配，亦有端倪。如諸雜大小院本內，以孤名者十，孤爲裝官者（見《太和正音譜》）。以酸名者十一，金元間以秀才爲細酸，又謂措大（見《少室山房筆叢》）。以旦名者七，旦爲裝女者，元曲中有《切膾旦》、《貨郎旦》，即本此格，凡此皆以角色名者也。又以爨名者二十一，蓋出宋官本雜劇。《武林舊事》所載雜劇，以爨標目者頗多，金劇即依此例。宋徽宗見爨國人來朝衣服詭異，令優人效之，此爨之原起也。又有說唱雜戲，混入其內，如《講米年好》、《講聖州序》、《講道德經》等是也。至劇中事實，雖已久佚，而元劇中時有祖述之者，如《蔡消閑》一本，元李文蔚有《蔡蕭閑醉寫石州慢》，當從此出。案金蔡相松年，號蕭閑老人，奉使高麗還，作此詞贈伎（《明秀集》殘本，未載此作，見楊朝英《陽春白雪》卷首），則是劇與戴善夫之《陶學士風光好》劇相類矣。又《芙蓉亭》一本，元王實甫有《韓彩雲絲竹芙蓉亭》，當從此出，今略存古本《西廂》校注中。又《蝴蝶夢》一本，元關漢卿有《包待制三勘蝴蝶夢》。《蘭昌宮》一本，元庾天錫有《薛昭誤入蘭昌宮》。《十樣錦》一本，元無名氏有《十樣錦諸葛論功》。《杜甫遊春》一本，元范康有《曲江池杜甫遊春》。《鴛鴦簡》一本，元白樸有《鴛鴦簡牆頭馬上》。《月夜聞箏》一本，元鄭光祖亦有此劇。《張生煮海》一本，元尚仲賢、李好古亦有此劇。《劉盼盼》一本，元關漢卿有《劉盼盼鬧衡州》。《湊藍橋》一本，元李直夫有《水湊藍橋》。諸如此類，不勝枚舉。凡此皆足考古今劇情之沿革也。若夫此等劇曲，概定為金人所作者，亦有數證。目中有《金皇聖德》一本，明為金人所作，一也。目中故事，關涉開封者頗多，開封為宋人之東都，金之南都，《上皇院本》且勿論，他如鄆王、蔡奴，汴京之人也；金明池、陳橋，汴京之地也。敷衍故事，必在事過未久之日，而又為當時人民所共知共見者，方足鼓動人心，故決為金人所作，二也。中如〔水龍吟〕、〔歡聲疊韻〕等牌，僅見董詞，不見元曲，足證此等劇曲，在元曲之先，三也。第此等劇曲，今皆不傳，無研究之法，今可見者，止諸宮調詞，董解元《西廂》是也。

三 諸宮調

諸宮調中，小說之支流，而被之以樂曲者也。《碧雞漫志》、《夢粱錄》、《東京夢華錄》皆載澤州孔三傳，始作諸宮調古傳，則其來已久矣。董詞據《正音譜》，以爲創作北曲，胡元瑞、焦理堂、施研北均有考訂，訖不知爲何體，實則諸宮調詞而已。本書卷一〔太平賺〕詞云：「俺平生情性好疏狂，疏狂的情性難拘束。一回家想麼，詩魔多。愛選多情曲，此前賢樂府不中聽，在諸宮調裏卻著數。」此開卷自敘作詞緣起，而自云在諸宮調，其證一也。元凌雲翰《柘軒集》詞，有〔定風波〕詞，賦《崔鶯鶯傳》云：「翻殘金舊日諸宮調本，才入時人聽。」則金人所賦《西廂》詞，自爲諸宮調，其證二也。此書體例，求之古曲，無一相似，獨元王伯成《天寶遺事》，見於《雍熙樂府》、《九宮大成譜》所選者，大致相同。而元鍾嗣成《錄鬼簿》，於王伯成條下，注云：「有《天寶遺事》諸宮調行於世。」王詞既爲諸宮調，則董詞之爲諸宮調，更無疑義，其證三也。其所以名諸宮調者，則由宋人所用大曲轉踏，不過用一牌回環作之，其在同一宮調中甚明，唯此編每宮調中多或十餘曲，少或一二曲，即易他宮調，合若干宮調以詠一事，故謂之諸宮調。今列數詞於下。

〔黃鐘出隊子〕最苦是離別，彼此心頭難棄捨。鶯鶯哭得似癡呆，臉上啼痕多是血，有千種恩情何處說。夫人道天晚教郎疾去，怎奈紅娘心似鐵，把鶯鶯扶上七香車。君瑞攀鞍自攧，道得個冤家寧耐些。

〔尾〕馬兒登程，坐車兒歸舍。馬兒往西行，坐車兒往東拽。兩口兒一步兒離得遠如一步也。

〔仙呂點絳唇〕纏令美滿生離，據鞍兀兀離腸痛。舊歡新寵，變作高唐夢。回首孤城，依約青山擁。西風送，戍樓寒重，初品梅花弄。

〔瑞蓮兒〕衰草淒淒一徑通，丹楓索索滿林紅。平生蹤跡無定著，如斷蓬。聽塞鴻，啞啞的飛過暮雲重。

〔風吹荷葉〕憶得枕鴛衾鳳，今宵管半壁兒沒用，觸目淒涼千萬種。見滴流流的紅葉，淅零零的微雨，颯剌剌的西風。

〔尾〕驢鞭半裊吟肩雙聳，休問離愁輕重，向個馬兒上馱也馱不動。

〔仙呂賞花時〕落日平林噪晚鴉，風袖翩翩催瘦馬，一徑入天涯。荒涼古岸，衰草帶霜滑，瞥見個孤林端入畫。籬落蕭疏帶淺沙，一個老大伯捕魚蝦，橫橋流水，茅舍映荻花。

〔尾〕駝腰的柳樹上有魚槎，一竿風旆茅檐上掛。淡煙瀟灑橫鎖著兩三家。

以上八曲，已易三宮調，全書體例皆如是，故名諸宮調也。施國祁《禮耕堂叢說》云：「此本為海陽黃嘉惠刻，定為《董西廂》，分上下二卷，無出名關目，行間全載宮調、引子、尾聲，牽塡樂府方言，不採類書故實，曲多白少，不注工尺，是流傳讀本，與院伎劉麗華口授者不同。」余謂此書體格，固屬諸宮調，實為北曲之開山，元詞中所用詞牌，如〔仙呂點絳唇〕、〔越調鬥鵪鶉〕、〔正宮端正好〕，與此書全合，故《太和正音譜》謂解元始作北曲，亦非不經之論也。又諸宮調套數至短，最多不過七八曲，元劇套數，有多至十七八支者，顧每支只用一疊，如〔點絳唇〕、〔鬥鵪鶉〕、〔端正好〕等，僅用上疊，而後疊換頭不用，故諸宮調雖短，詞牌則全，元劇雖長，而每牌只有其半，此又可見金元間詞體之變矣。又董詞中各調，較元曲略多。元曲諸牌，董詞中多有之，董詞各牌，如〔倬倬戚〕、〔牆頭花〕、〔渠神令〕、〔哈哈令〕等，皆元人所不用。清代《九宮大成譜》，始採錄入譜，然板式腔格，率多可疑，是北曲之不能完備，不在明嘉隆昆腔盛行以後，反在元人繼述之不周，乃至解元各譜，無形消滅，迨康乾時欲掇拾墜緒，已難免杜撰之譏焉。凌廷堪作《燕樂考原》，先列董詞，次及元曲，可云特識，唯不知元曲即出於董詞，強分疆界，不可謂非賢者之過。至《正音譜》、《輟耕錄》各宮曲數，僅就北劇釐訂之，尤不知董詞爲何物矣。至張、崔之事，譜入弦管，實不始於解元，宋趙令畤已有〔商調蝶戀花〕十章，取《會眞記》逐段分配，略具搬演形式，但不如解元之作，自布局勢，別造偉詞也。（按解元名號，今無可考，《輟耕錄》謂金章宗時人，《西河詞話》謂解元爲金章宗學士，《正音譜》謂其仕元，初制北曲，皆未深考，不足爲據。余謂解元之稱，爲金元人通稱，凡讀書應舉者，皆以此呼之。如《鬼董》五卷末，有泰定丙寅臨安錢孚跋云：「關解元之所傳」，是漢卿亦稱解元也。又王實甫《西廂》第一折云：「風魔了張解元」，是君瑞亦稱解元也。此等稱謂至多，如公子稱衙內，夫人稱院君，和尚稱潔郎，盜賊稱幫老，概爲一時方言，不必狃於舊習，以鄉舉首列者爲解元也。）

四 元人雜劇

戲曲至元代，可爲最盛時期，據《正音譜》卷首所錄雜劇，共五百六十六本，鍾嗣成《錄鬼簿》所載，共四百五十八本，洋洋乎一代巨觀也。第今人所見者，如臧晉叔《元曲選》百種外，日本西京大學《覆刊雜劇三十種》內，有十七種，爲臧選本所未及，而臧選本中，亦有六種爲明初人作（《兒女團圓》、《金安壽》、《城南柳》、《誤入桃源》、《對玉梳》、《蕭淑蘭》），去之合百十有一種。再加《西廂》五劇，羅貫中《風雲會》，費唐臣《赤壁賦》，楊梓《豫讓吞炭》，實得一百十有九種，吾人研究元曲盡如此矣。或已佚各種，他日得復行於世者，要亦不多耳。今將僅存各種，列目如下。

元人雜劇，就可見者列如下。

關漢卿十三本：《西蜀夢》、《拜月亭》、《謝天香》、《金線池》、《望江亭》、《救風塵》、《單刀會》、《玉鏡臺》、《詐妮子》、《蝴蝶夢》、《竇娥冤》、《魯齋郎》、《續西廂》。

高文秀三本：《雙獻功》、《誶范叔》、《遇上皇》。

鄭廷玉五本：《楚昭王》、《後庭花》、《忍字記》、《看錢奴》、《崔府君》。

白樸二本：《梧桐雨》、《牆頭馬上》。
馬致遠六本：《青衫淚》、《岳陽樓》、《陳摶高臥》、《漢宮秋》、《薦福碑》、《任風子》。
李文蔚一本：《燕青博魚》。
李直夫一本：《虎頭牌》。
吳昌齡二本：《風花雪月》、《東坡夢》。
王實甫兩本：《西廂記》（四本）、《麗春堂》。
武漢臣三本：《老生兒》、《玉壺春》、《生金閣》。
王仲文一本：《救孝子》。
李壽卿二本：《伍員吹簫》、《月明和尚》。
尚仲賢四本：《柳毅傳書》、《三奪槊》、《氣英布》、《尉遲恭》。
石君寶三本：《秋胡戲妻》、《曲江池》、《紫雲庭》。
楊顯之二本：《臨江驛》、《酷寒亭》。
紀君祥一本：《趙氏孤兒》。
戴善甫一本：《風光好》。
李好古一本：《張生煮海》。
張國賓三本：《汗衫記》、《薛仁貴》、《羅李郎》。
石子章一本：《竹塢聽琴》。

孟漢卿一本：《魔合羅》。
李行道一本：《灰闌記》。
王伯成一本：《貶夜郎》。
孫仲章一本：《勘頭巾》。
康進之一本：《李逵負荊》。
岳伯川一本：《鐵拐李》。
狄君厚一本：《介子推》。
孔文卿一本：《東窗事犯》。
張壽卿一本：《紅梨花》。
馬致遠、李時中、花李郎、紅字李二合作一本：《黃粱夢》。
宮天挺一本：《范張雞黍》。
鄭光祖四本：《㑳梅香》、《周公攝政》、《王粲登樓》、《倩女離魂》。
金仁杰一本：《蕭何追韓信》。
范康一本：《竹葉舟》。
曾瑞一本：《留鞋記》。
喬夢符三本：《玉簫女》、《揚州夢》、《金錢記》。
秦簡夫二本：《東堂老》、《趙禮讓肥》。
蕭德祥一本：《殺狗勸夫》。

朱凱一本：《昊天塔》。

王曄一本：《桃花女》。

楊梓二本：《霍光鬼諫》、《豫讓吞炭》。

李致遠一本：《還牢末》。

楊景賢一本：《劉行首》。

羅貫中一本：《風雲會》。

費唐臣一本：《赤壁賦》。

無名氏二十七本：《七里灘》、《博望燒屯》、《替殺妻》、《小張屠》、《陳州糶米》、《鴛鴦被》、《風魔蒯通》、《爭報恩》、《來生債》、《硃砂擔》、《合同文字》、《凍蘇秦》、《小尉遲》、《神奴兒》、《謝金吾》、《馬陵道》、《漁樵記》、《舉案齊眉》、《梧桐葉》、《隔江鬥智》、《盆兒鬼》、《百花亭》、《連環計》、《抱妝盒》、《貨郎旦》、《碧桃花》、《馮玉蘭》。

雜劇體格，與諸宮調異。諸宮調不分出目，此則通例四折，雖紀君祥之《趙氏孤兒》統計五折，張時起之《賽花月秋千記》統計六折，顧不多見也。諸宮調不分角目，總以一人彈唱，與後世評話略同，此則分末、旦、外、丑等諸目，而以末、旦爲主，元人所謂旦、末雙全是也。諸宮調無動作狀態，此則分爲三類：記動作者曰科，記言語者曰白，記歌唱者曰曲，是合歌舞言動而一之也，是劇曲之進境也。至論文字，則只有本色一家，無所謂詞藻繽紛纂組縝密也。王實甫作《西廂》，以研煉濃麗爲能，此是詞中異軍，非曲家出色當行之作。觀其《麗春堂》劇〔滿庭芳〕云：「這都是托賴著大人虎勢，贏的他急難措手，打的他馬不停蹄。」又云：「則你那赤瓦不剌強嘴，猶自說兵機。」〔耍孩兒〕云：「這潑徒怎敢將人戲，你托賴著誰人氣力，睜開你那驢眼可便覷著阿誰，我便歹殺者波，是將相的苗裔。」（節錄原曲）可云絕無文氣，而氣焰自不可及。即如《西廂》，亦不盡作綺語，如〔四邊靜〕云：「怕我是賠錢貨，兩當一便成合。憑著他舉將除賊，消得個家緣過活。費了甚麼，古那便結絲蘿。休波，省人情的奶奶忒慮過，恐怕張羅。」〔滿庭芳〕云：「你休要呆裏撒奸。您待恩情美滿，教我骨肉摧殘。他手掿著檀棍摩娑看，麄麻線怎過針關。直待教我拄著拐幫閑鑽懶，縫合唇送暖偷寒。待去呵，消息兒踏著犯。待不去，教甜話兒熱趲。教我左右作人難。」（據古本，與通行金批本異）諸曲文字，亦非雅人吐屬，顧亦令點可喜。王元美以〔掛金索〕一支為佳，殊非公允（詞云：「裙染榴花，睡損胭脂皺。鈕結丁香，掩過芙蓉扣。線脫珍珠，淚濕香羅袖。楊柳眉顰，人比黃花瘦。」）。仍不脫七子高華之習，是故知元人以本色見長，方可追論流別也。當時擅此技者，以大都、東平及浙中最盛，其散處各行省者，又皆浮沉下僚不得志之士（見李中麓《小山小令序》）。而江西嘌唱，尤能變易故常，別創南北合套之格。繁聲一啓，詞法大備，此其大較也。今更備論之。大抵元劇之盛，首推大都，自實甫繼解元之後，創為研煉艷冶之詞，而關漢卿以雄肆易其赤幟，所作《救風塵》、《玉鏡臺》、《謝天香》諸劇（見《元曲選》），類皆雄奇排傲，無搔頭弄姿之態，東籬則以清俊開宗，《漢宮孤雁》，臧晉叔以為元劇之冠，論其風格，卓爾大家，自是三家鼎盛，矜式群英。後起如王仲文、楊顯之，并稱瑜亮，《救孝子》、《臨江驛》、《酷寒亭》（見《元曲選》），足使巳齋俯首，實甫服膺。石子章《竹塢聽琴》，頗得東籬神髓，而幽艷過之。眞定一隅，作者至富，《天籟》一集，質有其文，《秋雨梧桐》，實駕碧雲黃花之上，蓋親炙遺山謦咳，斯咳唾不同流俗也。文蔚《博魚》（李文蔚作曲十二種，爲《張子房圯橋進履》、《漢武帝死哭李夫人》、《謝安東山高臥》、《蔡蕭閑醉寫石州慢》、《謝玄破苻堅》、《盧亭亭擔水澆花旦》、《金水題紅怨》、《秋夜芭蕉雨》、《燕青射雁》、《同樂院燕青博魚》、《風月推車旦》、《濯錦江魚雁傳情》等名。今《燕青博魚》見《元曲選》，餘皆不傳），摹繪市井，聲色俱肖，尤非尋常詞人所及。尙仲賢《柳毅》、《英布》二劇，狀難狀之境，亦非《蜃中樓》可比擬（尙仲賢作曲十種，爲《陶淵明歸去來辭》、《海神廟王魁負桂英》、《鳳凰坡越娘背燈》、《洞庭湖柳毅傳書》、《張生煮海》——非李好古本、《崔護謁漿》、《沒興花前秉燭旦》、《武成廟諸葛論功》、《尉遲恭三奪槊》、《漢高祖濯足氣英布》等名。今《柳毅傳書》、《三奪槊》、《氣英布》三種，見《元曲選》，餘不傳）。戴善甫《風光好》（善甫作曲五種，爲《陶秀實醉寫風光好》、《柳耆卿詩稱玩江樓》、《關大王三捉紅衣怪》、《伯俞泣杖》、《諸宮調風月紫雲亭》等名。今僅存《風光好》），俊語翩翩，不亞實甫也。東平高氏，力追漢卿，畢生絕藝，雕繪梁山（高文秀，東平府學生，作曲三十四種，爲《黑旋風鬥雞會》、《黑旋風詩酒麗春園》、《黑旋風窮風月》、《黑旋風大鬧牡丹園》、《黑旋風喬教學》、

《黑旋風敷衍劉耍和》、《黑旋風雙獻功》、《老郎君養子不及父》、《病樊噲打呂胥》、《黑旋風借屍還魂》、《劉先生襄陽會》、《禹王廟霸王舉鼎》、《窮秀才雙棄瓢》、《忠義士班超投筆》、《煙月門神訴冤》、《五鳳樓潘安擲果》、《須賈大夫誶范叔》、《好酒趙元遇上皇》、《周瑜謁魯肅》、《木叉行者鎖水母》、《伍子胥棄子走樊城》、《豹子尚書謊秀才》、《豹子秀才不當差》、《豹子令史干請俸》、《太液池兒女並頭蓮》、《風月害夫人》、《相府門廉頗負荊》、《鄭元和風雪打瓦罐》、《御史臺趙堯辭金》、《醉秀才戒酒論杜康》、《志公和尚開啞禪》、《宣帝問張敞畫眉》、《雙獻頭武松大報仇》、《保成公競赴澠池會》等名。今僅存《雙獻功》、《誶范叔》、《遇上皇》三種，餘皆不傳），享年不永，悼惜尤深，鍥而不捨，並轡王關矣。時起擅名，在《昭君出塞》一劇（張時起字才英，東平府學生，居長蘆，作曲四種，爲《霸王垓下別虞姬》、《昭君出塞》、《賽花月秋千記》、《沉香太子劈華山》等名，今皆不傳），其《垓下別姬》即爲明人《千金》之本，其詞散佚，無可評騭，丹邱謂其「雁陣驚寒」，意者植基不厚歟。此外如顧仲清之《紀信》、《伏劍》（仲清作曲二種，爲《滎陽城火燒紀信》，《陵母伏劍》等名，今不傳），張壽卿之《詩酒紅梨》（見《元曲選》），風格翩翩，皆東平之秀也。大名宮天挺（天挺字大用，大名開州人，歷學官，除釣臺書院山長，爲權豪所中，卒於常州。作曲六種，爲《嚴子陵釣魚臺》、《會稽山越王嘗膽》、《死生交范張雞黍》、《濟饑民汲黯開倉》、《宋仁宗御覽托公書》、《宋上皇御賞鳳凰樓》等名。今僅存《范張雞黍》，見《元曲選》），裏

陵鄭光祖（光祖字德輝，平陽襄陵人，以儒補杭州路吏。作曲十九種，爲《李太白醉寫
秦樓月》、《醜齊后無鹽破連環》、《陳後主玉樹後庭花》、《放太甲伊尹扶湯》、
《三落水鬼泛採蓮船》、《秦趙高指鹿爲馬》、《傷梅香翰林風月》、《崔懷寶月夜聞
箏》、《醉思鄉王粲登樓》、《周公輔成王攝政》、《王太后摔印哭孺子》、《迷青瑣
倩女離魂》、《虎牢關三戰呂布》、《齊景公哭晏嬰》、《謅阿蠻梨園樂府》、《周
亞夫細柳營》、《紫雲娘》、《哭孫子》、《鍾離春智勇定齊》等名。今僅存《傷梅
香》、《王粲登樓》、《倩女離魂》三種，餘不傳），名播省台，聲振閨闥，或以豪邁
相高，或以俳諧玩世，要皆不越三家範圍焉。至江州沈和，作《瀟湘八景》、《歡喜冤
家》，以南北詞合腔，極爲工巧（和字和甫，杭州人，後徙江州。作曲六種，爲《祈甘
雨貨郎朱蛇記》、《徐駙馬樂昌分鏡記》、《鄭玉娥燕山逢故人》、《鬧法場郭興阿
陽》、《瀟湘八景》、《歡喜冤家》等名，今皆不傳）。參軍代面，蠻子關卿，開後代
傳奇之先，結金元劇曲之局，可謂不隨風氣，自辟蹊徑矣。浙中詞學，夙稱彬彬，一時
名家，指不勝數。金志甫《西湖夢》（金仁杰字志甫，杭州人，授建康崇寧務官。作曲
七種，爲《蔡琰還朝》、《秦太師東窗事犯》——非孔文卿作，《周公旦抱子設朝》、
《蕭何月夜追韓信》、《長孫皇后鼎鑊諫》、《玉津園智斬韓太師》、《蘇東坡夜宴西
湖夢》等名。今皆不傳），范子安《竹葉舟》（范康字子安，杭人。作曲二種，爲《陳
季卿悟道竹葉舟》，《曲江池杜甫遊春》等名。今僅存《竹葉舟》），陳存甫《錦堂風
月》（陳以仁字存甫，作曲二種，爲《十八騎誤入長安》，《錦堂風月》等名。今不

傳），皆膾炙人口也。而鮑天祐《史魚屍諫》，流播諸路，騰譽宮廷，尤極文人之榮遇（天祐字吉甫，杭人，昆山州吏。作曲七種，爲《王妙妙死哭秦少游》、《史魚屍諫衛靈公》、《忠義士班超投筆》、《貪財漢爲富不仁》、《摘星樓比干剖腹》、《英雄士楊震辭金》、《漢丞相宋弘不諧》等名。而《史魚屍諫》，尤盛傳於世，周定王《元宮詞》云：「屍諫靈公演傳奇，一朝傳到九重知。奉宣賫與中書省，諸路都教唱此詞。」其盛可思也。今皆不傳）。王日華《桃花女》、《臥龍岡》、《雙買花》，亦怪譎可誦（日華三種唯《桃花女》尚存，見《元曲選》）。人文蔚起，他方莫逮焉。流寓中，如喬夢符（喬吉字夢符，太原人，號笙鶴翁，又號惺惺道人，居杭州太乙宮前。作曲十一種，爲《怨風月嬌雲認玉釵》、《杜牧之詩酒揚州夢》、《玉簫女兩世姻緣》、《死生交托妻寄子》、《馬光祖勘風塵》、《荊公遣妾》、《唐明皇御斷金錢記》、《節婦牌》、《賢孝婦》、《九龍廟》、《燕樂毅黃金臺》等名。今唯《揚州夢》、《金錢記》、《兩世姻緣》，見《元曲選》。餘不傳）、曾瑞卿（曾瑞字瑞卿，大興人，寓杭州。有《才子佳人誤元宵》一劇，頗負盛名，見《元曲選》，又名《留鞋記》）等，又皆一時彥士，雍容壇坫，嘯傲湖山，極裙屐之勝概矣。嘗謂元人劇詞，約分三類：喜豪放者學關卿，工鍛煉者宗實甫，尚輕俊者號東籬。一代才彥，絕少達官，斯更足見人民之崇尚，迥非臺閣文章以頌揚藻繪者可比也。因疏論如此。至其劇詞，世皆見之，故不贅云。

五　元人散曲

元人散曲，作者至多，其詞清新俊逸，與唐詩宋詞可以鼎足。其有別集可考者，略記如下。

張養浩：《雲莊樂府》。　曾瑞：《詩酒餘音》。
吳中立：《本道齋樂府小稿》。　吳弘道：《金縷新聲》。
錢霖：《醉邊餘興》。　顧德潤：《九山樂府》。
朱凱：《升平樂府》。　周月湖：《月湖今樂府》。
沈子厚：《沈氏今樂府》。
張可久：《北曲聯樂府》、《吳鹽》、《蘇堤漁唱》、《小山小令》。
喬吉：《惺惺道人樂府》、《夢符小令》、《文湖州集詞》。
汪元亨：《小隱餘音》、《雲林清賞》。　耶律鑄：《雙溪醉隱樂府》。
鄭杓次：《夾漈餘聲樂府》。　馮華：《樂府》。
沈禧：《竹窗樂府》。

至元人所散曲總集，遠不如明人之多，第就聞見所及，亦略記之。

《南北宮詞》、《中州元氣》、《仙音妙選》、《曲海》、《百一選曲》、《樂府群珠》、《樂府群玉》、《自然集》、楊朝英《太平樂府》、《陽春白雪》。

元人樂府，盛稱關、馬、鄭、白，其次爲酸、甜樂府，而喬夢符、張小山、楊西庵輩，亦戛戛獨造，洵文學界之奇觀也。關、鄭二家，以劇曲著，不以散曲名，茲不論。馬致遠小令，以〔天淨沙〕爲最，詞云：「枯藤老樹昏鴉，小橋流水人家，古道西風瘦馬。夕陽西下，斷腸人在天涯。」明人輒喜摹此詞，而終無佳者，於此見元人力厚。其套曲以《秋思》爲最，詞云：「〔夜行船〕百歲光陰如夢蝶，重回首往事堪嗟。昨日春來，今朝花謝，急罰盞夜闌燈滅！〔喬木查〕秦宮漢闕，都做了衰草牛羊野。不恁漁樵無話說。縱荒墳橫斷碑，不辨龍蛇。〔慶宣和〕投至狐蹤與兔穴，多少豪傑！鼎足三分半腰折，魏也，晉也。〔落梅風〕天教富，莫太奢，無多時好天良夜。看錢奴硬將心似鐵，空辜負錦堂風月。〔風入松〕眼前紅日又西斜，疾似下坡車。曉來清鏡添白雲，上床與鞋履相別。莫笑鳩巢計拙，葫蘆提一任裝呆。〔撥不斷〕利名竭，是非絕，紅塵不向門前惹，綠樹偏宜屋角遮，青山正補牆頭缺，竹籬茅舍。〔離亭宴帶歇指煞〕蛩吟罷一枕才寧貼，雞鳴後萬事無休歇，爭名利何年是徹？密匝匝蟻排兵，亂紛紛蜂釀蜜，鬧穰穰蠅爭血。裴公綠野堂，陶令白蓮社，愛秋來哪些？和露摘黃花，帶霜烹紫蟹，煮酒燒紅葉。人生有限杯，幾個登高節。屬付俺頑童記者：便北海探吾來，道東籬醉了也。」〔天淨沙〕小令純是天籟，彷佛唐人絕句；《秋思》一套，則直似長歌矣。且通篇無重韻，尤較作詩爲難。周德清評爲元詞之冠，洵定論也。白有《天籟集》，詩詞皆佳，末附《摭遺》一卷，皆北詞。首錄〔惱殺人〕一套，蓋賦雙漸、蘇小卿事，元人常有之，第白作拙樸，雅近董詞，與東籬異矣。詞云：「〔惱殺人〕又是紅輪西墮，殘霞萬頃銀波。江上晚景寒煙，霧濛濛，雨細細，阻隔離人蕭索。〔幺篇〕宋玉悲秋愁悶，江淹夢筆寂寞，人間豈無成與破。想別離情緒，世界裏只有俺一個。〔伊州遍〕爲憶小卿，牽腸割肚，凄惶悄然無底末。受盡平生苦，天涯海角，身心無個歸著。恨馮魁趨恩奪愛，狗行狼心，全然不怕天折挫。到如今剗地吃耽閣，禁不過，更哪堪晚來，暮雲深鎖。〔幺篇〕故人杳杳，長江風送，胡笳嚦嚦聲聒聒。一輪浩月朗，幾處鳴榔，時復唱和漁歌。轉無那，沙汀蓼岸，漁燈相照如梭。古渡停畫舸，無語淚珠墮。呼僕隸，指撥水手，在意扶舵。〔尾〕蘭舟定把蘆花過，櫓聲省可裏高聲和。恐驚散宿鴛鴦，兩分飛也似我。」此等詞決非明人所能辦。至《酸甜樂府》，乃貫酸齋與徐甜齋作也。酸齋畏吾人，爲阿里海涯之孫，父名貫只哥，遂以貫爲氏，自名小雲石海涯。甜齋名佚，揚州人。二家並以樂府著名，故有「酸甜樂府」之號。時阿里西瑛新筑別業，名懶雲窩，亦善曲詞，嘗作〔殿前歡〕云：「懶雲窩，醒時詩酒醉時歌。瑤琴不理拋書臥，無夢南柯。得清閑盡快活，日月似攛梭過，富貴比花開落。青春去也，不樂如何？」酸齋和之云：「懶雲窩，陽臺誰與送姮娥，蟾光一任來穿破，遁跡由他。蔽一天星斗多，分半榻蒲團坐，盡萬里鵬程挫。向煙霞嘯傲，任世事蹉跎。」又云：「懶雲窩，雲窩客至欲如何？懶雲窩裏和雲臥，打會磨陀，想人生待怎麼？貴比我爭些大，富比我爭些個。呵呵笑我，我笑呵呵。」又云：「懶雲窩，懶雲窩裏客來多。客來時伴我閑些個，酒灶茶鍋，且停杯聽我歌。醒時節披衣坐，醉後也和衣臥，興來時玉簫綠綺，問甚麼天籟雲和。」頗超妙可誦。甜齋詞亦佳，如〔折桂令〕詠玉蓮云：「荊山一片玲瓏，分付馮夷，捧出波中。白羽香寒，瓊衣露重，粉面冰融。知造化私加密寵，爲風流洗盡嬌紅。月對芙蓉，人在簾櫳。太華朝雲，太液秋風。」又《題情》云：「平生不解相思。才會相思，便害相思。身似浮雲，心如飛絮，氣若游絲。空一縷餘香在此，盼千金遊子何之？證候來時，正是何時？燈半昏時，月半明時。」正鏤心刻骨之作，直開玉茗、粲花一派矣。又有〔水仙子〕二首，一詠《佳人釘鞋》，一詠《紅指甲》，亦佳。《釘鞋》云：「金蓮脫瓣載雲輕，紅葉香浮帶雨行。漬春泥印在蒼臺徑，三寸中數點星。玉玲瓏環珮交鳴，濺越女紅裙濕，沁湘妃羅襪冷，點寒波小小蜻蜓。」《紅指甲》云：「落花飛上筍芽尖，宮葉猶將冰箸黏，抵牙關越顯得櫻唇艷。怕陽春不捲簾，捧菱花紅印妝奩，雪藕絲霞十縷，鏤棗斑血半點，掐劉郎春在纖纖。」語語俊，字字艷，直可壓倒群英矣。喬夢符（字裏見前）博學多能，以樂府稱重於時，嘗云：「作樂府亦有法，曰鳳頭、豬肚、豹尾，六字是也。大概起要美麗，中要浩蕩，終要響亮。尤貴在首尾貫串，意思清新。能若是始可言樂府矣。」嘗記其詠竹衫詞：「〔紅繡鞋〕並刀翦龍須爲寸，玉絲穿龜背成文，襟袖清涼不染塵。汗香晴帶雨，肩瘦冷搜雲，是玲瓏剔透人。」又詠香茶詞：「〔賣花聲〕細研片腦梅花粉，新剝珍珠豆蔻仁，依方修合鳳團春。醉魂清爽，舌尖香嫩，這孩兒那些風韻。」又〔天淨沙〕云：「鶯鶯燕燕春春，花花柳柳眞眞，事事鳳鳳韻韻。嬌嬌嫩嫩，停停當當人人。」諸作秀麗，無愧大家。若張可久則用全力於散曲，生平未作一劇，不屑戾家生活也。所作小令至多，美不勝錄，錄〔一半兒〕數首，藉見一斑云。《秋日宮詞》云：「花邊嬌月靜妝樓，葉底滄波冷翠溝，池上好風閑御舟。可憐秋，一半兒芙蓉，一半兒柳。」又云：「數層秋樹隔雕檐，萬朵晴雲擁玉蟾，幾縷夜香穿繡簾。等潛潛，一半兒開門，一半兒掩。」又《酬耿子春海棠》詞云：「海棠香雨污吟袍，薜荔空牆閑酒瓢，楊柳曉風涼野橋。放詩豪，一半兒行書，一半兒草。」又云：「梅枝横翠暮寒生，花淡紗窗殘月明，人倚畫樓羌笛聲。惱詩情，一半兒清香，一半兒影。」小山詞佳處，約可見矣。楊西庵名果，詞無專集，散見《陽春白雪》及各家選本者甚富。今錄《春情》一套，詞云：「〔賞花時〕花點蒼苔繡不勻，鶯喚楊枝未眞，簾外絮紛紛。日長人困，風暖獸煙噴。〔幺篇〕一自檀郎共錦茵，再不會暗擲金錢卜遠人，香臉笑生春。舊時衣褙，寬放出二三分。〔賺煞〕調養就舊精神，妝點出嬌風韻，將息好護春纖一雙玉筍。拂綽了香冷妝奩寶鏡塵，舒展開繫東風兩葉眉顰。曉妝新高綰起烏雲，再不管暖日珠簾鵲噪頻。從今後鴉鳴不嗔，燈花休問，一任他子規聲啼破海棠魂。」此套語語柔媚，可與《兩世姻緣》、《蕭淑蘭》等劇媲美。他作亦相稱。元人套數，見諸總集者，不下數百家，取其著者論之而已。

中國戲曲概論

卷中

一　明總論

一代之文，每與一代之樂相表裏，其制度雖定於朁宗，而風尚實成於社會。天然之文，反勝於樂官之造作，故尼山正樂，雅頌始得所，而國風則不煩釐定。即後世饗祀符瑞歌功頌德之作，亦每視爲官樣文章，不如閭巷瑣碎，兒女爾汝之爭相傳述。由斯以例列代樂府之眞際，於周代則屬風騷，於漢則屬古詩，於晉唐則屬房中、竹枝、子夜、邊調等，於兩宋則屬詩餘，於金元則屬雜劇。其作者每多不知誰何之人，而流傳特甚，若其摹賡揚而仿咸英者，徒爲一時粉飾，供儒生之考訂而已。蓋與社會之風尚性情絕不相入，不合於天然之樂，即不能爲樂府之代表也。有明承金元之餘波，而尋常文字，尤易觸忌諱，故有心之士，寓志於曲，則誠《琵琶》，則見賞於太祖，亦足爲風氣之先導。雖南北異宜，時有鑿枘，而久則同化，遂能以歐、晏、秦、柳之俊雅，與關、馬、喬、鄭之雄奇相調劑，擴而充之，乃成一代特殊之樂章，即爲一代特殊之文學。當時作者雖多，以實甫、則誠二家爲宗，而制腔尚留本色，不盡藻飾詞華，立意能關身世，不獨鋪張故實，以較北部之音。似有積薪之勢焉。大抵開國之初，半沿元季餘習，其後南劇日盛，家伶點拍，踵事增華，作家輩出，一洗古魯兀剌之風，於是海內向風遂得與古法部相驂靳，此一時也。澉川楊康惠公梓在元時，得貫雲石之傳，嘗作《豫讓》、《霍光》、《尉遲敬德》諸劇（見前），流傳宇內，與中原弦索抗行。而長子國材，復與鮮于去矜交遊，以樂府世其家，總得南聲之秘奧，別創新聲，號爲海鹽調，西江兩京間翕然和之，此一時也。嘉隆間，太倉魏良輔，昆山梁辰魚，以善謳名天下。良輔探討聲韻，坐臥一小樓者幾二十年，考訂《琵琶》板式，造水磨調，辰魚作《浣紗記》附之，流麗穩協，遠出弋陽、海鹽舊調之上，歷世三百，莫不俯首傾耳，奉爲雅樂，此猶宋代嘌唱家，就舊聲而加以泛豔者也，此又一時也。若夫論列詞品，派別至繁，粗就管窺，述之於後。

二　明人雜劇

明人雜劇至多，苦無詳備總目，今就近世可得見者錄之，得若干種，列下。

寧獻王今皆失傳。

周憲王三十五本：《天香圃》、《十美人》、《蘭紅葉》、《義勇辭金》、《小桃紅》、《喬斷鬼》、《豹子和尚》、《慶朔堂》、《桃源景》、《復落娼》、《仙官慶會》、《得騶虞》、《仗義疏財》、《半夜朝元》、《辰勾月》、《悟眞如》、《牡丹仙》、《踏雪尋梅》、《曲江池》、《繼母大賢》、《團圓夢》、《香囊怨》、《常椿壽》、《獻賦題橋》、《苦海回頭》。

王子一一本：《誤入桃源》。

谷子敬一本：《城南柳》。

賈仲名三本：《金童玉女》、《對玉梳》、《蕭淑蘭》。

楊文奎一本：《兒女團圓》。

王九思二本：《沽酒游春》、《中山狼》。

康海一本：《中山狼》。

徐渭五本：《漁陽弄》、《翠鄉夢》、《雌木蘭》、《女狀元》、《歌代嘯》。

梁辰魚一本：《紅線女》。

汪道昆四本：《遠山戲》、《高唐夢》、《洛水悲》、《五湖遊》。

馮唯敏二本：《不伏老》、《僧尼共犯》。

陳與郊三本：《昭君出塞》、《文姬入塞》、《義犬記》。

梅鼎祚一本：《昆侖奴》。

王衡二本：《鬱輪袍》、《眞傀儡》。

許潮八本：《武陵春》、《蘭亭會》、《寫風情》、《午日吟》、《南樓月》、《赤壁遊》、《龍山宴》、《同甲會》。

葉憲祖九本：《北邙說法》、《團花鳳》、《易水寒》、《夭桃紈扇》、《碧蓮繡符》、《丹桂鈿盒》、《素梅玉蟾》、《使酒罵座》、《寒衣記》。

沈自徵三本：《鞭歌伎》、《簪花髻》、《霸亭秋》。

凌初成一本：《虬髯翁》。

徐元暉二本：《有情癡》、《脫囊穎》。

汪廷訥一本：《廣陵月》。

孟稱舜二本：《桃花人面》、《死裏逃生》。

卓人月一本：《花舫緣》。

王應遴一本：《逍遙遊》。

陳汝元一本：《紅蓮債》。

祁元儒一本：《錯轉輪》。

車任遠一本：《蕉鹿夢》。

徐復祚一本：《一文錢》。

徐士俊二本：《絡水絲》、《春波影》。

王淡翁一本：《櫻桃園》。

來集之三本：《碧紗》、《紅紗》、《挑燈劇》。

王夫之一本：《龍舟會》。

葉小紈一本：《鴛鴦夢》。

僧湛然二本：《曲江春》、《魚兒佛》。

蘅蕪室一本：《再生緣》。

竹癡居士一本：《齊東絕倒》。

吳中情奴一本：《相思譜》。

共九十六種，皆今世所可見者，若余所未知，而世有藏棄者，當亦不少，聞見有限，不敢增飾也。明人雜劇，與元劇相異處，頗有數端。元劇多四折，明則不拘，如徐渭《四聲猿》，沈自晉《秋風三疊》，則每種一折者，王衡《鬱輪袍》，孟稱舜《桃花人面》，多至七折、五折者，是折數不定也。元劇多一人獨唱，明則不守此例，如《花舫緣》第三折是旦唱，《春波影》第二折楊夫人唱，第四折老尼唱，是唱角亦不定也。元劇多用北詞，明人盡多南曲，如汪道昆《高唐夢》，來集之《挑燈劇》皆是，是南北詞亦可通用也。至就文字論，大抵元詞以拙樸勝，明則研麗矣。元劇排場至劣，明則有次第矣，然兒蒼莽雄宕之氣，則明人遠不及元，此亦文學上自然之趨向也。今略述之。

周憲王諸劇，余得見者有二十五本，已見前目。而二十五本中，尤以《獻賦題橋》暨《煙花夢》爲佳。《獻賦題橋》中，如首折〔煞尾〕云：「莫不是月神乖，又不是花妖聖，元來是此處湘妃顯靈，怎生得宋玉多才作賦成？靜巉巉，悄悄冥冥，支楞楞，風軋窗櫺。他那裏臥看牽牛織女星，一會兒步香階暗行，一會兒憑危欄獨聽。只落個曲終江上數峰青。」第二折〔梁州〕云：「到今日可意種新婚燕爾，一回價上心來往事成空。窮則窮落一覺團圓夢，我和你知心可腹，百縱千容，聲聲相應，步步相從，赤緊地與才郎兩意相濃。想天仙三事相同：恰便似行雲雨陽臺，夢神女和諧，贈玉杵藍橋驛嬌娥眷寵，泛桃花天臺山仙子相逢。想俺心中意中，當日個未曾相許情先動，到如今遂於飛效鸞鳳，抵多少翠袖殷勤捧玉鐘，到今日百事從容。」此二詞松秀絕倫，不讓《傷梅香》矣。餘佳處盡多，不贅。

明初十六家者，王子一、劉東生、王文昌、谷子敬、藍楚芳、陳克明、李唐賓、穆仲義、湯舜民、賈仲名、楊景言、蘇復之、楊彥華、楊文奎、夏均政、唐以初也。其中有撰述可稱者，王子一有《誤入桃源》、《海棠風》、《楚陽臺》、《鶯燕蜂蝶》四種，劉東生有《嬌紅記》、《世間配偶》二種，谷子敬有《城南柳》、《枕中記》、

《鬧陰司》三種，湯舜民有《嬌紅記》、《風月瑞仙亭》二種，楊景言有《風月海棠亭》、《生死夫妻》二種，蘇復之有《金印記》一種（入傳奇部），賈仲名有《金童玉女》、《對玉梳》、《蕭淑蘭》、《升仙夢》四種，楊文奎有《翠紅鄉》、《王魁不負心》、《封騭遇上元》、《玉盒記》四種，他人僅見散曲而已。此二十三種中，唯《誤入桃源》、《城南柳》、《金童玉女》、《對玉梳》、《蕭淑蘭》、《翠紅鄉》六種，見《元曲選》，《金印記》一本，有明人傳刻本，餘則亡佚矣。

王九思《沽酒遊春》、《中山狼》二劇，名溢四海。《中山狼》僅一折，遠遜康德涵，《杜甫遊春》，則力詆李西涯。王元美謂聲價不在漢卿、東籬之下，固爲溢美，實則詞尚蘊蓄，非肆意詆諆，亦有足多者。

康對山《中山狼》一劇，爲李獻吉而發。牧齋《列朝詩集》云：「正德初，逆瑾恨李獻吉代韓尚書草疏，繫詔獄，必欲殺之。獻吉獄急，出片紙曰：『對山救我。』秦人皆言瑾恨不能致德涵，德涵往，獻吉可生也。德涵曰：『吾何惜一官，不救李死？』乃往謁瑾。瑾大喜，盛稱德涵眞狀元，爲關中增光。德涵曰：『海何足言，今關中自有三才，古今稀少。』瑾驚問曰：『何也？』德涵曰：『老先生之功業，張尚書之政事，李郎中之文章。』瑾曰：『李郎中非李夢陽耶？應殺無赦。』德涵曰：『應則應矣，殺之關中少一才矣。』歡飲而罷。明日瑾奏上赦李。瑾遂欲超拜吏部侍郎，德涵力辭之，乃寢。……瑾敗，坐落職爲民。」此劇蓋爲李發也，東郭先生自謂也，狼謂獻吉也。其詞獨攄淡宕，一洗綺靡，如〔混江龍〕云：「堪笑他謀王圖霸，那些個飄零四海便爲家，萬言書隨身衣食，三寸舌本分生涯。誰弱誰強排蟻陣，爭甜爭苦鬧蜂衙。但逢著稱孤道寡，盡教他弄鬼摶沙。哪裏肯同群鳥獸，說甚麼吾豈瓠瓜。有幾個東的就，西的湊，千歡萬喜。有幾個朝的奔，暮的走，短嘆長呀。命窮時，鎮日價河頭賣水。運來時，一朝的錦上添花。您便是守寒酸枉餓殺斷簡走枯魚，俺只待向西風恰消受長途敲瘦馬。些兒撐達，恁地波查。」〔新水令〕云：「看半林黃葉暮雲低，碧澄澄小橋流水，柴門無犬吠，古樹有烏鳴。茅舍疏籬，這是個上八洞閑天地。」〔得勝令〕云：「光燦燦七首雪花吹，軟咍咍力怯手難提。俺笑他今日裏眞狼狽，悔從前怎噬臍。須知，跳不出丈人行牢籠計。還疑，也是俺先生的命運低。」〔沽美酒〕云：「休道是這貪狼反面皮，俺只怕盡世裏把心虧，少甚麼短箭難防暗裏隨。把恩情翻成仇敵，只落得自傷悲。」〔太平令〕云：「怪不得那私恩小惠，卻教人便唱叫揚疾。若沒有天公算計，險些兒被幺魔得意。俺只索含悲忍氣，從今後見機，莫癡。哎呀，把這負心的中山狼做個旁州例。」諸首皆戛戛獨造，余甚稱之。

徐文長《四聲猿》中《女狀元》劇，獨以南詞作劇，破雜劇定格，自是以後，南劇孳乳矣。其詞初出，湯臨川目爲詞壇飛將，同時詞家，史叔考槃，王伯良驥德輩，莫不俯首。今讀之，猶自光芒萬丈，顧與臨川之研麗工巧不同，宜其並擅千古也。王定柱云：「青藤佐胡梅林幕，平巨寇徐海，功由海妾翠翹。海平，翠翹失志死。又青藤以私憤，嗾梅林戮某寺僧，後頗爲厲。又青藤繼室張，美而才，以狂疾手殺之。既寤痛悔，爲作《羅鞋四鉤詞》。故《紅蓮》懺僧冤也，《木蘭》弔翠翹也，《女狀元》悼張也，

《狂鼓史》爲自己寫生耳。」余謂文人作詞，不過直抒胸臆，未必影射誰某，瑣瑣附會，殊無謂也。文長詞精警豪邁，如詞中之稼軒、龍洲。如《狂鼓史》〔寄生草〕云：「仗威風只自假，進官爵不由他。一個女孩兒竟坐中宮駕，騎中郎直做了王侯霸。銅雀臺直把那雲煙架，僭車騎直按到朝廷胯。在當時險奪了玉皇尊，到如今還使得閻羅怕。」《翠鄉夢》〔折桂令〕云：「這一個光葫蘆按倒紅妝，似兩扇木木櫳，一付磨磨漿。少不得磨來漿往，自然的櫳緊糠忙，可不掙斷了猿韁，保不定龍降。火燒的倩金剛加大擔芒硝，水懺的請餓鬼來監著廚房。」《雌木蘭》〔混江龍〕云：「軍書十卷，書書卷卷把俺爺來塡。他年華已老，衰病多纏。想當初搭箭追雕飛白羽，今日呵扶藜看雁數青天。呼雞喂狗，守堡看田。調鷹手軟，打兔腰拳。提攜咱姊妹，梳掠咱丫環。見對鏡添妝開口笑，聽提刀廝殺把眉攢。長嗟嘆，道兩口兒北邙近也，女孩兒東坦蕭然。」又〔尾聲〕云：「我做女兒則十七歲，做男兒倒十二年。經過了萬千瞧，哪一個解雌雄辨，方信道辨雌雄的不靠眼。」此數首皆不拾人牙慧，臨川所謂此牛有萬夫之稟是也。（《女狀元》〔北江兒水〕四支，《翠鄉夢》〔收江南〕一支，亦佳，限於篇幅，不贅。）

梁伯龍以南詞負盛名，北劇亦擅勝場。《紅線》一劇，賓白科段，純爲南態，所異者只用北詞耳。蓋白語用駢儷，實不宜於北詞。《西廂·酬韻》折白文「料得春宵」云云，係用解元舊語，掐彈詞固應爾，不可借實甫文過也。唯曲文才華藻艷，亦一時之選，如〔油葫蘆〕云：「萬里潼關一夜呼，走的來君王沒處宿。唬得那楊家姐姐兩眉蹙，古佛堂西畔墳前土。馬嵬驛南下川中路，方才想匡君的張九齡，誤國的李林甫。雨鈴空響人何處？只落得渺渺獨愁餘。」〔天下樂〕云：「想四海分崩白骨枯，蕭疏短劍孤。擬何年盡將賊子誅。笑荊軻西入秦，羨專諸東入吳。那時節方顯得女娘行的心性鹵。」此二首英英露爽，頗合女俠身分。

沈君庸《秋風三疊》，篇幅充暢，明劇中最爲上乘。君庸爲詞隱先生之姪，狂遊邊徼，意欲有所建樹，卒偃蹇以終，牢騷幽怨，悉發諸詞，余最愛《杜默哭廟》一折，較西堂《鈞天樂》勝矣。中有〔六幺序〕一支，以項羽戰績，比擬文章，極詭譎可喜。詞云：「破題兒是巨鹿初交，大股是彭城一著，不惑宋義之邪說，眞叫做眞寫心苗，不寄籬巢。看他破王離時，墨落煙飄，聲震雲霄，心折目搖，魄嚇魂消，那眾諸侯一個個躬身請教。七十餘戰，未嘗敗北，一篇篇奪錦標。日不移影，連斬漢將數十，不弱如倚馬揮毫，橫槊推敲，塗抹盡千古英豪。那區區樊噲，何足道哉！一個透關節莽樊噲來巡綽，嚇得他屁滾煙逃。甫能夠主了縱橫約，大古裏軍稱儒將，筆重文豪。」此等詞後生讀之，可悟作文之法。

來集之《禿碧紗》劇，以《飯後鐘》爲佳。《挑燈》劇則取小青「冷雨幽窗」之句，爲之敷衍，較《風流院》勝。中有〔商調十二紅〕，頗韻。

葉小紈《鴛鴦夢》，寄情棣萼，詞亦楚楚。唯筆力略孱弱，一望而知女子翰墨，第頗工雅。上論列者取其最著者，不欲詳也。

以上雜劇。

三　明人傳奇

明人傳奇，多不勝記，余篋中所有，不下二百餘種。諸家目錄，互有詳略，分擇要錄之，俾學者可得觀覽焉。

高明一本：《琵琶》。

施惠一本：《幽閨》。

寧獻王一本：《荊釵》。

徐畛一本：《殺狗》。

邵弘治一本：《香囊》。

蘇復之一本：《金印》。

王濟一本：《連環》。

姚茂良一本：《精忠》。

沈采一本：《千金》。

王世貞一本：《鳴鳳》。

梁辰魚一本：《浣紗》。

鄭若庸一本：《玉玦》。

薛近兗一本：《繡襦》。

沈璟一本：《義俠》。（璟作傳奇至多，大半亡佚，故錄其一。凡余書所錄者，皆

近日坊間所有也）
湯顯祖四本：《紫釵》、《還魂》、《南柯》、《邯鄲》。
梅鼎祚一本：《玉合》。
陸采三本：《明珠》、《懷香》、《南西廂》。
李日華一本：《南西廂》。
周朝俊一本：《紅梅》。
張鳳翼二本：《紅拂》、《灌園》。
汪廷訥一本：《獅吼》。
馮夢龍二本：《雙雄》、《萬事足》。
沈鯨一本：《雙珠》。
孫仁孺二本：《東郭》、《醉鄉》。
徐復祚一本：《紅梨》。
高濂一本：《玉簪》。
阮大鋮四本：《雙金榜》、《牟尼合》、《燕子箋》、《春燈謎》。
吳炳五本：《療妒羹》、《西園》、《畫中人》、《綠牡丹》、《情郵》。
共四十三種，傳奇中佳者盡此矣，郁藍生所品，種數雖富，頗雜下駟。就其自序觀之，竊比於詩中鐘鑠，畫中謝赫，書中庾肩吾，顧其持論，雅多可議焉。若夫作家流別，約分四端。自《琵琶》、《拜月》出，而作者多喜拙素。自《香囊》、《連環》

出，而作者乃尚詞藻。自玉茗「四夢」以北詞之法作南詞，而偭越規矩者多。自詞隱諸傳，以俚俗之語求合律，而打油釘鉸者眾。於是矯拙素之弊者用駢語，革辭采之繁者尚本色。正玉茗之律，而復工於琢詞者，吳石渠、孟子塞是也。守吳江之法，而複出以都雅者，王伯良、范香令是也。夫詞曲之道，儷同樂府，而雕繢物情，模擬人理，極宇宙之變態，爲文章之奇觀，本不以俚鄙爲諱也。《香囊》以文人藻采爲之，遂濫觴而有文字家一體。及《玉合》、《玉玦》諸作，益工修詞，本質幾掩。抑知曲以摹寫人事爲尚，所貴委曲宛轉，以代說詞，一涉藻繪，即蔽本來，而積習未忘，不勝其靡，此體亦不能偏廢矣。今復備論之。《琵琶》尚矣。《荊》、《劉》、《拜》、《殺》，固世所謂四大傳奇也。而《白兔》、《殺狗》，俚鄙腐俗，讀者至不能終卷。雖此事所尚，不在詞華，而庸俗才弱，終不可以古拙二字文過也。正統間，邱文莊以大老名儒，愜志樂律，所作《五倫全備》、《投筆》、《舉鼎》、《香囊》等記，雖迂叟之讕言，實盛世之鼓吹。唯青衿城闕，既放佚於少年，而白紵管弦，欲彌縫於晚歲（文莊曾作《鍾情麗集》，記少年事，晚歲悔之，因作《五倫》），伯玉寡過，殊苦未能矣。邵氏《香囊》，雨舟《連環》工於塗澤，非作者之極則也，而好之者珍若璠璵，轉相摹效。鄭若庸之《玉玦》，梅鼎祚之《玉合》，喜以駢語入科介，伯龍《浣紗》，天池《明珠》，至通本皆作儷語，斯又變之極者矣（伯龍《江東白苧》內，有補陸天池《明珠》一折，所有白文亦用駢句）。《琵琶》、《拜月》，古今咸推聖手也。則誠以本色長，而未嘗不工藻飾（記中《賞荷》、《賞秋》，亦多綺語，不尚白描，唯末後八折，爲朱教諭所補，詞不稱矣）。君美以質樸著譽，而間亦傷於庸俗（君美此記爲後人羼雜，殊失舊觀，《拜月》一折，亦全襲漢卿原文，故魏良輔不爲點板）。是以學則誠易失之腐，學君美易失之粗。壽陵學步，騰笑萬夫。而獻王《荊釵》，且直摩則誠之壘，出詞鄙俗，亦十倍於永嘉。繼之者涅川《雙珠》，弇州《鳴鳳》，叔回《八義》，道行《青衫》（均見《六十種曲》），膚淺庸劣，皆學則誠之失也。《幽閨》嗣法，作家不多。槎仙《蕉帕》，夷玉《紅梅》，俊詞翩翩，雅負出藍之譽矣。吳江諸傳，獨知守法（沈璟字寧庵，吳江人，作曲十七種，僅存《義俠》一種），《紅蕖》一記，足繼高、施。其餘諸作，頗傷拙直，雖持法至嚴，而措詞殊凡下。臨川天才，不甘羈靮，異葩耀采，爭巧天孫。而詰屈聱牙，歌者咋舌（湯顯祖字義仍，臨川人，作曲五種）。吳江嘗云：「寧協律而詞不工，讀之不成句，謳之始協，是爲中之之巧。」曾爲臨川改易《還魂》字句，托呂玉繩以致臨川。臨川不懌，復書玉繩曰：「彼烏知曲意哉？余意所至，不妨拗折天下人嗓子。」世所謂臨川近狂，吳江近狷，自是定論。唯寧庵定法，可以力學求之，若士修詞，不可勉強，企及大匠能與人規矩，不能使人巧，此之謂也。於是爲兩家之調人者，如吳石渠之《粲花五種》（吳炳字石渠，宜興人，作曲五種，已見前目），孟稱舜之《嬌紅》、《節義》（孟字子若，會稽人，有《嬌紅記》、《桃花人面》劇），此以臨川之筆，協吳江之律也。自詞隱作譜，海內承風，衣缽相傳，不失矩度者，如呂勤之《煙鬟閣》十種（呂天成字勤之，會稽人，自號郁藍生。著有《神女》、《金合》、《戒珠》、《神鏡》、《三星》、《雙棲》、《雙閣》、《四相》、

《四元》、《二淫》、《神劍》，十一種，皆不傳），卜大荒之《乞麾》、《冬青》（卜世臣，字大荒，秀水人），王伯良之《男后》、《題紅》（王驥德字伯良，會稽人，有《曲律》四卷，及《男王后》劇，《題紅記》傳奇），范文若之《鴛鴦》、《花夢》（文若字香令，號荀鴨，自稱吳儂，松江人。有《花筵賺》、《鴛鴦棒》、《倩畫姻》、《勘皮靴》、《夢花酣》、《花眉旦》、《雌雄旦》、《金明池》、《歡喜冤家》九種），皆承詞隱之法。而大荒《冬青》，終帙不用上去疊字，勤之《神劍》、《二淫》等記，並轉折科介，亦效吳江，其境益苦矣，此又以寧庵之律，學若士之詞也。他若馮猶龍之《雙雄》、《萬事》（猶龍字子猶，吳縣人。嘗取舊曲刪改，成《墨憨齋十四種》。又作《雙雄記》、《萬事足》二種），史叔考之《夢磊》、《合紗》（叔考名槃，會稽人。有《雙丸》、《雙梅》、《孿甌》、《夢磊》、《合紗》等十種），徐復祚之《紅梨》、《宵光》（復祚字陽初，常熟人。有《一文錢》、《紅梨記》、《宵光劍》、《梧桐雨》四種），沈孚中之《綰春》、《息宰》（沈嵊字孚中，錢塘人。有《綰春園》、《息宰河》二種），協律修辭，並臻美善，而詞藻艷發，更推孚中，斯又非前人所及矣。有明曲家，作者至多，而條別家數，實不出吳江、臨川、昆山三家。唯昆山一席，不尚文字，伯龍好遊，家居絕少，吳中絕技，僅在歌伶，斯由太倉傳宗（太倉魏良輔，曾訂《曲律》，歌者皆宗之，吳江徐大椿，爲再傳弟子），故工藝獨冠一世。中秋虎阜，斗韻流芬（吳中歌者，每逢中秋，必至虎阜獻伎。見張宗子《陶庵夢憶》，沈寵綏《度曲須知》），沿至清初，此風未泯，亦足見一時之好尚，不獨關於吳下掌故也。今就流傳最著者，述之如下：

《琵琶》　中郎入贅牛府事，王鳳洲極力申辯，固所無謂，唯所引《說郛》中唐人小說，最爲可據。謂牛相國僧孺之子繁，與同郡蔡生，邂逅文字交，尋同舉進士，才蔡生，欲以女弟適之，蔡已有妻趙矣，力辭不得，後牛氏與趙處，能卑順自將，蔡仕至節度副使。記中情節本此。此書與《西廂》齊名，而世多好《西廂》者，凡詞章性質，多崇美而略善，孝弟之言，固不敵兒女喁喁之動人。實甫詞藻，組織歐、柳，五光十色，眩人心目。則誠出以拙樸，自不免相形見絀，獨明太祖比諸布帛菽粟，可云巨眼。蓋歡娛難好，愁苦易工之說，不可例諸傳奇，故《五倫》、《投筆》，人皆目爲笨伯，而紅雪樓節義事實，必藻飾後出之，洵得機宜矣。

《幽閨》　本關漢卿《拜月亭》而作。記中《拜月》一折，全襲原文，故爲全書最勝處，餘則頗多支離叢脞。余嘗謂《拜月》多僻調，令人無從訂板。魏良輔僅定《琵琶》板式，不及《幽閨》，於是作譜者咸宗《琵琶》，而《拜月》諸牌，如〔恤刑兒〕、〔醉娘兒〕、〔五樣錦〕等腔格板式，各無一定矣。又如《旅昏》、《請醫》諸齣，科白鄙俚，聞之噴飯，而嗜痂者反以爲美，於是劇場惡諢，日多一日，此嘉隆間梅禹金、梁少白輩作劇，所以用駢句入科白，亟革此陋習也。明人盛稱《結盟》、《驛會》兩折，亦未見佳。《結盟》折唯〔雁兒落〕一支差勝，顧亦襲元鄧玉賓小令。《驛會》〔銷金帳〕六支，情文亦生動，顧湯若士《紫釵》中，《女俠輕財》折，即依據此曲，持較優劣，若判霄壤，不止出藍而已也。

《荊釵》 此記曲本不佳，唯以藩邸之尊，而能洞明音呂，故一時傳唱，遍於旗亭，實則明曲中，尚屬中下乘也。梅溪受誣，與中郎同，而爲梅溪辯白者，亦不乏人。有謂梅溪爲御史，彈劾丞相史浩，史門客因作此記。玉蓮乃梅溪女，孫汝權爲梅溪同榜進士，史客故謬其說耳（見《甌江逸志》）。夫宋時安得有傳奇？此言殊不足信。又有謂玉蓮實錢氏，本倡家女，初王與之狎，錢心已許嫁，後三狀元及第歸，不復顧錢，錢憤投江死（見《劇說》）。又有謂孫汝權乃宋朝名進士，有文集行世，玉蓮則王十朋女也。十朋劾史浩八罪，乃汝權嗾之，理宗雖不聽，而史氏子姓，怨兩人刺骨，遂作《荊釵記》，以玉蓮爲十朋妻，而汝權有奪配之事，其實不根之論也（見《聽雨筆記》）。又有謂錢玉蓮宋名伎，從孫汝權。某寺殿成，梁上題信士孫汝權，同妻錢玉蓮，喜捨（見《南窗閑筆》）。此亦以玉蓮爲伎，而前則失愛投江，後則委身施布，蓋見緣傳奇附會之耳，亦無足辨。明人以丹邱爲柯敬仲，不知爲寧獻王道號，一切風影之談，皆因是起也。《赴試》、《閨念》、《憶母》諸折，全摹則誠舊套，而出詞平實，遠遜《琵琶》，不獨結構間多可議焉。

《香囊》 此記譜張九成、九思兄弟事。九成兄弟，同榜進士，以母老，同請終養。而九成對策時，適觸秦檜之忌，遂矯旨參岳武穆軍，九思歸里養親。武穆轉戰勝利，論功升轉，九成授兵部侍郎。又奉使往五國城省視二帝，十年不歸。所謂香囊者，蓋九成母手制，臨行佩帶者也。參贊岳軍，遺失戰地，殘軍拾得，歸報故鄉，於是老母生妻，皆謂九成死矣。又値遷都臨安，紛紛移徙，張氏姑婦，乃至散失，重歷十載，始得完聚。此其大略也。記中頗襲《琵琶》、《拜月》格調，如《辭昏》、《驛會》諸折，皆胎脫二書。《藝苑卮言》云：「《香囊》雅而不動人。」余謂此記詞藻，未見工麗，唯白文時有儷語，已開《浣紗》、《玉合》之先矣。

《金印》　此記蘇秦事，自十上不遇，至佩六國相印止，通本皆依據《戰國策》，唯云秦之兄素奸惡，屢讒秦於父母，此則由「嫂不爲炊」一語而附會之也。劇中文字古樸，確爲明初人手筆。復之字裏，竟無可考，亦一憾事。又支時、機微、蘇模等韻，皆混合不分，是承東嘉之弊，明曲頗多，不能專責復之也。《往魏》折〔武陵花〕二曲，爲記中最勝處，《種玉》之《往邊》、《長生殿》之《聞鈴》，概從此出，以此相較，則大輅椎輪，氣韻較厚矣。

《浣紗》　此記吳越興廢事，以少伯、夷光爲主人。鴟夷一事，本屬傳疑，今書謂二人先訂婚約，後因國難，以聘妻爲女戎，功成仍偕遁，殊覺可笑。《靜志居詩話》云：「伯龍雅擅詞曲，所撰《江東白苧》，妙絕時人。時邑人魏良輔，能喉囀音聲，始改弋陽、海鹽爲昆腔，伯龍塡《浣紗記》附之。王元美詩：『吳閶白面冶遊兒，爭唱梁郎雪艷詞』是也。同時又有陸九疇，鄭思笠、包郎郎、戴梅川輩，更唱迭和，清詞艷曲，流播人間，今已百年。傳奇家曲別本，弋陽子弟，可以改調歌之，唯《浣紗》不能，故是詞家老手。」據此則當時推崇之者，幾風靡天下。今按其詞，韻律時有錯誤，如第一折〔玉抱肚〕云：「感卿贈我一縑絲，欲報慚無明月珠。」以支虞同協，第七折〔出隊子〕云：「八九寸彎彎兩道眉，畫道輕盈，略嫌胖些。」以齊微與車斜同協，皆誤之甚者也。至《打圍》折，〔南普天樂〕、〔北朝天子〕爲伯龍創格，而〔朝天子〕每支換韻，此又不合法者。唯曲白研煉雅潔，無《殺狗》、《白兔》惡習，在明曲中，除「四夢」外，此種亦在佳構之列矣。

《還魂》此記肯綮，在生死之際。《驚夢》、《尋夢》、《診祟》、《寫眞》、《悼殤》五折，由生而之死。《魂遊》、《幽媾》、《歡撓》、《冥誓》、《回生》五折，自死而之生。其中搜抉靈根，掀翻情窟，爲從來塡詞家屐齒所未及，遂能雄踞詞壇，歷劫不磨也。是記初出，度曲家多棘棘不上口，因有爲之刪改者，吳江沈寧庵璟首爲筆削，屬山陰呂玉繩，轉致臨川，臨川不懌，作小詩一首，有「縱饒割就時人景，卻愧王維舊雪圖」之句（沈本易名《合夢記》）。其後有碩園刪定本（刊入《六十種曲》），有臧晉叔刪改本，有墨憨齋改訂本（易名《風流夢》）。皆臨川歿後行世，雖律度諧和，而文則遠遜矣。又有謂臨川此劇，爲王氏曇陽子，此說不然。朱竹垞云：「義仍塡詞，妙絕一時，語雖嶄新，源亦出於關、馬、鄭、白。其《牡丹亭》曲本，尤眞摯動人。人或勸之講學，答曰：『諸公所講者性，僕所言者情也。』世或傳刺曇陽子而作，然太倉相君，實先令家樂演之。且曰：『吾老年人，近頗爲此曲惆悵。』假令人言可信，相君雖盛德有容，必不反演之於家也。」（《靜志居詩話》）是則譏刺曇陽之說，不攻自息矣。而蔣心餘作《臨川夢》，其《集夢》折中〔懶畫眉〕曲云：「畢竟是桃李春風舊門牆，怎好把帷薄私情向筆下揚，他生平罪孽這詞章。」未免輕議古人，余甚無取焉。唯記中舛律處頗多，往往標名某曲，而實非此曲之句讀者。清初鈕少雅，有《格正還魂》二卷，取此記逐句勘核《九宮》，其有不合，改作集曲，使通本皆被管弦，而原文仍不易一字，可謂曲學之健將，不獨臨川之功臣也。冰絲館校刊此記，釐正曲牌，校對正襯，未嘗不慘淡經營，以較少雅，實有天淵之別。《納書楹》訂定歌譜，自詡知音，亦以少雅作爲藍本，有識者自能辨之耳。臨川此劇，大得閨閣賞音，小青「冷雨幽窗」一詩，最傳人口，至有譜諸聲歌，賡續此記者，如《療妒羹》、《春波影》、《挑燈劇》等。而婁江俞氏，酷嗜此詞，斷腸而死，藏園復作曲傳之，媲美杜女。他如杭州女子之溺死（見西堂《艮齋雜說》），伶人商小玲之歌死（見里堂《劇說》），此皆口孽流傳，足爲盛名之累。獨吳山三婦，合評此詞，名教無傷，風雅斯在，抉發幽蘊，動合禪機，尤非尋常文人所能及矣。

《紫釵》　此記原名《紫簫》，相傳臨川欲作酒、色、財、氣四劇。《紫簫》色也，暗刺時相，詞未成而訛言四起，然實未成書，因將草稿刊布，明無所與於時，事遂得解。此書即將《紫簫》原稿改易，臨川官南都時所作，通本據唐人《霍小玉傳》，而詞藻精警，遠出《香囊》、《玉玦》之上，「四夢」中以此爲最艷矣。余嘗謂工詞者，或不能本色，工白描者，或不能作艷詞，唯此記穠麗處實合玉溪詩、夢窗詞爲一手，疏雋處又似貫酸齋、喬夢符諸公。或云刻畫太露，要非知言，蓋小玉事非趙五娘、錢玉蓮可比，若如《琵琶》、《荊釵》作法，亦有何風趣？唯曲中舛律處頗多，緣臨川當時，尚無南北詞譜，所據以填詞者，僅《太和正音譜》、《雍熙樂府》、《詞林摘艷》諸書而已，不得以後人之律，輕議前人之詞也。且自乾隆間葉譜出世後，《紫釵》已盛行一時，其不合譜處，改作集曲者至多，其聲別有幽逸爽朗處，非尋常洞簫玉笛可比。然則謂此記不合律者，亦皮相之論耳，試讀臧晉叔刪改本，律則合矣，其詞何如？

《邯鄲》　臨川傳奇，頗傷冗雜，唯此記與《南柯》皆本唐人小說爲之，直捷了當，無一泛語，增一折不得，刪一折不得，非張鳳翼、梅禹金輩所及也。記中備述人世險詐之情，是明季宦途習氣，足以考萬曆年間仕宦況味，勿粗魯讀過。蓋臨川受陳眉公媒孽下第，因作此泄憤，且藉此喚醒江陵耳。

《南柯》　此記暢演玄風，爲臨川度世之作，亦爲見道之言。其自序云：「世人妄以眷屬富貴影像，執爲我想，不知虛空中一大穴也。倏來而去，有何家之可到哉。」是其勘破世幻，方得有此妙諦。「四夢」中唯此最爲高貴，蓋臨川有慨於不及情之人，而借至微至細之蟻，爲一切有情物說法。又有慨於溺情之人，而托喻乎沉醉落魄之淳于生，以寄其感喟。淳于未醒，無情而之有情也，淳于既醒，有情而之無情也，此臨川塡詞之旨也。臨川諸作，《還魂》最傳人口，顧事由臆造，遣詞命意，皆可自由。其餘三夢，皆依唐小說爲本，其中層累曲折，不能以意爲之，翦裁點綴，煞費苦心。《紫釵》之夢怨，離合悲歡，尚屬傳奇本色。《邯鄲》之夢逸，而科名封拜，本與兒女團圞相附屬，亦易逞曲子師長技。獨《南柯》之夢，則夢入於幻，從螻蟻社會殺青，雖同一兒女悲歡，官途升降，而必言之有物，語不離宗，庶與尋常科諢有間，使鈍根人爲之，雖用盡心力，終不能得一字。而臨川乃因難見巧，處處不離螻蟻著想，奇情壯采，反欲突出三夢之上，天才洵不可及也。

「四夢」總論　明之中葉，士大夫好談性理，而多矯飾，科第利祿之見，深入骨髓。若士一切鄙棄，故假曼傳詼諧，東坡笑罵，爲色莊中熱者，下一針砭。其言曰：「理之所必無，安知情之所必有。」又曰：「人間何處說相思，我輩鍾情似此。」蓋唯有至情，可以超生死忘物我而永無消滅，否則形骸且虛，何論勛業，仙佛皆妄，況在富貴。世人持買櫝之見者，徒賞其節目之奇，詞藻之麗，而鼠目寸光者，至訶爲綺語，詛以泥犁，尤爲可笑。夫尋常傳奇，必尊生角，若《還魂》柳生，則秋風一棍，黑夜發邱，而儼然狀頭也。《邯鄲》盧生，則奩員夤緣，邀功縱敵，而儼然功臣也。至十郎慕勢負心，襟裾牛馬，廢弁貪酒縱欲，匹偶蟲蟻，一何深惡痛絕之至此乎？故就表面言之，則「四夢」中主人，爲杜女也，霍郡主也，盧生也，淳于棼也。即在深知文義者言之，亦不過曰《還魂》鬼也，《紫釵》俠也，《邯鄲》仙也，《南柯》佛也。殊不知臨川之意，以判官、黃衫客、呂翁、契玄爲主人。所謂鬼、俠、仙、佛，是曲中之主，非作者意中之主。蓋前四人爲場中之傀儡，後四人則提掇線索者也。前四人爲夢中之人，後四人爲夢外之人也。既以鬼、俠、仙、佛爲曲意，則主觀之主人，即屬於判官等，而杜女、霍郡主輩，僅爲客觀之主人而已。玉茗天才，所以超出尋常傳奇家者，即在此處。

《紅梅》　此記久佚無存，余偶得諸破肆中，海內恐不多矣。記中情節，頗極生動，略述如下：錢唐裴禹，寓昭慶寺讀書，社友郭子謹、李子春，邀湖上看花。過斷橋，適賈似道擁伎坐畫船至。伎有李慧娘者，見裴年少，私云：「美哉少年。」賈怒其屬意於裴也，歸即手刃之。時總兵盧夫人崔氏，孀居湖上，一女曰昭容，頗具才貌，婢朝霞亦聰慧。春梅盛放，登樓閑眺，裴偶過牆外，見紅梅可愛，因攀花仆地，婢以告女，女即以梅贈之，並述盧氏家世甚詳。會似道詗知女美，欲謀爲妾，盧母欲拒之，而苦無良策。裴適至，見盧母獻策云：「賈氏人至，可給云女已適人，吾即權充若婿。平章雖貴，不能強奪民婦也。」母用其計，賈亦無奈。繼偵知爲裴生計，假以禮聘裴，授餐適館，極言欽慕，而陰使人告盧氏，謂裴感平章知遇，已贅府中，以絕盧女之望。盧知其僞，即避地至揚州，依姨母曹氏居，及賈使人強娶盧女，女已行矣。時裴居平章第後園，園即慧娘妝樓，時現形，與裴同處者幾半年。賈以盧女遠遁，遷怒於裴，急欲殺之，慧私告裴，裴即宵遁。既出府，往訪郭謹，謹慫恿應試，場事甫畢，遇揚州盧氏使，云女將字曹姨子矣。裴往揚州，則曹姨子訐告江都縣，謂裴奪其妻。時知縣爲李子春，即裴之舊識，知曹氏子誣告，因潛送盧氏母女回杭，爲裴執柯。是時似道已貶死漳州，裴亦擢探花第矣。通本情節如此。余按元人稗史，有《綠衣人傳》，與記中李慧娘事絕類。大抵此記事實，皆本《綠衣傳》也。萬曆間，袁弘道有刪改本，清乾隆三十五年有重刻本，余皆未見。意乾隆本爲伊齡阿設局揚州，修改詞曲時所刊也。《殺妾》折〔繡帶兒〕曲，按格少二句，與《玉簪》之「難提起」、《紫釵》之「金杯小」同犯一病。蓋明人以〔繡帶兒〕爲〔素帶兒〕，沿《南西廂．酬韻》折之訛也。此記傳唱絕少，五十年前，有《鬼辨》、《算命》等折，偶現歌場，余生也晚，已不及見。近時戲中，有《紅梅閣》一折，即檃括此記，今人知者鮮矣。

《東郭》　此記總四十四齣，以《孟子》全部演之，爲歌場特開生面，題白雲樓主人編本，峨眉子評點，蓋皆孫仁孺別號也。仁孺字裏無考，亦一缺事。出目皆取《孟子》語，其意不出「富貴利達」一句，蓋罵世事也。卷首有齊人本傳，即引《孟子》原文。其讚語爲仁孺自作，詞云：「齊人何始，未稽厥父。善處爾室，二美在戶。出必饜飽，入每歌舞。問厥與者，云是賢主。室人疑之，未見顯甫。循彼行跡，東郊之塢。乞而顧他，饜足何補。羞語爾娣，淚淫如雨。詛詈未畢，厥來我豎。未知爾瞷，驕疾罔愈。君子念之，我目屢睹。朝有姬嫗，士或商賈。蒙其二女，式喜無怒。一或見焉，有如爾祖。」文頗雋永，妙在不作滑稽語。書刊於崇禎三年庚午，是仁孺爲光熹間人。其時茄花委鬼，義子奄兒，簪紱厚結貂璫，衣冠等於妾婦，士大夫幾不知廉恥爲何物，宜其嬉笑怒罵，一吐胸中之抑鬱也。此記以齊人與陳仲子對照，齊人之無恥，仲子之廉潔，各臻絕頂，而一則貴達，一則窮餓，正足見世風之變。此等詞曲，若當場奏演，恐竹石俱碎矣。

《紅梨》　此記譜趙伯疇、謝素秋事，頗爲奇艷，明曲中上乘之作也。陽初常熟人，所作有《宵光劍》、《梧桐雨》、《一文錢》諸劇，或改易元詞，或自出機局，盛爲歌場生色。而《紅梨》尤爲平生傑作。中記南渡遺事，及汴京殘破情形，大有故國滄桑之感。傳奇諸作，大抵言一家離合之情，獨此記家國興衰，備陳始末，洵爲詞家異軍。記中《錯認》、《路敘》、《托寄》諸折，淒迷哀感，雖《狡童》、《禾黍》之歌，亦無以過此。而葉懷庭只取《訴衷》一折，且云：「《紅梨》才弱，一二曲後，未免有捉襟露肘之態。」此言亦覺太過。《訴衷》折固佳，必謂他折皆捉襟露肘，殊失輕率。且其時尚無曲譜，而《亭會》、《三錯》、《詠梨》數折，皆用犯調，穩愜美聽，又非深於韻律者不能，雖通本用《琵琶》格式至多，不免蹈襲，顧亦無妨也。

《石巢四種》圓海諸作，自以《燕子箋》最為曲折，《牟尼合》最為藻麗。自葉懷庭譏其尖刻，世遂屏不與作者之林，實則圓海固深得玉茗之神也。四種中，《雙金榜》古艷，《牟尼合》穠艷，《燕子箋》新艷，《春燈謎》為悔過之書。所謂十錯認亦圓海平旦清明時為此由衷之言也。自來大奸佞必有文才。嚴介溪之詩，阮圓海之曲，不以人廢言，可謂三百年一作手矣。

《粲花五種》粲花者，吳石渠別墅也。石渠宜興人，貞毓相國族叔。永曆時，官至大學士。武岡陷，為孔有德所執，不食死。雖立朝無物望，要不失為殉節也。王船山仕永曆朝，與五虎交好，所著《永曆實錄》痛詆貞毓，並石渠死節亦矯誣之，謂強餐牛肉下痢死。明人黨同伐異之風，賢如船山，且不能免，故略辨於此（乾隆時石渠賜謚忠節）。石渠少時，塡詞與阮圓海齊名，而人品則熏蕕矣。所著五種，雖《療妒羹》最負盛名，而文心之細，獨讓《情郵》。《畫中人》以唐小說《眞眞》為藍本，今俗劇《鬥牛宮》即從此演出，其詞追仿《還魂》，太覺形似。《綠牡丹》則科諢至佳，《西園記》則排場近熟，終不如《情郵》之工密也（《綠牡丹》為烏程溫氏作，幾興大獄，詳見《復社紀事》及《冬青館集》。）。其自序云：「莫險於海而海可航，則海可郵也。

莫峻於山而山可梯，則山可郵也。」又云：「色以目郵，聲以耳郵，臭以鼻郵，言以口郵，足以走郵，人身皆郵也。而無一不本於情，有情則伊人萬里，可憑夢寐以符招。往哲千秋，亦借詩書而檄致。」是粉碎虛空，方有此慧解云。陽羨萬紅友樹為石渠之甥，其詞學即得諸舅氏，所作《擁雙艷》三種，世稱奇構，實皆石渠之餘緒耳。

四　明人散曲

明人散曲，作者至多，其有別集可考者，匯志如下。顧見聞有限，讀者恕其疏拙也。

周憲王：《誠齋樂府》。
李禎：《僑庵小令》。
王九思：《碧山樂府》、《續樂府》、《南曲次韻》。
康海：《沜東樂府》。
楊循吉：《南峰樂府》。
楊慎：《陶情樂府》。
王磐：《西樓樂府》。
李開先：《一笑散》。
馮唯敏：《海浮山堂詞稿》。
常倫：《樓居樂府》。
王驥德：《方諸館樂府》。
俞琬綸：《自娛集》。
陳鳴野：《息柯餘韻》。
陳鐸：《秋碧軒稿》。
王澹翁：《欸乃編》。
沈璟：《詞隱新詞》、《曲海青冰》。
沈仕：《唾窗絨》。
史槃：《齒雪餘香》。
金鑾：《蕭爽齋樂府》。

汪廷訥：《環翠堂樂府》。　劉效祖：《詞臠》。
梁辰魚：《江東白苧》。　張伯起：《敲月軒詞稿》。
龍子猶：《宛轉歌》。　朱應辰：《淮海新聲》。
施紹莘：《花影集》、《楊夫人辭》。
無名氏：《清江魚譜》。　無名氏：《義山樂府》。
無名氏：《清溪樂府》。

明曲總集，可考者如下。

寧獻王：《北雅》。　臧晉叔：《元曲選百種》。
毛晉：《六十種曲》（以上二種，實是雜劇傳奇，因前文無可附入，列此）。
無名氏：《中和樂章》。　郭春岩：《雍熙樂府》。
無名氏：《盛世新聲》。　張祿：《詞林摘艷》。
陳所聞：《北宮詞紀》、《南宮詞紀》。
張楚叔：《吳騷合編》。　張栩：《彩筆情詞》。
汪廷訥：《四詞宗合刻》。　顧曲散人：《太霞新奏》。
方悟：《青樓韻語廣集》。　沈璟：《南詞韻選》。
無名氏：《遴奇振雅》。　無名氏：《歌林拾翠》。
孟稱舜：《酹江集》。　無名氏：《吳歈萃雅》。
無名氏：《情籟》。　無名氏：《南北詞廣韻選》。

無名氏：《明朝樂章》。

許宇：《詞林逸響》。

明人散曲，既如是之富，而其間享盛名傳麗制者，當以康海、王九思、陳鐸、馮唯敏、梁辰魚、施紹莘爲最著。今摘錄若干首，以見一斑。康對山《秋興》〔滾繡球〕云：「鏟畦塍作沼渠，架桑麻蓋隱居，樂陶陶做一個傲羲皇人物，任天公加減乘除。興來呵旋去沽，睡濃呵誰敢呼！世間情飽諳心目，苦依依，落魄隨俗。只爲雙棲被底難伸腳，七里灘頭只釣魚，撇下了王廩天廚。」又《歸田述喜》〔油葫蘆〕云：「絲蓋酕醄入醉鄉，端的是天賜將。華堂開宴列紅妝，新醅飲盡溪童釀。新詞撰就花奴唱，與知音三兩人，對雲山四五觴。逍遙散誕情舒放，抵多少法酒大官羊。」王渼陂《歸興》〔新水令〕云：「憶秋風遷客走天涯，喜歸來碧山亭下。水田十數畝，茅屋兩三家。暮雨朝霞，妝點出輞川畫。」又〔駐馬聽〕云：「暗想東華，五夜清霜寒控馬。尋思別駕，一天殘月曉排衙。路危常與虎狼狎，命乖卻被兒童罵。到今日誰管咱，葫蘆提一任閑頑耍。」又〔沉醉東風〕云：「露赤腳山巔水涯，科白頭柳堰桃峽。折角巾，狂生襪，得清閑不說榮華。提起封侯幾萬家，把一個薄福的先生笑殺。」陳大聲《秦淮漁隱》〔梁州〕云：「結交些魚蝦伴侶，搭識上鷗鷺親鄰，忘機怕與兒曹混。六朝往事，千古英魂，陳宮禾黍，梁殿荊榛。虛飄飄天地閑人，樂淘淘江漢逸民。嗚榔近白鷺洲笑採青蘋，推篷向朱雀橋閑看晚雲。灣船在烏衣巷獨步斜曛，滿身，香熏，蕭然爽透荷風潤。旋折來柳條嫩，穿得鮮鮮出網鱗，歸去黃昏。」馮海浮《訪沈青門乞畫》〔水仙子〕云：「青門地接鳳凰樓，綠水波縈鸚鵡洲，朱英香泛麒麟囿，寫生綃紀勝遊。一行書鐵畫銀鉤，一聯詩郊寒島瘦，一度曲評花判柳，一腔春蘊藉風流。」梁伯龍《詠簾櫳》〔白練序〕云：「風流，倚醉眸，湘裙故留。牽情處，分明送幾聲鶯喉。綢繆，院宇幽，伴落日陰陰燕子愁。徘徊久，風驚翠竹，故人相候。」此數支皆清麗整煉，與元人手筆不同。而要以施紹莘爲一代之殿，其《賦月》一套尤佳，選錄數支，可見子野之工矣。〔梧桐樹〕云：「松間漸漸明，柳外微微影，探出花梢，忽與東樓近。低低與幾平，淡淡分窗進。雲去雲來，磨洗千年鏡。照秋千院落人初靜。」又〔東甌令〕云：「山煙醒，柳煙晴，放出姮娥羞澀影。裝成人世風流境，搖幾樹西廂杏。浩然風露夜冥冥，細語沒人聞。」古今賦月之作，如此笨做，從來未有，而用筆輕倩，洵明人中獨步。

中國戲曲概論

卷下

一　清總論

清人戲曲，遜於明代，推原其故，約有數端。開國之初，沿明季餘習，雅尚詞章，其時人士，皆用力於詩文，而曲非所習，一也。乾嘉以還，經術昌明，名物訓詁，研鑽深造，曲家末藝，等諸自鄶，一也。又自康雍後，家伶日少，臺閣巨公，不喜聲樂，歌場奏藝，僅習舊詞，間及新著，輒謝不敏，文人操翰，寧復爲此？一也。又光宣之季，黃岡俗謳，風靡天下，內廷法曲，棄若土苴，民間聲歌，亦尚亂彈，上下成風，如飲狂藥，才士按詞，幾成絕響，風會所趨，安論正始？此又其一也。故論遜清戲曲，當以宣宗爲斷。咸豐初元，雅鄭雜矣。光宣之際，則巴人下里，和者千人，益無與於文學之事矣。今自開國以迄道光，總述詞家，亦可屈指焉。大抵順康之間，以駿公、西堂、又陵、紅友爲能，而最著者厥唯笠翁。翁所撰述，雖涉俳諧，而排場生動，實爲一朝之冠。繼之者獨有雲亭、昉思而已。南洪北孔，名震一時，而律以詞範，則稗畦能集大成，非東塘所及也。迨乾嘉間則笠湖、心餘、惺齋、蝸寄、恆岩耳。道咸間則韻珊、立人、蓬海耳。同光間則南湖、午閣，已不足入作家之列矣。一代人文，遠遜前明，抑又何也？雖然詞家之盛，固不如前代，而協律訂譜，實遠出朱明之上，且劇場舊格，亦有更易進善者，此則不可沒也。明代傳奇，率以四十齣爲度，少者亦三十齣，拖沓泛濫，頗多疵病，即玉茗《還魂》，且多可議，又事實離奇，至山窮水盡處，輒假神仙鬼怪，以爲生旦團圓之地。清人則取裁說部，不事臆造，詳略繁簡，動合機宜，長劇無冗費之辭，短劇乏局促之弊。又如《拈花笑》、《浮西施》等，以一折盡一事，俾便觀場，不生厭倦。楊笠湖之《吟風閣》，荊石山民之《紅樓夢》，分演固佳，合唱亦善，此較明人爲優者一也。明人作詞，實無佳譜，《太和正音》正襯未明，寧庵《南譜》，搜集未遍。清則《南詞定律》出，板式可遵矣，莊邸《大成譜》出，訂譜亦有依據矣，合東南之雋才，備廟堂之雅樂，於是幽險逼仄，夷爲康莊，此較明人爲優者一也。曲韻之作，始於挺齋，《中原》一書，所分陰陽，僅及平韻，上去二聲，未遑分配，操觚選聲，輒多齟齬。清則履清《輯要》，已及去聲，周氏《中州》，又分兩上，凡宮商高下之宜，有隨調選字之妙，染翰塡辭，無勞調舌，此較明人爲優者一也。論律之書，明代僅有王、魏，魏則注重度聲，王則粗陳條例，其言雖工，未能備也。清則西河《樂錄》，已啓山林，東塾《通考》，詳述本末，凌氏之《燕樂考原》，戴氏之《長庚律話》，凡所論撰，皆足名家，不僅笠翁《偶寄》，可示法程，里堂《劇說》，足資多識也，此較明代爲優者又一也。況乎記載目錄，如黃文暘《曲海》，無名氏《匯考》，已軼《錄鬼》、《曲品》之前。訂定歌譜，如葉懷庭之《納書楹》，馮雲章之《吟香堂》，又駕臨川、吳江而上。總核名實，可邁前賢，唯作者無多，未免見絀，才難之嘆，豈獨詞林，此又尚論者所宜平恕也。因復匯次群書，述之如次。

二　清人雜劇

清人雜劇，就可見者，列目如下：

徐石麟四本：《拈花笑》、《浮西施》、《大轉輪》、《買花錢》。

吳偉業二本：《臨春閣》、《通天臺》。

袁于令一本：《雙鶯傳》。

尤侗五本：《讀離騷》、《吊琵琶》、《桃花源》、《黑白衛》、《清平調》。

宋琬一本：《祭皐陶》。

嵇永仁一本：《續離騷》。

孔尚任一本：《大忽雷》。

蔣士銓七本：《四弦秋》、《一片石》、《第二碑》、《康衢樂》、《長生籙》、《升平瑞》、《忉利天》。

桂馥《後四聲猿》四本：《放楊枝》、《投溷中》、《謁府帥》、《題園壁》。

舒位《瓶笙館修簫譜》四本：《卓女當壚》、《樊姬擁髻》、《酉陽修月》、《博望訪星》。

唐英《古柏堂》十本：《三元報》、《蘆花絮》、《梅龍鎭》、《面缸笑》、《虞兮夢》、《英雄報》、《女彈詞》、《長生殿補》、《十字坡》、《傭中人》。

徐爔《寫心雜劇》十八本：《遊湖》、《述夢》、《醒鏡》、《遊梅遇仙》、《癡祝》、《虱談》、《青樓濟困》、《哭弟》、《湖山小隱》、《酬魂》、《祭牙》、《月夜談禪》、《問卜》、《悼花》、《原情》、《壽言》、《覆墓》、《入山》。

周文泉《補天石》八本：《宴金臺》、《定中原》、《河梁歸》、《琵琶語》、

《紉蘭佩》、《碎金牌》、《紞如鼓》、《波弋香》。

楊潮觀《吟風閣》三十二本：《新豐店》、《大江西》、《替龍行雨》、《黃石婆》、《快活山》、《錢神廟》、《晉陽城》、《邯鄲郡》、《賀蘭山》、《朱衣神》、《夜香臺》、《矯詔發倉》、《魯連臺》、《荷花蕩》、《二郎神》、《笏諫》、《配瞽》、《露筋》、《掛劍》、《卻金》、《下江南》、《藍關》、《荀灌娘》、《葬金釵》、《偷桃》、《換扇》、《西塞山》、《忙牙姑》、《凝碧池》、《大蔥嶺》、《罷宴》、《翠微亭》。

陳棟三本：《苧蘿夢》、《紫姑神》、《維揚夢》。

黃憲清二本：《鴛鴦鏡》、《凌波影》。

楊恩壽三本：《桃花源》、《姽嫿封》、《桂枝香》。

梁廷枏四本：《圓香夢》、《斷緣夢》、《江梅夢》、《曇花夢》。

徐鄂一本：《白頭新》。

荊石山民《紅樓夢》十六本：《歸省》、《葬花》、《警曲》、《擬題》、《聽秋》、《劍會》、《聯句》、《癡誄》、《顰誕》、《寄情》、《走魔》、《禪訂》、《焚稿》、《冥升》、《訴愁》、《覺夢》。

蘅芷莊人《春水軒雜劇》九本：《訊翎》、《題肆》、《琴別》、《畫隱》、《碎胡琴》、《安市》、《看真》、《遊山》、《壽甫》。

瞿園雜劇十本：《仙人感》、《藤花秋夢》、《孽海花》、《暗藏鶯》、《賣詹郎》、《東家顰》、《鈞天樂》、《一線天》、《望夫石》、《三割股》。

共一百四十六種，清人所作，雖不盡此，第佳者殆少遺珠矣。中如《寫心劇》、《後四聲猿》、《吟風閣》等，大率以一折賦一事，故分作若干本。即《紅樓夢散套》，雖總賦寧國府事，然每折自爲段落，不相聯屬，與傳奇體制不同，因入雜劇。至各種佳處，亦復略述焉。

徐石麟四本，以《買花錢》爲最，取俞國寶風入松事爲本，復取楊駙馬粉兒爲輔，其事頗艷。至以粉兒歸國寶，雖不合事實，而風趣更勝。〔解三酲〕四曲，字字馨逸，非明季人所及也。《拈花笑》摹妻妾妒狀，穢褻可笑，《綠野仙蹤》曾採錄之，今人知者鮮矣。《大轉輪》以劉項事翻案，自云以《兩漢書》翻成《三國志》，亦荒唐可樂。獨《浮西施》一折，盡辟一舸五湖之謬，以夷光沉之於湖，雖煮鶴焚琴，太煞風景，顧亦有所本。墨子云：「西施之沉也，其美也。」是亦非又陵之創說矣。

梅村《臨春閣》譜冼夫人勤王事，大爲張孔吐氣，蓋爲秦良玉發也。第四折收尾云：「俺二十年嶺外都知統，依舊把兒子征袍手自縫。畢竟是婦人家難決雌雄，則願決雌雄的放出個男兒勇。」此又爲左寧南諷也。《通天臺》之沈初明，即駿公自況，至調笑漢武帝，殊令黠可喜。首折〔煞尾〕云：「則想那山繞故宮寒。潮向空城打，杜鵑血揀南枝直下。偏是俺立盡西風搔白發，只落得哭向天涯，傷心地付與啼鴉。誰向江頭問荻花？眼呵，盼不到石頭車駕。淚呵，灑不上修陵松檟。只是年年秋月聽悲笳。」其詞幽怨慷慨，純爲故國之思，較之「我本淮南舊雞犬，不隨仙去落人間」句，尤爲凄惋。

曲至西堂，又別具一變相。其運筆之奧而勁也，使事之典而巧也，下語之艷媚而油油動人也，置之案頭，竟可作一部異書讀。如《讀離騷》之結局，以宋玉招魂，《弔琵琶》之結局，以文姬上塚，此等結構，已超軼前人矣。至其曲詞，正如珊珊仙骨。《讀離騷》中警句云：「便百千年難打破悶乾坤，只兩三行怎吊得盡愁天下。」又云：「一篙爭弄兩頭船，雙鞭難走連環馬。」又云：「似這般朝也在，暮也在，佳人難再，又何妨夢兒中住千秋萬載。」《弔琵琶》警句云：「剛彈了離鸞離鸞小引，忽變做求凰求凰新本。喜結並頭緣，好脫孤眠運，則你楚襄王先試一峰雲。」又云：「可笑你圍白登急死蕭曹，走狼居嚇壞嫖姚，只學得魏絳和戎嫁楚腰，虧殺你詩篇應詔，賀君王枕席平遼。」又云：「渡河而死公無弔，女子卿受不得冰天雪窖。這魂魄呵，一靈兒隨著漢天子伴黃昏。這骸骨呵，半堆兒交付番可汗埋青草。」又云：「猛回頭漢宮何處也？斷煙中故國天涯。」又云：「步虛聲天風吹下，只指尖兒不會撥琵琶。」其他《黑白衛》之高渾，《桃花源》之曠逸，直爲一朝之弁冕云（西堂曲世多有之，故不多列）。

嵇永仁，字留山，又號抱犢山農。居范忠貞幕，耿精忠之亂，同及於難。困囹圄時，楮墨不給，乃燒薪爲炭，寫著作四壁皆滿。其《續離騷》劇，即獄中作也，中有「杜默哭廟」，尤爲悲壯，較沈自徵作，亦難軒輊。如〔沉醉東風〕云：「學詩書頭烘腦烘，學劍術心慵意慵。避會稽藏了銳氣，練子弟熟了操縱，哪怕赤帝梟雄。趁著那輦蹕東巡想截龍，小可的擾不碎秦王一統。」〔得勝令〕云：「似這般本色大英雄，煞強如謾罵假牢籠，寧可將三分業輕拋送，怎學那一杯羹造孽種。破百二秦封，秉烈炬咸陽慟，噪金鼓關中，嚇得眾諸侯拜下風。」〔七弟兄〕云：「酒席上殺風算甚麼勇，猛放一線走蛟龍，教千秋豪傑知輕重。割鴻溝無恙漢家翁，慶團圞呂雉諧鴛夢。」此數支皆雄恣可喜。

蔣心餘《四弦秋》劇，爲舊曲《青衫記》，鄙俚不文，遂塡此作，凡所徵引，皆出正史，並參以樂天年譜，故出顧道行作萬倍。其中《送客》一齣，爲全劇最勝處，〔折桂令〕尤佳，詞云：「住平康十字南街。下馬陵邊，貼翠門開。十三齡五色衣裁。試舞宜春，掌上飛來。第一所煙花錦寨，第一面風月牙牌。颭鴉鬟紫燕橫釵，蹴羅裙金縷兜鞋。這朵雲不借風行，這枝花不倩人栽。」極生動妍冶，余最喜誦之。《一片石》、《第二碑》中土地夫婦，最爲絕倒，曲家每不善科諢，唯此得之。至《長生籙》等四劇，皆迎鑾應制之作，可勿論也。

舒鐵雲《瓶笙館修簫譜》，以《當壚》爲艷冶。余最愛《擁髻》一折，論斷史事，極有見地。如〔桂枝香〕云：「遠條仙館，迤邐著含風別殿。哪裏是弄風弦瀉汭同心，倒變做羞月貌尹邢避面。」又云：「放一雉開場龍戰，留雙燕收場魚貫。恨無邊，早只見殿上黃貂出，樓中赤鳳眠。」頗爲工巧。《訪星》折〔玉交枝〕云：「趁著天風顛播，看枯木在長流倒拖。有天無地人一個，早二十八宿胸羅。」又〔三月海棠〕云：「爲治河，看宣房瓠子連年破，要崇根至本，永鎮煙波，難妥，文武盈廷無一可。饑來吃飯閑來臥，因此勤宵旰，作詩歌，客星一個應該我。」此二曲別有風趣，與鐵雲詩不同。

楊笠湖以名進士宦蜀，就文君妝樓故址，筑吟風閣，更作散套以慶落成，而《卻金》折則思祖德，《送風》折則自爲寫照也。是書共三十二折，每折一事，而副末開場，又襲用傳奇舊式，是爲笠湖獨創，但甚合搬演家意也。此曲警策語頗多，如《錢神廟》之豪邁，《快活山》之恬退，《黃石婆》、《西塞山》之別出機杼，皆非尋常傳奇所及。而最著者，唯《罷宴》一折，記寇萊公壽，思親罷賀事，其詞足以勸孝。如〔滿庭芳〕云：「想當初辛勤教養，他挑燈伴讀，落葉寒窗，哪有餘輝東壁分光亮。單仗著十指縫裳，織膏油叫你讀書朗朗，拈針線見他珠淚雙雙。眞凄愴，到如今，怎金蓮銀炬，照不見你憔悴老萱堂。」〔朝天子〕云：「撫孤兒暗傷，代先人義方，爲延師盡把釵梳當。只要你成名不負十年窗，倚定門閭望。怎知他獨自支當，背地糟糠。要你男兒志四方，又怕你在那廂，我在這廂，眼巴巴到你學成一舉登金榜。」此二支描寫慈母情形，動人終天之恨，此阮文達所以罷酒也。

陳棟，字浦雲，會稽人。屢試不第，遊幕汴中。其稿名《北涇草堂集》，詩詞皆有可觀，而曲尤騷雅絕倫。清代北曲，西堂後要推昉思，昉思後便是浦雲，雖藏園且不及也。余詣力北詞，垂二十年，讀浦雲作，方知關、王、宮、喬遺法，未墜於地，陰陽務頭，動合自然，布局聯套，繁簡得宜，雋雅清峭，觸撥如志，全書具在，吾非阿好也。《苧蘿夢》，記王軒夢遇西施事。以軒爲吳王後身，生前尚有一月姻緣未盡，因示夢補歡，其事亦新。四折皆旦唱，語語本色，其艷在骨。第一折〔鵲踏枝〕云：「値甚麼小嬋娟，喪黃泉，再不該污玉兒曾侍東昏，抱琵琶肯過鄰船。多謝你母烏喙把蕙蘭輕剪，倒作成了女三閭忠節雙全。」〔六幺序〕云：「翻花色哪千樣，費春二只一年，簇新的改換從前。就是綠近闌干，紅上秋千，也須要做意兒周旋。滿庭除滾的春光遍，道不得這顏色好出天然。料天公肯與行方便，幾時價暖風麗日，微雨疏煙。」〔柳葉兒〕云：「舊家鄉桃花人面，老君王布襪青氈，打雲頭一霎都相見。堪消遣，好留連，這幾日眞有些不羨神仙。」第二折〔上京馬〕云：「原來是擘花房巧構的小姑蘇，艷影香塵乍有無，多謝他顚倒化工將恨補。只怕這一星星羽化凌虛，還不比兔絲葵麥，憔悴返玄都。」又〔醋葫蘆〕第四支云：「則見他拂青霄氣似虹，步蒼苔形似虎，依然是江東伯主舊規模，怎眼也斜盼不上捧心憔悴女。想我這容顏凋殘非故，更不是轉胞胎，也難認這幅換稿美人圖。」皆精心結撰，直入元人之室。《紫姑神》、《維揚夢》亦佳，限於篇幅，不贅。

黃韻珊《鴛鴦鏡》，余最愛其〔金絡索〕數支，其第二支云：「情無半點眞，情有千般恨，怨女癡兒，拉扯無安頓。蠶絲理愈棼，沒來因，越是聰明越是昏。那壁廂梨花泣盡闌前粉，這壁廂蝴蝶飛來夢裏裙。堪嗟憫，憐才慕色太紛紛。活牽連一種癡人，死纏綿一種癡魂，參不透風流陣。」可爲情場棒喝。《凌波影》空靈縹緲，較《洛水悲》爲佳。

《坦園三劇》，以《桂枝香》爲勝，但在詞場品第，僅足爲藏園之臣僕耳。

梁廷柟《小四夢》，曲律多誤。曼殊劇略優，排場太冷。

徐午閣《白頭新》，科諢不惡，首折引子〔絳都春〕云：「春明夢後，剩十斛緇塵，歸逐東流。葉落庭空，滿階涼月添僝僽。鶴氅氈兀自把梅花守，盼不到南枝春透。」此數語甚佳。其他《合巹》之〔風雲會〕、〔四朝元〕亦可讀。餘則平平，然較《梨花雪》，卻無時文氣矣。

荊石山民黃兆魁《紅樓夢散套》，膾炙人口，遠勝仲、陳兩家。世賞其《葬花》，余獨愛其《警曲》〔金盞兒〕二支，可云壓卷。首支云：「猛聽得風送清謳，是梨香演習歌喉。一聲聲綠怨紅愁，一句句柳眷花羞。教我九曲回腸轉，蹙損了雙眉岫。黃土朱姹紫嫣紅盡日留，怎不怨著他錦屏人看賤得韶光透？想伊家也爲著好春僝僽。顏，一霎誰長久？豈獨我三月厭厭，三月厭厭，度這奈何時候。」次支云：「哪裏是催短拍低按梁州，也不是唱前溪輕蕩扁舟。一心兒鳳戀凰求，一弄兒軟款綢繆。這的是有個人知重，著意把微詞逗。眞個芳年水樣流，怎怪得他惜花人，掌上兒奇擎彀，想從來如此的鍾情原有。今古如花一例，一例的傷心否，把我體軟咍咍，體軟咍咍，坐倒這苔錢如繡。」似此豐神，直與玉茗抗行矣。

《春水軒》九種，以《陳伯玉碎琴》爲痛快，較孔東塘《大忽雷》更覺緊湊。《琴別》折亦較心餘《冬青樹》勝。

上所論列，獨缺閨秀作，第作者殊不多，除吳蘋香《飲酒讀騷圖》、《古香十種》外，亦寥寥矣。

三　清人傳奇

清人傳奇，取余所見者列下。

內廷編輯本四本：《勸善金科》、《升平寶筏》、《鼎峙春秋》、《忠義璇圖》。

愼郡王岳端一本：《揚州夢》。

袁晉一本：《西樓記》。

吳偉業一本：《秣陵春》。

范文若一本：《花筵賺》。

馬佶人一本：《荷花蕩》。

李玉五本：《一捧雪》、《人獸關》、《占花魁》、《永團圓》、《眉山秀》。

朱素臣一本：《秦樓月》。

尤侗一本：《鈞天樂》。

嵇永仁二本：《揚州夢》、《雙報應》。

李漁十五本：《奈何天》、《比目魚》、《蜃中樓》、《憐香伴》、《風箏誤》、《愼鸞交》、《鳳求凰》、《巧團圓》、《玉搔頭》、《意中緣》、《偷甲》、《四元》、《雙錘》、《魚籃》、《萬全》。

張大復一本：《快活三》。

陳二白一本：《稱人心》。

查愼行一本：《陰陽判》。

周穉廉三本：《雙忠廟》、《珊瑚玦》、《元寶媒》。

孔尚任二本：《桃花扇》、《小忽雷》。

洪升一本：《長生殿》。

萬樹三本：《風流棒》、《空青石》、《念八翻》。

唐英三本：《轉天心》、《巧換緣》、《梁上眼》。

張堅四本：《夢中緣》、《梅花簪》、《懷沙記》、《玉獅墜》。

夏綸六本：《無瑕璧》、《杏花村》、《瑞筠圖》、《廣寒梯》、《南陽樂》、《花萼吟》。

王墅一本：《拜鐘樓》。

蔣士銓六本：《雪中人》、《香祖樓》、《臨川夢》、《桂林霜》、《冬青樹》、《空谷香》。

仲雲澗一本：《紅樓夢》。

陳鐘麟一本：《紅樓夢》。

金椒一本：《旗亭記》。

董榕一本：《芝龕記》。

張九鉞一本：《六如亭》。

沈起鳳四本：《文星榜》、《報恩緣》、《才人福》、《伏虎韜》。

陳烺十本：《仙緣記》、《海蝤記》、《蜀錦袍》、《燕子樓》、《梅喜緣》、《同亭宴》、《回流記》、《海雪吟》、《負薪記》、《錯因緣》。

李文瀚四本：《紫荊花》、《胭脂舄》、《鳳飛樓》、《銀漢槎》。

黃憲清六本：《茂陵弦》、《帝女花》、《脊令原》、《桃溪雪》、《居官鑑》、《玉臺秋》。

張雲驤一本：《芙蓉碣》。

楊恩壽三本：《麻灘驛》、《理靈坡》、《再來人》。

王筠一本：《全福記》。

釋智達一本：《歸元鏡》。

上述傳奇計百種，清人佳構，固盡於此，即次等及劣者，亦見一斑，如陳烺、李文瀚、張雲驤諸本是也。大抵清代曲家，以梅村、展成爲巨擘，而紅友山農，承石渠之傳，以新穎之思，狀物情之變，論其優劣，遠勝笠翁。蓋笠翁諸作，布局雖工，措詞殊拙，僅足供優孟之衣冠，不足入詞壇之月旦，即就曲律言，紅友尤兢兢愼守也。曲阜孔尚任、錢塘洪升，先後以傳奇進御，世稱南洪北孔是也。顧《桃花扇》、《長生殿》二書，僅論文字，似孔勝於洪，不知排場布置、宮調分配，昉思遠駕東塘之上（《桃花扇》耐唱之曲，實不多見，即《訪翠》、《寄扇》、《題畫》三折，世皆目爲佳曲，而《訪翠》僅〔錦纏道〕一支可聽，《寄扇》則全襲《狐思》，《題畫》則全襲《寫眞》，通本無新聲，此其短也。《長生殿》則集古今耐唱耐做之曲於一傳中，不獨生旦諸曲，齣齣可聽，即淨丑過脈各小曲，亦絲絲入扣，恰如分際。《舞盤》折〔八仙會蓬海〕一套，《重圓》折〔羽衣第二疊〕一支，皆自集新腔，不默守《九宮》舊格。而《偵報》之〔夜行船〕，《彈詞》之〔貨郎兒〕，《覓魂》之〔混江龍〕，試問雲亭有此魄力否？）。余嘗謂《桃花扇》，有佳詞而無佳調，深惜雲亭不諳度聲，二百年來詞場不祧者，獨有稗畦而已。二家既出，於是詞人各以徵實爲尚，不復爲鑿空之談，所謂陋巷言衷，人人青紫，閑閨寄怨，字字桑濮者，此風幾乎革盡，曲家中興，斷推洪、孔焉。他若馬佶人（有《梅花樓》、《荷花蕩》、《十錦塘》三種）、劉晉充（有《羅衫合》、《天馬媒》、《小桃源》三種）、薛既揚（有《書生願》、《醉月緣》、《戰荊軻》、《蘆中人》四種）、葉稚斐（有《琥珀匙》、《女開科》、《開口笑》、《鐵冠圖》四種）、朱良卿（《乾坤嘯》、《艷雲亭》、《漁家樂》等三十種）、邱嶼雪（有《虎囊彈》、《黨人碑》、《蜀鵑啼》等九種）之徒，雖一時傳唱，遍於旗亭，而律以文辭，正如面牆而立。獨李玄玉《一》、《人》、《永》、《占》（《一捧雪》、《人獸關》、《永團圓》、《占花魁》），直可追步奉常，且《眉山秀》劇（《眉山秀》譜蘇小妹事，而以長沙義伎輔之，詞旨超妙），雅麗工煉，尤非明季諸子可及，與朱素臣（苼庵）諸作，可稱瑜亮（苼庵諸作，以《秦樓月》、《翡翠園》爲佳）。西堂《鈞天樂》，痛發古今不平，《地巡》一折，自來傳奇家無此魄力，洵足爲詞苑之飛將也。

乾嘉以還，鉛山蔣士銓、錢塘夏綸，皆稱詞宗，而惺齋頭巾氣重，不及藏園，《臨川夢》、《桂林霜》允推傑作，一傳爲黃韻珊，尙不失矩度，再傳爲楊恩壽，已昧厥源流，宣城李文瀚、陽湖陳烺等諸自鄶，更無譏焉。金氏《旗亭》、董氏《芝龕》，一拾安史之昔塵，一志邊徼之逸史，駸駸入南聲之室，惜董作略覺冗雜耳。陳厚甫《紅樓夢》，曲律乖方，未能搬演，益信荊石山民之雅矣。同光之際，作者幾絕，唯《梨花雪》、《芙蓉碣》二記，略傳人口，顧皆拾藏園之餘唾，且耳不聞吳謳，又何從是正其句律乎？因取最著者，論次如左。

內廷七種　內廷供奉曲七種，大半出華亭張文敏之手。乾隆初，純廟以海內升平，命文敏制諸院本進呈，以備樂部演習。凡各節令皆奏演，其時典故，如「屈子競渡」、「子安題閣」諸事，無不譜入，謂之《月令承應》。其於內廷諸慶事，奏演祥徵瑞應者，謂之《法宮雅奏》。其於萬壽令節前後，奏演群仙神道添壽錫禧，以及黃童白叟含哺鼓腹者，謂之《九九大慶》。又演目蓮尊者救母事，析爲十本，謂之《勸善金科》，於歲暮奏之，以其鬼魅雜出，以代古人儺祓之意。演唐玄奘西域取經事，謂之《升平寶筏》，於上元前後日奏之。其曲文皆文敏親制，詞藻奇麗，引用內典經卷，大爲超妙。其後又命莊恪親王譜蜀漢三國典故，謂之《鼎峙春秋》。又譜宋政和間梁山諸盜，及宋金交兵，徽、欽北狩諸事，謂之《忠義璇圖》。其詞皆出日下遊客之手，唯能敷衍成章，又鈔襲元明《水滸》、《義俠》、《西川圖》諸院本，不及文敏多矣。

《西樓》　袁籜庵《西樓記》，頗負盛名，歌場盛傳其詞，然魄力薄弱，殊不足法。唯《俠試》北詞，尙能穩健，而收尾不俊，已如強弩之末，蓋才不豐也。即世傳

〔楚江情〕一曲，亦鈔襲周憲王舊詞（見《誠齋樂府》），籜庵不過改易一二語而已，而能傾動一時，殊出意外。

《秣陵春》　此記譜徐適、黃展娘事，又名《雙影記》。以玉杯、古鏡、法帖作媒介，而寄慨於滄海之際，雖摹寫艷情，頗類玉茗，而整齊緊湊，可與《鈞天樂》相頡頏。余最愛《賦玉杯》之〔宜春令〕，《詠法帖》之〔三學士〕，此等文字，曲家從來所未有，非胸有書卷，不能作也。〔宜春令〕云：「司徒卣，尚父彝，拜恩回朱衣捧持。到如今錦茵雕幾，一朝零落瓶罍恥。何如帶趙玉今完，甌無缺紫窯同碎。晴窗斗茗持杯，舊朝遺惠。」〔三學士〕云：「秘閣牙籤今已矣，過江十紙差池。想不到城南杜姥凄涼第，倒藏著江上曹娥絕妙碑。只是留香帖付阿誰？」其意致新穎，實則沉痛。又〔泣顏回〕云：「蘚壁畫南朝，淚盡湘川遺廟。江山餘恨，長空黯淡芳草。鶯花似舊，識興亡斷碣先臣表。過夷門梁孝臺空，入西洛陸機年少。」又末折〔集賢賓〕云：「走來到寺門前記得起初敕造，只見赭黃羅帕御床高。這壁廂擺列著官員輿造，那壁廂布設些法鼓鐘鐃。半空中一片祥雲，簇擁著香煙縹緲。如今呵，新朝改換了舊朝，把御牌額盡除年號。只落得江聲圍古寺，塔影掛寒潮。」沉鬱感歎，不啻庾信之《哀江南》也。

《鈞天樂》　尤西堂《鈞天樂記》，世謂影射葉小鸞（見汪允莊詩）。記中魏母登場，即云先夫魏葉，蓋指其姓也。寒簧登場〔點絳唇引子〕云：「午夢驚回」，蓋指其堂也。而《嘆榜》、《嫁殤》、《悼亡》諸折，尤覺顯然。所傳楊墨卿，即指西堂總角交湯傳楹也。其詞戛戛生新，不襲明人牙慧，而牢落不偶之態，時見子楮墨之外。《送窮》、《哭廟》，幾令人搔首問天。余最愛《哭廟》折，〔四門子〕詞云：「你入秦關燒破咸陽道，救邯鄲受六國朝。彭城鏖戰兵非弱，誰料得走烏江沒下梢。楚軍盡逃，漢軍又挑，悔不向鴻門把玉玦了。騅兮正驍，虞兮尚嬌，怎重見江東父老。」他如《歌哭》折〔金絡索〕云：「我哭天公，顚倒兒曹做啞聾。黃衣不告相如夢，白眼誰憐阮客窮。眞懞懂，區區科目困英雄。一任你小技雕蟲，大筆雕龍，空和淚銘文塚。」又《嫁殤》折〔懶畫眉〕云：「爲甚的懨懨鬼病困嬋娟？半卷湘簾裊藥煙，可憐他空房小膽怯春眠。你看流鶯如夢東風懶，一枕春愁似小年。」又《蓉城》折〔二郎神〕云：「年韶稚，護春嬌小窗深閉，畫卷詩箋憐薄慧。心香自裊，諱愁無奈雙眉。看飛絮簾櫳芳草醉，咒金鈴花花銜淚。鎖空閨，鎭無聊孤宵夢影低徊。」皆卓絕時流者也。

《眉山秀》　玄玉所作有三十三種，《一》、《人》、《永》、《占》（說見前）最著盛名，而《眉山秀》尤出各種之上。長沙義伎事，見洪容齋《夷堅志》，玄玉本此，又以蘇小妹、秦少游事，爲一書之主。《賺娟》折殊堪發噱。義伎本無名字，此作文娟，當是玄玉臆造。又少游客死藤州，未及還朝，此作小妹假托少游，南遊時再賺文娟，及少游返長沙，娟復拒絕，迎往京邸，以東坡一言而解，雖足見貞操，而於本事欠合，不如依原書殉節逆旅之爲愈矣。記中《婚試》一折，《納書楹》錄之，詞頗精警。

《揚州夢》　留山《揚州夢》，以綠葉成蔭事爲主，又以紫雲爲副，而往來慫合者，杜秋娘也，與陳浦雲《維揚夢》略同。《水嬉》一折，極爲熱鬧。傳奇家作曲，每易犯枯寂之弊，此作不然，故佳。《雙報應》則粗率矣。

《笠翁十五種曲》　翁作取便梨園，本非案頭清供，後人就文字上尋瘢索垢，雖亦言之有理，而翁心不服也。科白之清脆，排場之變幻，人情世態，摹寫無遺，此則翁獨有千古耳。十五種中，自以《風箏誤》爲最，《玉搔頭》次之，《慎鸞交》翁雖自負，未免傷俗。他如《四元》、《偷甲》、《雙錘》、《萬全》諸本，更無論矣。

《桃花扇》　東塘此作，閱十餘年之久，自是精心結撰，其中雖科諢亦有所本。觀其自述本末，及歷記考據各條，語語可作信史。自有傳奇以來，能細按年月確考時地者，實自東塘爲始，傳奇之尊，遂得與詩文同其聲價矣。通體布局，無懈可擊，至《修眞》、《入道》諸折，又破除生旦團圓之成例，而以中元建醮收科，排場復不冷落，此等設想，更爲周匝，故論《桃花扇》之品格，直是前無古人，後無來者。所惜者，通本乏耐唱之曲，除《訪翠》、《眠香》、《寄扇》、《題畫》外，恐亦寥寥不足動聽矣。馬、阮諸曲，固不必細膩，而生旦則不能草草也。《眠香》、《卻奩》諸折，世皆目爲妙詞，而細唱曲不過一二支，亦太簡矣。東塘凡例中，自言曲取簡單，多不逾七八曲，弗使伶人刪薙，其意雖是，而文章卻不能暢適，此則東塘所未料也。雲亭尚有《小忽雷》一種，譜唐人梁生本事，皆顧天石爲之塡詞，文字平庸，可讀者只一二套耳，而自負不淺。又爲雲亭作《南桃花扇》，使生旦團圓，以悅觀場者之目，更屬無謂。

《長生殿》　此記始名《沉香亭》，蓋感李白之遇而作，因實以開天時事。繼以排場近熟，遂去李白入李泌，輔肅宗中興，更名《舞霓裳》。又念情之所鍾，帝王罕有，馬嵬之變，勢非得已，而唐人有玉妃歸蓬萊仙院，明皇遊月宮之說，因合用之，更名《長生殿》。蓋歷十餘年，三易稿而始成，宜其獨有千秋也。曲成趙秋谷爲之制譜，吳舒鳧爲之論文，徐靈胎爲之訂律，盡善盡美，傳奇家可謂集大成者矣。初登梨園，尚未盛行，後以國忌裝演，得罪多人，於是進入內廷，作法部之雅奏，而一時流轉四方，無處不演此記焉。葉懷庭云：「此記上本雜採開天舊事，每多佳構。下半多出稗畦自運，遂難出色。」實則下卷托神仙以便綰合，略覺幻誕而已。至其文字之工，可云到底不懈。余服其北詞諸折，幾合關、馬、鄭、白爲一手，限於篇幅，不能採錄。他如《鬧高唐》、《孝節坊》、《天涯淚》、《四嬋娟》等，更無從搜羅矣。

《惺齋六種曲》 惺齋作曲，皆意主懲勸，嘗舉忠孝節義事，各撰一種，其《無瑕璧》言君臣，教忠也。其《杏花村》言父子，教孝也。其《瑞筠圖》言夫婦，教節也。其《廣寒梯》言師友，教義也。其《花萼吟》言兄弟，教弟也。事切情眞，可歌可泣，婦人孺子，尤可勸厲，洵有功世道之文，惜頭巾氣太重耳。唯《南陽樂》譜武侯事，頗爲痛快，如第三折誅司馬師，第四折武侯命燈倍明，第八折病體全癒，第九折將星燦爛，十五折子午谷進兵，偏獲奇勝，十六折殺司馬昭、擒司馬懿，十七折曹丕就擒並殺華歆，十八折掘曹操疑塚，二十二折誅黃皓，二十五折陸遜自裁，孫權投降，孫夫人歸國，三十折功成身退，三十二折北地受禪，皆大快人心之舉。屠門大嚼，聊且稱意，固不必論事之有無也。

《藏園九種曲》 心餘諸作，皆述江右事，獨《桂林霜》不然，而文字亦勝。九種中《四弦秋》等已入雜劇，不論。傳奇中以《香祖樓》、《空谷香》、《臨川夢》爲勝，《雪中人》、《桂林霜》次之，《冬青樹》最下，敘述南宋事多，又無線索也。《空谷香》、《香祖樓》二種，夢蘭、若蘭同一淑女也，孫虎、李蚓同一繼父也，吳公子、扈將軍同一樊籠也，紅絲、高駕同一介紹也，成君美、裴畹同一故人也，姚、李兩小婦同一短命也，王、曾兩大婦同一賢媛也。各爲小傳，尚且難免雷同，作者偏從同處見異，夢蘭啓口便烈，若蘭啓口便恨，孫虎之愚，李蚓之狡，吳公子之戇，扈將軍之俠，紅絲之忠，高駕之智，王夫人則以賢御下，曾夫人因愛生憐，此外如成、裴諸君，各有性情，各分口吻，無他，由於審題眞措辭確也。至《臨川夢》則憑空結撰，靈機往來，以若士一生事實，現諸氍毹，已是奇特，且又以「四夢」中人一一登場，與若士相周旋，更爲絕倒。記中《隱奸》一折，相傳諷刺袁簡齋，亦令黠可喜。蓋若士一生，不邇權貴，遞爲執政所抑，一生潦倒，里居二十年，白首事親，哀毀而卒，固爲忠孝完人。而心餘自通籍後，亦不樂仕進，正與臨川同，作此曲亦有深意也。其自題詩云：「腐儒談理俗難醫，下士言情格苦卑。苟合皆無持正想，流連爭賞誨淫詞。人間世布珊瑚網，造化兒牽傀儡絲。脫屣榮枯生死外，老夫叉手看多時。」可知其塡詞之旨矣。

《芝龕》　恆岩此記，以秦良玉、沈雲英二女帥爲經，以明季事涉閨閣暨軍旅者爲緯，穿插野史，頗費經營。唯分爲六十齣，每齣正文外，旁及數事，甚至十餘事者，隸引太繁，只可於賓白中帶敘，篇幅過長，正義反略，喧賓奪主，眉目不清，此其所短也。論者謂軼《桃花扇》而上，非深知《芝龕》者。又記中每曲點板，但往往有板法與句法不合者，如上四下三句法，而點以上三下四板式，不知當日奏演時何若也（此病最壞，實則塡詞時未明句讀）。第五十七齣中有悼南都漁歌三首，酣暢淋漓，記中僅見。〔滿江紅〕詞云：「如此江山，又見了永嘉南渡。可念取衣冠原廟，龍蟠虎踞。白水除新啼淚少，青山似洛豪華故。視眈眈定策入綸扉，奇功據。燕子叫，春燈覷。瑤池宴，迷樓住。看疇咨獻納，者般機務。蟒玉江干楊柳態，貂蟬河榭芙蓉步。召南薰歌舞奏中興，風流足。」又云：「芳樂鶯聲，已忘卻杜鵑啼血。淆混著孤鴻群雀，淮揚旌節，半壁山川防御緩，六朝金粉徵求切。問無愁天子爲何愁，梨園缺。挺擊變，妖書揭。紅丸反，移宮掣。又重鉤黨禍，仍依璫轍。玉合王孫耽玉笛，金貂宦孽操金玦。聽秦淮遺似天津，鳴鶗鴂。」又云：「塵涴西風，昏慘慘臺城秋柳。競塡補伏波前欠，明珠論斗。監紀中書隨地是，職方都督盈街走。擁貂冠魚袋出私門，多於狗。練湖佃，洋船摟。蘆洲課，爪儀斢。更分文筋兩，旗亭稅酒。磺使又差肥豕腹，宮娃再選驚螓首。唱江風鼓棹說興衰，漁婆口。」

《六如亭》此記敘次，悉本正史，及東坡年譜，無顚倒附會之處。觀空於佛，結穴於仙，使放逐之臣，離魂之女，仗金剛忍辱波羅蜜，同解脫於夢幻泡影電露，而證無上菩提，洵衛道之奇文，參禪之妙曲也。記中《傷歌》一折，乃坡公挈朝雲，在海外嘉祐寺松風亭觴詠，命唱自制送春詞。至《枝上柳綿吹又少》句，嗚咽不成聲。公嘆曰：「吾正悲秋，而汝又傷春矣！」折中用〔二郎神集賢賓〕，最合纏綿之意，雖本稗畦《密誓》，然亦沉鬱有致。記中以此折，及溫都監女一節事，最勝。

沈氏四種　蕒漁四種，以《才人福》爲最，《伏虎韜》次之，《報恩緣》、《文星榜》又次之。此曲頗不易見，各家曲話，皆未著錄，事蹟之奇，排場之巧，洵推傑作。《才人福》以張幼于爲主，以希哲、伯虎爲配。吳人好談六如，此曲若登場，可以笑倒萬夫矣。記中有詩翁、詩伯、詩祖宗三詩，極嬉笑怒罵之致，爲全書最生動處。又希哲輿夫聯元，與廚娘之女有染，《淫諢》一折，語語是轎夫口吻，且無十分淫褻語，所以爲佳。《伏虎韜》則本「子不語」《中醫妒》一事爲之，布局絕奇。唯四種說白，皆作吳諺，則大江以上，皆不能通，此所以流傳不廣歟？

《倚晴樓六種》　韻珊諸作，《帝女花》、《桃溪雪》爲佳，《茂陵弦》次之，《居官鑑》最下，此正天下之公論也。《帝女花》二十折，賦長平公主事，通體悉據梅村挽詩，而文字哀感頑艷，幾欲奪過心餘，雖敘述清代殊恩，而言外自見故國之感。唯《佛貶》、《散花》兩折，全拾藏園唾餘，於是陳烺、徐鄂輩，無不效之，遂成劇場惡套矣。《桃溪雪》記吳絳雪事。絳雪善書畫，通韻律，尤工於詩，永康人，歸諸生徐明英，未幾而寡。康熙十三年，耿精忠叛於閩，其僞總兵徐尚朝等，寇陷浙東，及攻取金華，過永康，艷絳雪名，欲致之。永康故無城可守，眾慮蹂躪，邑父老與其夫族謀，以絳雪紓難。絳雪夷然就道，至三十里坑，以渴飲紿賊，即墜崖死。通本事蹟如是。其詞精警濃麗，意在表揚節烈。蓋自藏園標下筆關風化之旨，而作者矜愼屬稿，無青衿挑達之事，此是清代曲家之長處。韻珊於《收骨》、《吊烈》諸作，刻意摹神，洵爲有功世道之作。唯淨丑角目，止有《紳哄》一折，似嫌冷淡，此蓋文人作詞，偏重生旦，不知淨丑襯托愈險，則詞境益奇。余嘗謂乾隆以上有戲有曲，嘉道之際，有曲無戲，咸同以後實無戲無曲矣。此中消息，可與韻珊諸作味之也。他作從略。

坦園三種　蓬海三記，余最喜《再來人》，摹寫老儒狀態，殊可酸鼻。《麻灘》、《理靈》，不脫藏園窠臼。

《全福》　長安女士王筠撰，詞頗不俗。有朱珪序，略謂：女士先成《繁華夢》，閱之覺全劇過冷，搬演未宜。越年乃有《全福記》，則春光融融矣。此記事實，未脫窠臼，唯曲白尚工整耳。

《歸元鏡》　演蓮池大師事，文頗工雅，結構與《曇花》同。

以上傳奇。

四　清人散曲

清人散曲，傳者寥寥，其有專集者，不過數家，列下。

歸元恭：《萬古愁》。　朱彝尊：《葉兒樂府》。

尤侗：《百末詞餘》。　厲鶚：《北樂府小令》。

許寶善：《自怡軒樂府》。　吳錫麒：《南北曲》。

趙對澂：《小羅浮館雜曲》。　謝元淮：《養默山房散套》。

凌霄：《振檀集》。　趙慶喜：《香消酒醒曲》。

蔣士銓：《南北曲》。　吳藻：《南北曲》。

至曲選總集，可云絕少，茲錄四種，此外恐已無多矣。

葉堂：《納書楹曲譜》四集。

菰蘆釣叟：《醉怡情》。

錢思霈：《綴白裘》十集。

武林曲癡：《怡春錦》六集。

上散曲別集十二種，總集四種。而總集中《納書楹》爲曲譜，《綴白裘》、《醉怡情》爲戲曲，《怡春錦》只第六集爲散曲，求如前明《雍熙樂府》、《詞林摘豔》諸書，竟無有也，此亦見清人不重曲詞矣。即此十二家言之，亦不過餘事及此，非顓門之盛業。元恭《恆軒集》，以古文雄，不以《萬古愁》著也。唯其詞瑰瑋恣肆，於古之聖賢君相，無不詆訶，而獨流涕於桑海之際。此曲之傳在意境，不在文章也。沈繹堂云：章皇帝嘗見此曲，大加稱賞，命樂工每膳，歌以侑食，此亦一奇事也。今盛傳於世，不復摘錄（今人有以此曲爲熊開元作者，余不之信）。竹垞《葉兒樂府》，僅有小令，無套曲，而詞多俊語，如〔折桂令〕四支，〔朝天子〕《送分虎南歸》，〔一半兒〕《詠名勝十二首》，殊雋。西堂《百末詞餘》即附詞後，《秋閨》〔醉扶歸〕套最勝。樊榭亦只工小令，不及大套。吳穀人《南北曲》在集後有二卷。《錢唐觀潮》之〔好事近〕，《孟蘭會》之〔混江龍〕、《喜洪稚存自塞外歸》〔新水令〕諸套，頗見本領。許穆堂《自怡軒》曲，亦多佳構，《題邵西樵釀花小圃》、《陶然亭眺望》、《題張憶娘柳如是像》、《贈蕭蘭生》諸套，圓美可誦，蓋深於詞律，故語無拗澀也（許有《自怡軒詞譜》極佳）。趙對澂雜曲，佳者不多。《養默山房散曲》，僅存三套，無可評騭。獨趙秋舲刻意學施子野，故詞境亦相類，《有感對月》二套，尤爲膾炙人口。而余所愛者〔二郎神〕《題謝文節琴》，氣息高雅，無滑易之病。至月下老人祠中籤訣，各以〔黃鶯兒〕寫之，亦屬僅見。其詞輕圓流利，儼然《花影集》也。蔣士銓曲，附見集末，中有《題迦陵塡詞圖》北套，可與洪昉思南詞並傳，爲集中最勝處。蘋香諸作，意境雅近秋舲，與所作《飲酒讀騷》劇，更覺清俊，蓋散曲文情閑適，《讀騷圖》未免牢愁故也。一代名手，不過數家，清曲衰息，固天下之公論也。